Früher war mehr Lametta

Hinterhältige Weihnachtsgeschichten sowie acht Gedichte

Mit Zeichnungen von Chas Addams, Luis Murschetz, Chaval, Peter Neugebauer, Jean-Jacques Sempé und Tomi Ungerer

Herausgegeben von Daniel Keel und Daniel Kampa

Diogenes

Nachweis am
Schluß des Bandes
Umschlagzeichnung von
Tomi Ungerer
Frontispizzeichnung von
Jean-Jacques Sempé

Illustrierte Geschenkausgabe, 2012

Diogenes Verlag AG Zürich
www.diogenes.ch
200/12/4/1
ISBN 978 3 257 06844 3

Inhalt

Doris Dörrie

Spekulatius

Pauline Moos feierte ihren vierzigsten Geburtstag am 22. Dezember in einem Airbus der Lufthansa auf dem Weg nach Los Angeles, und was sie sich ihr ganzes Leben gewünscht hatte, wurde endlich wahr: Weihnachten fiel aus. Ihre 16jährige Tochter war mit Freunden nach Mallorca abgerauscht, ihre Mutter war in einem Pflegeheim und erkannte sie nicht mehr, von ihrem geschiedenen Mann hatte sie schon lange nichts mehr gehört. Prost, sagte Pauline und hob das Lufthansa-Glas vor ihre straffe Brust (sieben Monate Fitness-Training für Frauen) im grauen Kaschmirpullover (Donna Karan), auf dich, Pauline Moos, altes Haus. Kein Weihnachtsbaum, keine Lieder, keine Spekulatius. Ein dreifaches Hurra.

Warum sie nach Los Angeles flog? Weil Bangkok komplett ausgebucht gewesen war und die Seychellen auch. In der Handtasche (Prada, aber secondhand) trug sie einen Notizzettel: 29 Palms, Circle Lodge, denn in der Boutique ›Daisy‹, wo sie sich ab und an hinflüchtete, wenn ihr die Decke ihrer im November ständig düsteren Wohnung auf den Kopf zu fallen drohte, um dort den milden Trost von Designerkleidern zu suchen, die sie sich von ihrem Übersetzerhonorar im Grunde überhaupt nicht leisten konnte, bei ›Daisy‹ also hatte sie zufällig mit angehört, wie eine in Comme des Garçons gekleidete Moderedakteurin den Verkäuferinnen vorgeschwärmt hatte: Und wenn Sie in Elei (L. A. – Los Angeles) sind, dann müssen Sie uuuunbedingt nach Twentynine Palms mitten in der Wüste – ein tolles Motel, Circle Lodge, da müssen Sie hin, das ist ein Traum. Die Verkäuferinnen hatten geduldig genickt, und Pauline hatte in der Umkleidekabine mitgeschrieben: 29 Palms, Circle Lodge.

Wie eine Kuhherde wurden die müden und verschwitzten Touristen durch die Einwanderungskontrolle getrieben und einzeln befragt, ob sie aus beruflichen Gründen oder zum Vergnügen hier waren. Business or pleasure? Pauline holte Luft und rief: Pleasure! Das Gegenteil vom Weihnachtsrummel zu Hause. Keine roten Kerzen in letzter Sekunde auftreiben, Äpfel polieren, Geschenke einpacken, Nüsse knacken, Spekulatius backen, den Teppich einrollen für den Weihnachtsbaum, die pieksende Tanne nach Hause schleifen, nicht vergessen, die Gans aufzutauen für den ersten Weihnachtstag. Nichts davon. Gar nichts.

Aufatmend trat Pauline aus der kühlschrankkalten Ankunftshalle in die warme, weiche Luft, die ihr wie ein Fön ins Gesicht blies, Palmen wiegten sich im Wind, die Menschen trugen Shorts und Schuhe ohne Socken. Hurra, rief Pauline, und keiner drehte sich nach ihr um.

Ihr Mietwagen roch wunderbar amerikanisch, nach einer Mischung aus Desinfektionsmittel und Kaugummi. Sie reihte sich in den Dauerstau der Highways von Los Angeles ein und rollte durch die riesige Stadt nach Osten Richtung Wüste. Hundemüde und überwach war sie, als hätte sie Schlaftabletten und Speed gleichzeitig genommen. Neben ihr in den Autos redeten Menschen laut mit sich selbst, wie es schien, bis Pauline begriff, daß sie alle telefonierten und in ihre Freisprechanlagen quasselten. Versuchsweise redete auch Pauline eine Weile laut vor sich hin und freute sich daran, daß sie so mühelos dazugehörte zu den Bewohnern der Stadt der Engel; daß nichts darauf hinwies, daß sie eine Fremde war.

Riesige Reklametafeln zogen an ihr vorbei, seltsam bunte Botschaften, nach denen sie sich den Kopf verdrehte, weil sie ihr ganz und gar irreal erschienen: »Now you can be here and there at the same time« für ein Mobiltelefon, auf einer anderen Tafel waren zwei Cowboys zu sehen, die in klassischer Marlboro-Manier dem Sonnenuntergang entgegenritten, und darunter stand: »I miss my lung, Bob.« Ich vermisse meine Lunge, Bob.

Prompt bekam Pauline Lust auf eine Zigarette, dabei war sie seit drei Jahren Nichtraucherin. Es wurde heiß im Auto, wunderbar heiß. Langsam tauten ihre winterkalten Knochen auf, ihr zusammengeschnurrtes Herz. Sie wischte sich den Schweiß von der Stirn und schob den Rock weit nach oben. Auf keinen Fall würde sie die Air-condition anschalten, sie haßte Air-condition, bekam davon Stirnhöhlenentzündung.

Mit dem Stadtplan der Autovermietung auf den Knien und dicht hinter das Steuer geklemmt wie eine alte Dame, fand sie zur eigenen Überraschung mühelos den Highway 60, hängte sich an einen LKW, der auf seinem Nummernschild die Botschaft trug: »All is good«, und blieb hinter ihm, bis er sich an einer Ampel links einordnete. Der Beifahrer mit Pferdeschwanz und verspiegelter Sonnenbrille sah Pauline direkt ins Gesicht und schlängelte sich mit der Zunge über die Lippen. Wie vom Donner gerührt, saß Pauline da, aber nach kurzer Zeit wich ihre Empörung einer heimlichen Freude. Das fing ja gut an. All is good. Alles ist gut.

Sie hielt den Kopf aus dem Fenster und ließ die Haare wehen. O ja, Sex im Swimmingpool mit einem 25jährigen kalifornischen Muskelmann, und das am besten an Heiligabend. Sie seufzte. Zum Glück hatte sie drei dicke Bücher dabei. Sie würde sich erholen, viel schwimmen, in die Wüste fahren, im Joshua-Park wandern gehen, wenig essen, im Motelzimmer ihre Yoga-Übungen machen.

Die Lider wurden ihr schwer. Um ein Haar wäre sie eingenickt. Mit bleischweren Armen bog sie ab und fuhr auf einen Parkplatz, der von einem gigantischen grünen Dinosaurier überragt wurde. Sie wankte in einen McDonald's und war dankbar, daß sie sich dort blind auskannte. Kleine rote Plastikweihnachtsmänner pappten an jedem Hamburger. Ein Mann im Anzug lag über einem Tisch neben seinem Milkshake und schlief. Am liebsten hätte sie sich neben ihn gelegt und von einem anderen Leben geträumt. Sie setzte sich in eine Ecke und trank den dampfenden Kaffee in kleinen Schlucken. Der grüne Hals des Dinosauriers war durch das Fenster zu sehen, eine Gruppe alter Männer mit Baseballmützen auf dem weißen Haar saß an einem Tisch und aß schweigend. Die Einsamkeit dieses riesigen Landes traf Pauline mit einem Mal wie eine Keule. Sie bekam Angst. Was um Himmels willen machte sie hier so ganz allein? Mühsam stand sie auf und schleppte sich zu ihrem glühendheißen Auto.

Als sie durch die große Ebene von Palm Springs fuhr und staunend das Meer von Elektrowindmühlen erblickte, hatte sie einen Moment lang das Gefühl, eine Doña Quijote in einer ziemlich rostigen Rüstung zu sein, die tapfer gegen die eigene Vereinsamung kämpfte und beharrlich so tat, als sei sie im Herzen 15 Jahre alt und zu allem bereit.

Sie bog vom großen Highway ab, und jetzt war sie wirklich in der Wüste, die sich gelb und steinig vor ihr ausbreitete. Die ersten Joshua-Bäume waren zu sehen, die nur in dieser Gegend wuchsen und sonst nirgendwo auf der Welt, seltsame Gewächse wie riesige Kerzenleuchter mit struppigem Haarschnitt. Ab dem Ortsschild ›Twentynine Palms‹ zählte sie die Palmen, und als es weit mehr als neunundzwanzig waren, war sie enttäuscht. Ein Ort aus flachen Betongebäuden erstreckte sich nichtssagend und zum Gähnen langweilig vor dem flimmernden Wüstenhorizont. Hier bleiben? Hier Weihnachten feiern? Halt, sie wollte doch gar nicht Weihnachten feiern. Bevor sie den Gedanken noch ganz zu Ende gedacht hatte, lag Twentynine Palms bereits wieder hinter ihr. Pauline drehte um und fuhr zurück. Was hatte sie nur dazu gebracht, an diesen gottverlassenen Ort zu fahren?

Ein verwittertes Schild auf der rechten Seite wies den Weg zur Circle Lodge. Auf müden, geschwollenen Füßen ging sie hinein. Hier war es eiskalt wie in einer Gefriertruhe. Pauline schauderte. Kein Mensch war zu sehen. Sie drückte auf die große silberne Klingel auf der Theke. Nichts geschah. Sie rieb sich die Gänsehaut auf den Armen. Endlich hörte sie schlurfende Schritte, und eine dickliche 50jährige Frau mit schlecht gefärbten blonden Haaren betrat in Birkenstock-Sandalen den Raum. Sie fragte Pauline, ob sie reserviert habe, und wiegte bedenklich das Haupt, als Pauline verneinte. Es sei zwar total ausgebucht, sagte sie, aber für zwei Nächte könne sie gerade noch ein Zimmer bekommen. Wir sind nämlich unheimlich beliebt, sagte sie und sah Pauline mit hellen Augen im tiefgebräunten Gesicht an. Sie hatte einen leichten Akzent, aber Pauline konnte nicht erkennen, welchen. Ein weißes Namensschild auf ihrem blauen Zeltkleid wies sie als Lisa aus. Fühlen Sie sich wie zu Hause, sagte Lisa und lächelte professionell. Danke, sagte Pauline und klapperte mit den Zähnen.

Sie machte die Air-condition in ihrem Zimmer aus, sank in ihr King-size-Bett, und ihr letzter Gedanke, bevor sie einschlief, war: ein King-size-Bett, und wo ist der König?

Am nächsten Morgen um neun verließ sie im

Badeanzug, ein Buch schüchtern vor die Brust gepreßt, ihr Zimmer und taumelte fast angesichts des überirdisch blauen Swimmingpools in der flimmernden Hitze.

Lisa fischte mit einem Netz Blätter aus dem Pool. Good morning, brüllte sie Pauline entgegen. Good morning, sagte Pauline leise. Lisa wies herrisch mit dem Finger auf ein Zimmer am Eingang: Breakfast, rief sie.

Mit einer Tasse Kaffee und einem Bagel mit Philadelphia Cream Cheese legte Pauline sich auf eine Liege und starrte in den heißen Himmel. Kolibris umschwirrten blutrote Hibiskusblüten. Vögel gaben fremdartige Laute von sich wie kleine Käuzchen und warfen im Vorbeifliegen scharfe Schatten auf das blaue Wasser des Pools. Palmen beugten raschelnd ihre Häupter über das Motel. Pauline atmete tief durch, sie war angekommen, sie war genau dort, wo sie sein wollte. Genau in diesem himmlischen Augenblick warf Lisa eine Art Staubsauger an und saugte mit mächtigem Getöse die Blätter von der Betonumrandung des Pools.

Sie kam an Pauline vorbei, warf einen mißbilligenden Blick auf den Baum, unter dem Pauline lag. I hate this tree, sagte sie mit Inbrunst. Pauline lächelte schwach und hob ihr Buch, um keine Unterhaltung anfangen zu müssen. Lisa verdrehte den

Kopf, um den Titel zu lesen. Oh, sagte sie dann auf deutsch, Sie kommen aus Deutschland.

Pauline stöhnte innerlich und nickte knapp. Bin ich auch her, sagte Lisa, zögerte einen Moment, beschloß dann jedoch glücklicherweise, nicht weiterzureden. Sie holte einen Putzwagen aus einem kleinen Verschlag und machte sich daran, die Zimmer zu putzen. Aus dem Augenwinkel beobachtete Pauline erleichtert, wie sie in einem Zimmer verschwand, gleich darauf kam sie jedoch wieder heraus, ging geradewegs auf Pauline zu, stemmte die Hände in die ausladenden Hüften und sagte: Ich komme aus Führsen, das ist ein kleines Dorf in der Lüneburger Heide, 14 Jahre war ich nicht mehr da. Ich komme vor drei Jahren zurück, da hat ein Mann seine Frau umgebracht und im Keller einbetoniert. In meinem Dorf! Da passiert doch nichts, sollte man denken! Sie schüttelte den Kopf, wartete keine Reaktion von Pauline ab, sondern ging zurück zum Putzen.

Pauline streckte sich. Der Himmel über ihr flirrte azurblau. Die Sonne warf zuckende Blitze in das Wasser des Pools. Grillen sirrten. Sie schloß die Augen. Himmlisch, dachte sie, einfach himmlisch. Alleinsein kann so wunderbar sein.

Als sie die Augen wieder aufschlug, lag ein elegantes Paar neben ihr, beide um die Vierzig, er durchtrainiert, mit grauen Haaren auf der Brust, Armani-Nickelbrille, in neonblauer Designerbadehose, sie mit teuerster Sonnenbrille auf der Nase, perfekt gesträhnten Haaren, makellosem Body in einem schwarzen, todschicken Bikini. Unwillkürlich zog Pauline den Bauch ein, Bikinis trug sie schon lange nicht mehr. Der Mann kraulte der Frau den Rücken, während sie aus dem *New Yorker* vorlas und beide immer wieder in lautes Gelächter ausbrachen. Sie würdigten Pauline keines Blickes. Ein Sushi-Paar, dachte Pauline eifersüchtig, kalt und roh.

Eine Zimmertür gegenüber öffnete sich, und ein riesiger junger Kerl in bunten Bermudashorts kam heraus, unterm Arm eine knallrote Luftmatratze und an der Hand ein dürres Mädchen mit Vogelknochen. Der Riese warf die Matratze ins Wasser und sich bäuchlings darauf, das Mädchen sprang hinterher und saugte sich an seinen Lippen fest. So trieben sie bewegungslos dahin.

Kurze Zeit später tauchte eine Familie mit zwei kleinen Kindern auf. Wenigstens hatte die Mutter keine perfekte Figur, stellte Pauline befriedigt fest, aber der Vater rieb seiner Frau mit solcher Hingabe den Rücken mit Sonnencreme ein, daß Pauline seufzend die Augen schloß.

Ein Schatten fiel über sie. Lisa stand vor ihr, den

Blätterstaubsauger in der Hand. Ich hasse diesen Baum, sagte sie, jetzt hat er schon wieder Blätter verloren. Könnten Sie bitte kurz aufstehen? Gehorsam stand Pauline auf. Lisa warf den knatternden Staubsauger an und saugte die Blätter unter Paulines Liege weg.

Die Hitze stieß wie eine geballte Faust vom Himmel. Pauline hüpfte über den heißen Beton zu einem Thermometer, das dort hing, und las ungläubig: 43 Grad Celsius. Und das um zehn Uhr morgens. Lisa wandte sich nach ihr um. Das ist gar nichts, rief sie gegen den Lärm des Staubsaugers an, im Sommer hatten wir wochenlang 55 Grad. Ich hasse den Sommer, fügte sie hinzu. Und den Baum, ergänzte Pauline leise.

Lisa machte den Staubsauger aus, ließ ihn sinken und sah eine Weile dem knutschenden Paar im Wasser zu. Abrupt wandte sie sich zu Pauline um: Morgen ist Heiligabend. Ja, sagte Pauline knapp. Die verstehen hier nichts von Weihnachten, sagte Lisa, nahm den Staubsauger unter den Arm und verschwand. Pauline ging in ihr Zimmer, legte sich ins Bett, schlief wie ein Stein und träumte vom Schlittenfahren.

Zum Abendessen fuhr sie in ein Steakhouse, in dem tote Wiesel und Hasen an der Wand hingen. Alle fünf Minuten machte ein Videospiel mit den ersten Takten von *Jingle Bells* auf sich aufmerksam. Sie war der einzige Gast. Sie blätterte in ihrem mitgebrachten *Stern* und aß ein Steak, das ebenso groß war wie die Zeitschrift. Die Bedienung hatte ein blaues Auge und wirkte deprimiert. Alles miteinander stimmte Pauline traurig.

Ärgerlich fuhr sie ins Motel zurück. Ein Hase saß auf der Straße und machte Männchen. Aus dem Weg, du Trottel, rief Pauline und schlurfte mißmutig zurück zu ihrem Zimmer.

Sie konnte nicht schlafen. Mitten in der Nacht setzte sie sich an den Pool. Es war jetzt kühl, der Himmel sternenklar, eine Sternschnuppe fiel direkt in den Pool, und sie wußte nicht, was sie sich wünschen sollte. Aus einem der Zimmer drang rhythmisches Stöhnen.

Hier, sagte Lisa und reichte ihr aus dem Dunkel eine Dose Bier. War sie die ganze Zeit schon hier gewesen? Pauline riß die Büchse auf. Gemeinsam lauschten sie dem Stöhnen, das jetzt schneller wurde. Das ist das einzige, was die Leute interessiert, sagte Lisa verächtlich. Der einzige Grund, warum sie herkommen. Ins Motel und ab ins Bett. Und das bezeichnen sie dann als Ferien.

Sie schnaubte verächtlich und verfiel in längeres Schweigen. Na gut, dachte Pauline schließlich, dann bin ich mal nett und frage sie, was sie hierher verschlagen hat. Lisa antwortete nicht gleich und sagte dann mürrisch: Ich habe vorher zwölf Jahre in einem Motel in San Bernardino geputzt. Aber da gab's zuviel crime. Wie sagt man?

Kriminalität, übersetzte Pauline. Kri-mi-na-li-tät. Lisa ließ sich das Wort auf der Zunge zergehen. Na ja, fuhr sie fort, das Motel hier gehört Iranern, die sind nie da. Ist okay hier. Nur zu heiß. Eine Air-condition konnte ich mir nicht leisten. Im Sommer habe ich bei 55 Grad in meiner Hütte gehockt und meine Katze und meinen Hund naßgesprüht, die lagen wie tot auf dem Teppich, und ich habe geweint. Ohne Air-condition gehst du hier kaputt. Also habe ich einen Kredit aufgenommen, und jetzt hab' ich Air-condition und jede Menge Schulden und weine wegen der Schulden.

Sie lachte und reichte Pauline eine weitere Büchse Bier. Wenn ich träume, träume ich vom Schnee. Sie sah auf die Uhr. Jetzt ist schon Mittag in Deutschland. Jetzt fängt das große Warten an. Wie ich das gehaßt habe als Kind. Dieses endlose Warten auf Heiligabend.

Und die Kirche am Nachmittag, sagte Pauline.

Ja, die Kirche, stöhnte Lisa. Nach der Kirche mußten wir Weihnachtslieder singen in der Küche, bis endlich, endlich die Glocke aus dem Weihnachtszimmer zu hören war.

Das war bei uns genauso, sagte Pauline. Meine Mutter saß mit uns in der Küche, und wir mußten singen und singen und singen.

Endlos lange, bestätigte Lisa.

Meine Mutter erkennt mich nicht mehr, sagte Pauline.

Meine ist letztes Jahr beim Einkaufen über den Haufen gefahren worden. Sofort tot. Fünfzig Jahre lang ist sie jeden Tag an derselben Stelle über die Straße gegangen, um zum Bäcker zu gehen. Und plötzlich macht es patsch. Sie hat bessere Spekulatius gebacken als jeder Bäcker der Welt.

Spekulatius, sagte Pauline langsam.

Mit den Zähnen konnte man an der Rückseite die Mandeln abschaben…, fuhr Lisa träumerisch fort.

Hirschhornsalz, das Wort mochte ich immer. Pauline ließ das schwache amerikanische Bier in sich hineinlaufen.

Ich habe mir extra eine Tüte mitgebracht, wollte immer Spekulatius backen…, hab's nie getan, sagte Lisa.

Sie schwiegen. Lisa schnaufte seltsam und legte sich auf der Liege zurück. Pauline meinte, eine glitzernde Träne auf ihrer Wange zu sehen, aber das konnte auch eine Täuschung sein.

Und wenn man endlich ins Weihnachtszimmer

durfte, war man immer ein bißchen enttäuscht. Es war immer ein bißchen weniger, als man sich vorgestellt hatte, fing Pauline wieder an.

Aber der Baum! Pünktlich um halb fünf klingelte das Glöckchen, und wir durften ins Weihnachtszimmer. Und dann das Licht von all den Kerzen, und der Geruch…, der Geruch nach Tannenbaum und Spekulatius … Lisa rieb sich die Augen.

Eine Weile hörte Pauline der fremden Frau beim Weinen zu, dann sagte sie vorsichtig und eigentlich vollkommen gegen ihren Willen in den nachtblauen Wüstenhimmel: Wenn wir jetzt mit dem Backen anfangen, sind die Spekulatius pünktlich zum Heiligabend fertig.

Schweigend saßen sie in Lisas winzigem Holzhaus mitten in der Wüste vorm Fernseher und schmückten einen verstaubten, aufklappbaren Plastikweihnachtsbaum, während die Kekse langsam vor sich hin backten und den unverwechselbaren Duft von Hirschhornsalz verbreiteten. Mit einiger Mühe befestigten sie Kerzen an dem wackligen Baum. Strengstens verboten in Amerika, sagte Lisa und grinste. Aber echte Kerzen müssen sein. Unbedingt, pflichtete Pauline bei. Und wenn mir die Hütte überm Kopf abbrennt, ergänzte Lisa. Das sind meine ersten Weihnachten in 23 Jahren. Die

Amis, die haben doch von Weihnachten keine Ahnung.

Und ich weiß, wovon ich spreche. Ich hatte 15 Jahre lang 'nen Ami zum Mann. Der wollte nie Kinder. Jetzt hat er drei in vier Jahren gekriegt von der Tankwartin, wo wir immer getankt haben.

Ich bin seit zwei Monaten geschieden, sagte Pauline, zog sich die Schuhe aus und zischte ein weiteres Bier. Ihr war ein klein wenig schlecht vom Teigschlecken, ganz so, wie es sich gehörte. Verwundert stellte sie fest, daß sie in Weihnachtsstimmung kam.

Um Punkt halb acht Uhr morgens, halb fünf nachmittags in Deutschland, holte Pauline die Spekulatius-Kekse aus dem Rohr, Lisa zog sich ein schweres rotes Samtkleid an und drehte die Aircondition so weit auf, daß Pauline mit den Zähnen zu klappern begann. Ich vertrage keine Air-condition, wandte sie ein, aber Lisa wollte nichts davon hören. Es ist Heiligabend, Menschenskind, und da ist es nun mal kalt. Ja, draußen, argumentierte Pauline, aber nicht drinnen. Man muß Kompromisse machen, sagte Lisa streng, drückte Pauline die große silberne Kugel von der Motelrezeption in die Hand und ging aus dem Zimmer. Pauline wußte, was sie zu tun hatte. Geduldig wartete sie, bis Lisa *Ihr Kinderlein kommet, Stille Nacht, hei-*

lige Nacht und *Vom Himmel hoch, da komm ich her* mit einigen Textschwierigkeiten zu Ende gesungen hatte, dann zündete sie die Kerzen am Baum an, löschte das Licht und schlug auf die silberne Klingel. Vorsichtig öffnete Lisa die Tür und begann zu strahlen. Frohe Weihnachten, sagte Pauline, und über der Wüste ging die Sonne auf.

John Irving

Das Krippenspiel

Über Nacht schneite es, es war jedoch kein heftiger Schneesturm; dann fiel die Temperatur, bis es zu kalt zum Schneien wurde. Eine neue Schicht Schnee hatte sich an jenem Sonntagmorgen über Gravesend ausgebreitet; der Wind, das Allerschlimmste an der Kälte, ließ das Schneepulver in Wirbeln aufstieben und die leeren Regenrinnen unseres Hauses in der Front Street klappern und wehklagen; die Rinnen waren leer, weil der Schnee zu pulverig war, um daran hängen zu bleiben.

Die Schneepflüge hatten es sonntags morgens nie besonders eilig, und das einzige Gefährt, das auf seinem Weg in die Front Street nicht schlitterte und wegrutschte, war der schwere Lastwagen der Meany Granite Company. Owen hatte so viele Kleider an, daß er die Knie kaum beugen konnte, als er die Auffahrt hinaufstapfte – und die Arme baumelten nicht neben den Hüften, sondern standen seitlich ab, wie die Gliedmaßen einer Vogelscheuche. Er war so fest in einen langen, dunkelgrünen Schal eingewickelt, daß ich sein Gesicht überhaupt nicht sehen konnte – doch wie hätte man Owen Meany mit jemand anderem verwechseln können? Den Schal hatte meine Mutter ihm gegeben – als sie im Winter einmal bemerkt hatte, daß er keinen besaß. Owen nannte ihn seinen GLÜCKSSCHAL und trug ihn nur zu besonderen Gelegenheiten, oder wenn es besonders kalt war.

Der letzte Sonntag vor Weihnachten war ein Anlaß, den Schal zu tragen – aus beiden Gründen. Als wir auf dem Weg zur Christ Church die Front Street hinunterstapften, flüchteten die Vögel vor Owens bellendem Husten; das schleimige Rasseln in seiner Brust war so laut, daß ich es durch die vielen Schichten winterlicher Kleidung hindurch vernehmen konnte.

»Das klingt aber gar nicht gut, Owen«, meinte ich.

»WENN JESUS AN EINEM SOLCHEN TAG GEBOREN WÄRE, DANN GLAUB ICH NICHT, DASS ER BIS ZU SEINER KREUZIGUNG DURCHGEHALTEN HÄTTE«, gab Owen zurück.

Auf dem fast jungfräulich weißen Bürgersteig der Front Street hatte nur ein Fußgänger den Schnee vor uns zertreten; abgesehen von den wahllos hingesprenkelten Hundemarkierungen war der Weg makellos weiß. Die Gestalt, die die ersten menschlichen Spuren im Schnee hinterlassen hatte, war zu sehr eingemummt und auch zu weit von Owen und mir entfernt, als daß wir sie hätten erkennen können.

»KOMMT DEINE GROSSMUTTER NICHT ZUM KRIPPENSPIEL?« fragte Owen.

»Sie ist doch bei den Kongregationalisten«, erinnerte ich ihn.

»ABER IST SIE SO WENIG FLEXIBEL, DASS SIE NICHT AN EINEM SONNTAG IM JAHR IN EINE ANDERE KIRCHE GEHEN KANN? BEI DEN KONGREGATIONALISTEN GIBT'S DOCH GAR KEIN KRIPPENSPIEL.«

»Das weiß ich auch«, gab ich zurück, doch ich wußte noch mehr: Ich wußte, die Kongregationalisten hatten am Morgen des letzten Sonntags vor Weihnachten überhaupt keinen Gottesdienst – statt dessen hatten sie einen Vespergottesdienst. Das war etwas Besonderes, da wurden hauptsächlich Weihnachtslieder gesungen. Es lag nicht daran, daß der Gottesdienst, zu dem meine Großmutter ging, sich mit unserem Krippenspiel überschnitten hätte; meine Großmutter war einfach nicht gewillt, Owen in der Rolle des Erlösers zu sehen. Sie hatte die Bemerkung fallenlassen, sie fände diesen Gedanken »abstoßend«. Außerdem machte sie ein solches Theater um das Wetter, das ihr die Hüfte brechen könnte, daß sie verkündete, sie würde auch nicht zum Vespergottesdienst in die kongregationalistische Kirche gehen. Am späten Nachmittag, wenn es draußen nicht mehr hell war, sei nämlich die Gefahr noch größer, daß man sich im Dunkeln auf dem Glatteis die Hüfte brach.

Der Mann vor uns auf dem Bürgersteig war Mr. Fish, den wir recht schnell einholten – Mr. Fish setzte so vorsichtig einen Fuß vor den anderen, daß es schon fast absurd war; auch er muß Angst davor gehabt haben, sich die Hüfte zu brechen. Beim Anblick von Owen Meany, der sich so dick in den Schal meiner Mutter eingewickelt hatte, daß man nur noch seine Augen sah, erschrak Mr. Fish; doch Mr. Fish erschrak oft, wenn er Owen sah.

»Warum seid ihr noch nicht in der Kirche beim Umkleiden?« fragte er uns. Wir erklärten ihm, daß wir ohnehin eine Stunde zu früh da sein würden. Selbst Mr. Fish würde bei seinem Tempo eine halbe Stunde vor Beginn des Krippenspiels da sein; doch Owen und ich waren überrascht, daß er es überhaupt ansehen wollte.

»SIE GEHEN DOCH SONST NICHT IN DIE KIRCHE«, sagte Owen vorwurfsvoll.

»Na ja, ich meine, nein, das tu ich wirklich nicht«, gab Mr. Fish zu. »Aber das Krippenspiel will ich auf keinen Fall versäumen!«

Owen beäugte seinen Co-Star in *Ein Weihnachtslied* mißtrauisch. Mr. Fish schien von Owens Erfolg deprimiert und beeindruckt zugleich, und das ließ es verdächtig erscheinen, daß er dem Krippenspiel in der Christ Church beiwohnen wollte. Ich vermute, daß Mr. Fish einen Hang zum Masochismus hatte; außerdem hatte er sich dem Laientheater so vorbehaltlos verschrieben, daß er verzweifelt versuchte, so viele Anregungen wie möglich zu bekommen, indem er sich Owens brillante Schauspielkunst ansah.

»KANN GUT SEIN, DASS ICH HEUTE NICHT IN FORM BIN«, versuchte Owen Mr. Fish umzustimmen; dabei gab er dramatisch eine Kostprobe seines bellenden Hustens zum besten.

»Ein Mime wie du wird bei einer kleinen Erkältung sicherlich nicht gleich verzagen«, meinte Mr. Fish. Zu dritt stapften wir weiter durch den Schnee – Mr. Fish kam uns mit dem Schrittempo halbwegs entgegen... Er vertraute Owen und mir an, daß es ihn etwas nervös mache, in die Kirche zu gehen; er hatte als Kind nicht ein einziges Mal zur Kirche gemußt – auch seine Eltern waren nicht religiös gewesen – und nur zu Hochzeiten und Beerdigungen hatte er »einen Fuß« in die Kirche gesetzt. Mr. Fish war sich nicht einmal sicher, wieviel ein Krippenspiel vom Leben Jesu »abdeckt«.

»NATÜRLICH NICHT ALLES«, sagte Owen ihm.

»Nicht die Sache mit dem Kreuz?« fragte Mr. Fish.

»SIE HABEN IHN DOCH NICHT ANS KREUZ GESCHLAGEN, ALS ER NOCH EIN BABY WAR!« erwiderte Owen.

»Und die Stelle, wo er alle heilt – und die Jünger belehrt?« fragte Mr. Fish.

»ES HANDELT NUR VON WEIHNACHTEN!« Owen war der Verzweiflung nahe. »ES IST NUR DIE GEBURT!«

»Es ist eine Rolle ohne Text«, rief ich Mr. Fish ins Gedächtnis.

»Ach ja, das hab ich ganz vergessen«, sagte Mr. Fish.

Die Christ Church war in der Elliot Street, direkt neben dem Gelände der Gravesend Academy; an der Ecke zur Elliot Street wartete Dan Needham auf uns. Offensichtlich wollte sich auch der Regisseur ein paar Anregungen holen.

»Ja hallo, wen haben wir denn da!« sagte Dan zu Mr. Fish, der sogleich errötete. Owen freute sich, daß Dan auch zum Krippenspiel kam.

»GUT, DASS SIE HIER SIND, DAN«, sagte er zu Dan, »ES IST NÄMLICH MR. FISHS ERSTES KRIPPENSPIEL, UND ER IST EIN BISSCHEN NERVÖS.«

»Ich weiß eben nicht, wann man sich hinkniet

und all den ganzen Blödsinn«, sagte Mr. Fish grinsend.

»NICHT ALLE EPISKOPALEN KNIEN SICH HIN«, erklärte Owen.

»Ich nicht«, meinte ich.

»ICH SCHON«, sagte Owen Meany.

»Manchmal tu ich es und manchmal nicht«, sagte Dan. »Wenn ich in der Kirche bin, gucke ich, was die anderen machen – und mach dann dasselbe.«

So gelangten wir vier, ein eklektisches Quartett, in die Christ Church.

Trotz der Kälte stand Rev. Dudley Wiggin draußen auf der Treppe, um die früh Eintreffenden zu begrüßen; er trug keinen Hut, und seine Kopfhaut leuchtete glühendrot unter dem schütteren grauen Haar – seine Ohren wirkten so steifgefroren und blutleer, daß sie jeden Moment hätten abbrechen können. Barbara Wiggin stand in einem Silberfuchsmantel mit dazu passender Pelzmütze neben ihm.

»SIE SIEHT AUS WIE EINE REISEBEGLEITERIN DER TRANSSIBIRISCHEN EISENBAHN«, bemerkte Owen.

Ich erschrak ein wenig, als ich Rev. Lewis Merrill und seine kalifornische Frau neben den Wiggins stehen sah; auch Owen war überrascht.

»HABEN SIE DIE KIRCHE GEWECHSELT?« fragte er die beiden.

Die von langem Leiden gekennzeichneten Merrills schienen nicht genügend Phantasie zu besitzen, um zu verstehen, was Owen meinte; seine Frage rief Verwirrung hervor und verstärkte Mr. Merrills übliches leichtes Stottern:

»W-w-wir ha-haben h-heute *Ves*-p-p-per!« sagte Mr. Merrill zu Owen, der seine Antwort aber nicht verstand.

»Die Kongregationalisten haben heute abend einen Vespergottesdienst«, erklärte ich Owen. »Anstelle des normalen Vormittagsgottesdienstes«, fügte ich hinzu. »Vesper ist am späten Nachmittag.«

»ICH WEISS, WAS VESPER IST!« erwiderte Owen ärgerlich.

Rev. Mr. Wiggin legte den Arm um seinen Mitbruder und drückte Rev. Mr. Merrill so fest an sich, daß der kleinere, blassere Mann erschrocken dreinblickte. Ich glaube, die Episkopalen sind generell herzlicher als die Kongregationalisten.

»Barb und ich gehen zum Vespergottesdienst, wegen der Weihnachtslieder, jedes Jahr«, verkündete Rector Wiggin. »Und die Merrills kommen zu unserem Krippenspiel.«

»Jedes Jahr«, fügte Mrs. Merrill neutral hinzu;

sie sah mitleiderregend aus und blickte neidisch auf den Schal, der Owens ganzes Gesicht bedeckte.

Rev. Lewis Merrill riß sich zusammen. Seit dem spontanen Begräbnis von Sagamore hatte ich ihn nicht mehr so mühsam nach Worten ringen hören, und mir kam der Gedanke, daß möglicherweise Owens Gegenwart seine Zunge so nachhaltig hemmte.

»Wir mögen die Weihnachtslieder sehr, wir zelebrieren sie – wir haben schon immer sehr großen Wert auf unseren Chor gelegt«, sagte Pastor Merrill. Bei dem Wort »Chor« schien er mich für einen herzlichen Blick auserkoren zu haben, als genüge allein der Hinweis auf diese geübten Engelsstimmen, um mich daran zu erinnern, daß ich die meiner Mutter nie mehr würde hören können.

»Wir mögen das Wunder selbst noch lieber!« sagte Mr. Wiggin fröhlich. »Und dieses Jahr«, fügte der Rector hinzu und legte dabei seine kräftige Pilotenhand auf Owens Schulter, »dieses Jahr haben wir einen kleinen Herrn Jesus, der allen den Atem rauben wird!« Rev. Dudley Wiggin wuschelte mit seiner riesigen Pranke auf Owens Kopf herum und drückte dabei den Schild der schwarzrot karierten Mütze nach unten; gleichzeitig zog er den GLÜCKSSCHAL meiner Mutter nach oben, so daß Owen überhaupt nichts mehr sehen konnte.

»So ist es!« sagte Rector Wiggin und zog Owen die Mütze vom Kopf, und zwar so schnell, daß sein seidiges, babyähnliches Haar wegen der elektrischen Aufladung nach allen Seiten hin zu Berge stand. »Dieses Jahr«, meinte Captain Wiggin, »wird kein Auge trocken bleiben!«

Owen, der gleich in seinem Schal zu ersticken drohte, nieste.

»Owen, du kommst jetzt mit mir!« sagte Barb Wiggin scharf. »Ich muß den Kleinen in die Windeln einwickeln – ehe er sich noch erkältet«, erklärte sie den Merrills; doch Mr. Merrill und seine zitternde Frau sahen aus, als hätten auch sie es bitter nötig, in Windeln gewickelt zu werden. Die Vorstellung, daß Owen die Rolle des Friedensfürsten spielen sollte, schien sie zu entsetzen. Ich glaube, die Kongregationalisten haben es nicht so mit Wundern wie die Episkopalen.

In der kühlen Vorhalle des Gemeindehauses bemühte sich Barb Wiggin, Owen Meany in die Windeln zu zwängen; doch so fest oder so lose sie ihn auch in die breiten Baumwollstreifen wickelte, er beschwerte sich ständig.

»DAS IST ZU ENG, SO KRIEG ICH KEINE LUFT!« beschwerte er sich hustend. Oder er rief aus: »ES ZIEHT!«

Barb Wiggin bearbeitete ihn mit solch grimmiger, humorloser Entschlossenheit, daß man hätte denken können, sie sei dabei, ihn einzubalsamieren; möglicherweise dachte sie das auch, während sie ihn einwickelte – um sich selbst zu beruhigen.

Daß Barb Wiggin ihn so roh behandelte und die Nachricht, daß meine Großmutter durchaus zum Krippenspiel hätte kommen können –, sich jedoch dagegen entschieden hatte – wirkte sich negativ auf Owens Laune aus; er wurde griesgrämig und bokkig. Er bestand darauf, wieder aus den Windeln gewickelt und dann neu eingewickelt zu werden – in den GLÜCKSSCHAL meiner Mutter; erst danach durften die weißen Baumwollstreifen über den Schal gewickelt werden – damit man ihn nicht sah. Der Grund war, daß er den Schal direkt am Körper haben wollte.

»DAMIT ER MICH WÄRMT UND MIR GLÜCK BRINGT«, sagte er.

»Der kleine Herr Jesus braucht keinen ›Glücksbringer‹, Owen«, meinte Barb Wiggin zu ihm.

»WOLLEN SIE ETWA SAGEN, CHRISTUS HÄTTE GLÜCK GEHABT?« entgegnete Owen. »ICH WÜRDE SAGEN, ER HÄTTE DURCHAUS EIN BISSCHEN MEHR GLÜCK GEBRAUCHEN KÖNNEN. ICH WÜRDE SAGEN, AM ENDE HAT ES IHN VOLLSTÄNDIG VERLASSEN.«

»Aber Owen«, schaltete sich Rector Wiggin ein.

»Er wurde zwar gekreuzigt, aber er ist doch von den Toten auferstanden! Am Ende wurde er gerettet, darum geht es doch!«

»ER WURDE *BENUTZT*«, sagte Owen streitsüchtig.

Der Rector schien zu erwägen, ob dies der rechte Zeitpunkt für eine klerikale Debatte sei; Barb Wiggin schien zu erwägen, ob sie Owen nicht mit dem Schal meiner Mutter erwürgen solle. Ob Christus Glück gehabt hatte oder nicht, ob er gerettet oder benutzt wurde, das schienen recht gravierende Unterschiede zu sein – selbst in diesem hektischen Augenblick in der ungemütlichen Vorhalle des Gemeindehauses, in der es durch das Öffnen und Schließen der Tür ständig zog und gleichzeitig nach den dampfenden nassen Wollkleidern roch, von denen der schmelzende Schnee auf die Heizung tropfte. Doch konnte ein gewöhnlicher Rector der Christ Church mit dem in Windeln gewickelten Kind streiten, das gleich in der Krippe liegen würde?

»Wickel ihn so ein, wie er es haben will«, wies Mr. Wiggin seine Frau an; doch in seiner Stimme klang ein drohender Unterton mit, als sei sich der Rector nicht sicher, ob Owen Meany nun der Christ oder der Antichrist war. Und durch die groben Bewegungen, mit denen sie ihn auswickelte und wieder einwickelte, demonstrierte Barb Wiggin, daß Owen für sie nicht der Friedensfürst war.

Die Kühe – die ehemaligen Tauben – stolperten in der überfüllten Vorhalle herum, als seien sie unruhig, weil es kein Heu gab. Mary Beth Baird sah recht üppig aus – wie ein dralles Filmsternchen – in ihrem weißen Gewand; doch ihre Ausstrahlung als Muttergottes und Heilige Jungfrau wurde durch ihren flotten Pferdeschwanz geschmälert. Als typischer Josef steckte ich in einem langweiligen braunen Gewand – dem biblischen Pendant zu einem Dreiteiler. Harold Crosby, der seine Erhebung in der immer wieder versagenden Engelmaschine hinauszuzögern versuchte, war bereits zweimal »zum letzten Mal« auf die Toilette gegangen. Es war ein Glück, dachte ich, daß Owen – eingepackt, wie er war – nicht auch pinkeln mußte. Er konnte nicht stehen; und selbst wenn man ihn auf die Füße gestellt hätte, hätte er nicht laufen können – Barb Wiggin hatte ihm die Beine zu eng zusammengewickelt.

Das war das erste Problem: Wie sollte er in die Krippe befördert werden? Damit wir, die heilige Schar, uns von der Gemeinde unbemerkt in Pose setzen konnten, war vor der »Krippe« eine dreiteilige Trennwand aufgebaut worden – ein Kreuz aus Goldbrokat schmückte jeden Teil der Wand.

Chas Addams

Wir sollten dahinter Stellung beziehen – und dort zur Reglosigkeit erstarren, wie auf einem Foto. Und wenn der Engel seinen quälenden Abstieg vom Himmel zu den Hirten begann und so die Aufmerksamkeit der Zuschauer von uns ablenkte, würde die violette Trennwand fortgetragen werden. Die »Lichtsäule«, die den Hirten und Königen folgte, würde dann die gespannte Aufmerksamkeit des Publikums auf uns im Stall richten.

Natürlich wollte Mary Beth Baird Owen selbst zu seinem Heuhaufen tragen. »Ich kann das machen!« verkündete die Jungfrau Maria. »Ich hab ihn schon öfter hochgehoben!«

»NEIN, JOSEF TRÄGT DAS JESUSKIND!« rief Owen flehentlich; doch Barb Wiggin wollte diese Aufgabe selbst übernehmen. Sie hatte bemerkt, daß dem Erlöser die Nase lief, und wischte sie ihm geschickt ab; dann hielt sie ihm das Taschentuch hin und sagte ihm, er solle »hineinschnauben«. Er gab einen unheiligen Schneuzer von sich. Mary Beth Baird wurde mit einem sauberen Taschentuch ausgestattet, für den Fall, daß die Nase des Jesuskindes wieder zu laufen begann, während er im Heu lag; die Jungfrau Maria war entzückt, Verantwortung für Owens körperliche Bedürfnisse übernehmen zu dürfen.

Ehe sie den kleinen Friedensfürsten hochhob,

beugte sich Barb Wiggin über ihn und massierte ihm die Wangen. Diese Behandlung führte sie mit einer seltsamen Mischung von Nüchternheit und Erotik durch. Ich sah natürlich etwas Stewardessenhaftes darin – als würde sie Owen einfach abfertigen, so wie sie vielleicht einem Baby die Windeln wechselte; gleichzeitig aber war es irgendwie anzüglich, daß sie seinem Gesicht mit ihrem so nahe kam, als wolle sie ihn verführen. »Du bist so blaß«, sagte sie und kniff ihm sogar etwas Farbe ins Gesicht.

»AUTSCH!« sagte er.

»Das Jesuskind sollte rosige Bäckchen haben«, meinte sie zu ihm. Sie beugte sich noch näher zu ihm und berührte seine Nasenspitze mit ihrer; dann gab sie ihm, ganz plötzlich, einen Kuß auf den Mund. Es war kein zärtlicher, liebevoller Kuß; es war ein grausamer, neckender Kuß, der Owen verwirrte – er wurde rot, sein Gesicht nahm die Farbe an, die Barb Wiggin sich gewünscht hatte; Tränen schossen ihm in die Augen.

»Ich weiß, daß du dich nicht gern küssen läßt, Owen«, meinte Barb Wiggin kokett, »aber er soll dir nur Glück bringen – mehr nicht.«

Ich wußte, es war das erste Mal, daß Owen auf den Mund geküßt wurde, seit meine Mutter es getan hatte; daß Barb Wiggin ihn vielleicht an meine

Mutter erinnerte, empörte ihn, da war ich sicher. Er ballte die Hände zu Fäusten, als Barb Wiggin ihn, steif, wie er war, zu ihrer Brust hochhob. Seine Beine, die so dick eingewickelt waren, daß er die Knie nicht beugen konnte, standen gerade ab; er sah aus wie das Objekt eines erfolgreichen Schwebeversuches einer magischen Hure. Mary Beth Baird, die so darum gebettelt hatte, Owen einen Kuß geben zu dürfen, starrte neiderfüllt auf Barb Wiggin, die eine überaus kräftige Stewardess gewesen sein mußte – als sie noch in den Lüften schwebte. Es bereitete ihr keine Schwierigkeiten, ihn an seinen Platz im Heu zu tragen. Sie drückte ihn leicht an ihre Brust, mit dem ernsten Ausdruck eines verschlagenen Bestattungsunternehmers – der einen kindlichen Pharao in sein in der Pyramide verstecktes Grab bringt.

»Sei ganz ruhig«, flüsterte sie ihm zu; boshaft hielt sie ihren Mund ganz dicht an sein Ohr, und er wurde feuerrot.

Und ich, Josef – der ewige Statist – sah, was die neidische Jungfrau Maria nicht sah. Ich sah es, und ich bin sicher, daß auch Barb Wiggin es sah – ich bin sicher, daß sie ihn deshalb so schamlos weiterquälte. Das Jesuskind hatte eine Erektion; sie zeichnete sich auch durch die sorgfältig gewickelten Windelschichten sichtbar ab.

Barb Wiggin legte ihn ins Heu; wissend lächelte sie ihn an und küßte ihn noch einmal auf die Wange – zweifellos sollte ihm auch das Glück bringen. So hatte sich Owen eine Lektion in christlicher Nächstenliebe nicht vorgestellt: im Heu liegend zu erfahren, daß jemand, den man haßt, einem einen Steifen machen kann. Wut und Scham ließen Owens Gesicht erneut erröten; Mary Beth Baird, die den Gesichtsausdruck des Jesuskindes mißverstand, wischte ihm die Nase ab. Eine Kuh trat auf einen Engel, der warf beinahe die violette Trennwand um; der hintere Teil eines Esels stolperte gegen das schwankende Triptychon. Ich starrte hinauf in das Dunkel zwischen den hohen Strebebögen und wollte einen beruhigenden Blick auf den Engel, der die Frohe Botschaft verkünden sollte, werfen; doch Harold Crosby war nicht zu sehen – zweifellos hing er, voller Zittern und Zagen, irgendwo über der »Lichtsäule« herum.

»Schneuz dich doch!« flüsterte Mary Beth Baird Owen zu, der aussah, als würde er jeden Moment explodieren. Der Chor rettete ihn.

Mit einem metallenen Klicken, das an das Geräusch einer Ratsche erinnerte, begann der Engelapparat mit seiner Arbeit; es folgte ein kurzes Keuchen, als Harold Crosby in Panik nach Luft schnappte – und der Chor fing an zu singen.

O kleines Städtchen Bethlehem,
wie friedlich liegst du da!
Es wachen über deinen Schlaf
Die Sterne wunderbar…

Nur langsam öffnete das Jesuskind die Fäuste; nur langsam ließ die Erektion des kleinen Friedensfürsten nach. Das erzürnte Funkeln in Owens Augen verschwamm, als würde er schläfrig – die Trance des Friedens senkte sich auf das Gesicht des kleinen Prinzen, was der Muttergottes Tränen in die ohnehin schon feuchten Augen trieb.

»Schneuz dich doch! Bitte!« flüsterte sie ihm wehleidig zu. Mary Beth Baird hielt ihm das Taschentuch an die Nase und bedeckte damit gleichzeitig auch seinen Mund – als verabreiche sie ihm ein Narkotikum. Anmutig und huldvoll schob Owen ihre Hand und das Taschentuch beiseite; sein Lächeln vergab ihr alles, selbst ihre Unbeholfenheit, und die Gebenedeite Jungfrau schwankte ein wenig auf den Knien, als wolle sie ohnmächtig werden.

Versteckt vor den Zuschauern, jedoch bedrohlich sichtbar für uns, umklammerte Barb Wiggin die Hebel des Apparates, der den Engel herabließ, wie ein Baggerführer, der mit seiner schweren Maschine den Erdboden aufreißen will. Als Owens

Blick den ihren traf, schien sie Selbstbewußtsein und Haltung zu verlieren; der Blick, den er ihr zuwarf, war zugleich herausfordernd und lüstern. Ein Schauder lief durch ihren Körper; sie zuckte zusammen und ließ die Hebel los. Harold Crosbys Abstieg vom Himmel, der eigentlich sanft und gleichmäßig hätte sein sollen, wurde jäh gestoppt.

»Fürchtet euch nicht«, begann Harold Crosby mit bebender Stimme. Doch ich, Josef – ich sah jemanden, der sich fürchtete. Barb Wiggin, die wie versteinert vor dem Bedienpult für die »Lichtsäule« und den Engelapparat stand, fürchtete sich vor Owen Meany; der Friedensfürst hatte die Kontrolle wieder übernommen. Er hatte eine kleine, aber bedeutende Entdeckung gemacht: Ein Steifer kommt und geht. Die »Lichtsäule«, die Harold Crosbys nunmehr abgebrochenen, gefährlichen Abstieg vom Himmel begleiten sollte, schien einen eigenen Willen zu besitzen; sie beleuchtete Owen auf seinem Heuhaufen, als habe das Licht sich der Kontrolle von Barb Wiggin entzogen. Eigentlich sollte es den Engel neben dem Stall anleuchten.

Als der Hausmeister mit der dreiteiligen Trennwand davonschlich, erhob sich ein leises Murmeln in der Gemeinde, doch das Jesuskind brachte sie mit einer winzigen Handbewegung zum Schweigen. Er richtete einen gänzlich unkindlichen, sardonischen Blick auf Barb Wiggin, die sich erst in diesem Augenblick wieder fing und die »Lichtsäule« zurück auf den Engel lenkte, wo sie hingehörte.

»Fürchtet euch nicht«, wiederholte Harold Crosby; Barb Wiggin, etwas zu eifrig an den Bedienelementen des Engelapparates, ließ ihn plötzlich ganz herunter – ein freier Fall von etwa drei Metern, ehe sie seinen Abstieg abrupt bremste; sein Kopf wurde hin- und hergeschleudert, der Mund stand ihm offen, und er schaukelte über den ängstlichen Hirten hin und her wie eine riesige Seemöwe, die mit dem Wind spielt. »Fürchtet euch nicht!« rief Harold laut. Dann machte er eine Pause und schaukelte stumm weiter; er hatte den Rest seines Textes vergessen.

Barb Wiggin, die versuchte, den Engel am Schaukeln zu hindern, drehte Harold von den Hirten und dem Publikum weg – so daß er zwar weiterschaukelte, dabei jedoch allen den Rücken kehrte, als habe er beschlossen, die Welt zu verschmähen, oder seine Botschaft nicht zu überbringen.

»Fürchtet euch nicht«, murmelte er undeutlich.

Aus dem Heu ertönte ein schreckliches Falsetto, die kaputte Stimme eines merkwürdigen Souffleurs – doch wer sonst kannte schon den Text von

Harold Crosby auswendig? Wer sonst außer dem früheren Engel des Herrn? »SIEHE, ICH VERKÜNDIGE EUCH GROSSE FREUDE, DIE ALLEM VOLK WIDERFAHREN WIRD«, flüsterte Owen; doch Owen Meany konnte nicht richtig flüstern – in seiner Stimme war zuviel Staub und Kies. Nicht nur Harold Crosby hörte das Jesuskind soufflieren, alle anderen hörten es auch – die verzerrte, heilige Stimme, die aus dem dunklen Heu sprach und dem Engel sagte, was er verkündigen sollte. Gehorsam wiederholte Harold den Text.

Und als die »Lichtsäule« schließlich den Hirten und Königen zu ihrem Anbetungsort im Stall folgte, war auch das Publikum bereit, ihn zu verherrlichen – wer auch immer dieses Jesuskind sein mochte, das nicht nur seine Rolle, sondern auch die anderen, wichtigen Teile der Geschichte kannte.

Mary Beth Baird war überwältigt. Erst fiel ihr Gesicht aufs Heu hinab, dann stieß ihre Wange gegen die Hüfte des Jesuskindes; danach begab sie sich in eine noch demütigere, bodennähere Haltung und bettete ihren Kopf geradewegs in Owens Schoß. Die »Lichtsäule« zitterte angesichts dieses schamlosen, höchst unmütterlichen Verhaltens. Barb Wiggins Wut, und ihr Wissen darum, daß es noch schlimmer kommen würde, verlieh ihr das Aussehen eines Soldaten, der eine Maschinengewehrstellung hält; sie hatte Mühe, das Licht ruhig zu halten.

Mir fiel auf, daß Barb Wiggin Harold Crosby so hoch gehievt hatte, daß nichts mehr von ihm zu sehen war; dort droben im staubigen Gebälk zwischen den düsteren Strebepfeilern schaukelte Harold Crosby, das Gesicht wahrscheinlich immer noch nach hinten gerichtet, wie eine gestrandete Fledermaus hin und her – doch ich konnte ihn nicht sehen. Ich konnte mir nur vage vorstellen, wie allein und hilflos er sich vorkommen mußte.

»O gütiger Jesus, der alle bewacht, sieh gnädig hernieder vom Morgen zur Nacht«, sang der Chor und beendete damit *In einem armen Stalle.* Rev. Dudley Wiggin zögerte einen Augenblick, ehe er mit dem Lukasevangelium fortfuhr. Vielleicht war ihm aufgefallen, daß die Jungfrau Maria eigentlich bis nach dem Evangelium warten sollte, ehe sie sich vor dem Jesuskind »verbeugte«; jetzt, wo Mary Beths Kopf bereits in Owens Schoß gebettet war, fürchtete er wohl, was sie sich als Ersatz für eine »Verbeugung« einfallen lassen mochte.

»Und da der Engel von ihnen gen Himmel fuhr«, begann der Rector; die Gemeindemitglieder suchten unwillkürlich die Decke nach Harold Crosby ab. Unter den Gesichtern in den ersten Reihen suchte niemand so eifrig nach dem verschwundenen Engel wie Mr. Fish, der ohnehin erstaunt war, daß Owen Meany doch eine Rolle mit Text hatte.

Owen sah aus, als müsse er gleich niesen, oder vielleicht nahm ihm das Gewicht von Mary Beths Kopf den Atem; aus seiner ungeputzten Nase liefen ihm zwei glänzende Rinnsale über die Oberlippe. Ich konnte sehen, daß er schwitzte; es war ein so kalter Tag, und der alte Ofen in der Kirche lief auf Hochtouren – im erhöhten Altarraum war es viel wärmer als in den Bankreihen, in denen viele der Gemeindemitglieder immer noch in ihren Mänteln dasaßen. Die Hitze im Stall war drückend. Die Esel und Kühe taten mir leid; in den Kostümen mußte ihnen der Schweiß in Strömen herunterlaufen. Der Strahl der »Lichtsäule« wirkte so heiß, als könne er das Heu, auf dem der kleine Herr Jesus von der Muttergottes verdeckt lag, jeden Moment in Flammen setzen.

Wir lauschten immer noch den Worten aus dem Lukasevangelium, als der erste Esel ohnmächtig wurde; eigentlich war es nur das Hinterteil, das ohnmächtig wurde, und deshalb wirkte der Zusammenbruch recht merkwürdig. Viele der Zuschauer wußten nicht, daß die Esel aus zwei Teilen bestanden; so wie dieser Esel jetzt umkippte, muß es sie erschreckt haben. Es sah aus, als gäben die Hinterbeine nach, während die Vorderbeine sich bemühten stehenzubleiben, und Kopf und Nacken zogen bald in diese, bald in jene Richtung – um das Gleichgewicht zu halten. Der Hintern des Esels und seine Hinterbeine fielen einfach zu Boden, als habe das Tier einen rückwärtigen Schlaganfall erlitten – oder als sei es angeschossen worden; das Hinterteil war gelähmt. Die vordere Hälfte des Esels bemühte sich tapfer, stehenzubleiben, wurde jedoch bald von seinem kampfunfähigen Hinterteil zu Boden gezwungen. Eine Kuh, der die Hörner die Sicht versperrten, stieß bei dem Versuch, dem fallenden Esel auszuweichen, einen Hirten über eine Kniebank; der Hirte schlug auf den Boden vor der Bank auf und rollte zwischen den beiden vorderen Bankreihen in den Mittelgang hinein.

Als der zweite Esel umfiel, begann Rev. Mr. Wiggin, schneller zu lesen.

»Maria aber behielt alle diese Worte«, sagte der Rector, »und bewegte sie in ihrem Herzen.«

Die Jungfrau Maria hob ihren Kopf aus dem Schoß des kleinen Herrn Jesus, ein verzücktes Lächeln lag auf ihrem erröteten Gesicht; sie schlug sich mit beiden Händen gegen die Brust – als habe ein Pfeil, oder eine Lanze, sie von hinten durchbohrt; und ihre Augen rollten nach oben, zu ihrer glänzenden Stirn hin, als würde sie, noch bevor sie zu Boden fiel, den Geist aufgeben. Der kleine Herr

Jesus, der plötzlich Angst bekam, wohin Mutter Maria fallen und wie kräftig sie aufschlagen werde, streckte die Hände aus, um sie aufzufangen; doch Owen war nicht stark genug, um Mary Beth Baird abstützen zu können – Brust an Brust drückte sie ihn ins Heu, wo sie nun miteinander zu ringen schienen.

Und ich, Josef – ich sah, wie der kleine Herr Jesus sich seiner Mutter entledigte; er faßte ihr zwischen die Beine. Es war eine blitzschnelle Attacke, verborgen in einem Heugestöber; man mußte schon ein Josef – oder Barb Wiggin – sein, um zu bemerken, was geschehen war. Die Gemeindemitglieder sahen nur, wie die Heilige Mutter aus dem Heuhaufen herausrollte und sich in sicherer Entfernung zu dem unberechenbaren Friedensfürsten wieder sammelte. Owen warf Mary Beth einen ebenso unversöhnlichen und erzürnten Blick zu wie vorher Barb Wiggin.

Den gleichen Blick warf er auch in die Gemeinde – die Geschenke, die ihm die Weisen und die Hirten zu Füßen legten, strafte er mit Mißachtung, wenn nicht sogar Verachtung. Wie ein Offizier, der seine Truppe abschreitet, musterte Owen die in der Kirche versammelten Gemeindemitglieder. Die Gesichter, die ich sehen konnte – in den vorderen Reihen – schienen Angst zu haben, abgewiesen zu werden. Mr. Fish und auch Dan – diese beiden Altmeister des Laienschauspiels – hatten vor Begeisterung den Mund sperrangelweit offen, denn hier sahen sie einen Schauspieler, der nicht nur das Laienhafte überwand, sondern auch eine Grippe; Owen hatte Fehler und schlechtes Schauspielen *und* Abweichungen vom Drehbuch bezwungen.

Dann sah ich die Gesichter unter den Zuschauern, die Owen etwa zur gleichen Zeit wie ich entdeckt haben mußte; sie hatten den gespanntesten Ausdruck von allen. Es waren die Gesichter von Mr. und Mrs. Meany. Mr. Meanys granitartiger Gesichtsausdruck war von Furcht überlagert, doch er starrte gefesselt in Richtung Altar; Mrs. Meanys irres Starren drückte schieres Unverständnis aus. Sie hatte die Hände in heftigem Gebet zusammengepreßt, und ihr Mann hielt ihr die zuckenden Schultern fest, denn sie wurde von einem Schluchzen geschüttelt, das so beunruhigend war wie die hemmungslosen Weinkrämpfe eines geistig zurückgebliebenen Kindes.

Owen setzte sich so plötzlich in seinem Heuhaufen auf, daß etliche Zuschauer in den ersten Reihen vor Schreck nach Luft schnappten und Angstschreie ausstießen. Steif beugte er die Hüfte vor, wie eine eng gewundene Sprungfeder, und mit einer wilden Geste deutete er auf seine Mutter und seinen Vater; für viele Zuschauer sah es so aus, als deute er genau auf sie – oder auf alle zusammen.

»WAS WOLLT *IHR* DENN HIER?« schrie der wütende Jesus.

Viele Gemeindemitglieder fühlten sich damit angesprochen; ich sah, was für einen Schrecken Mr. Fish diese Frage einjagte; doch ich wußte, wen Owen meinte. Ich sah, wie Mr. und Mrs. Meany zusammenzuckten; sie rutschten auf die Kniebank, und Mrs. Meany bedeckte sich mit beiden Händen das Gesicht.

»IHR HABT HIER NICHTS ZU SUCHEN!« brüllte Owen ihnen zu; doch Mr. Fish und sicherlich die Hälfte der Gemeindemitglieder dachten, sie seien mit diesem Vorwurf gemeint. Ich sah die Gesichter von Rev. Lewis Merrill und seiner kalifornischen Frau; auch sie glaubten offensichtlich, Owen schreie sie an.

»ES IST EIN *FREVEL*, DASS IHR HIER SEID!« polterte Owen. Mindestens ein Dutzend Zuschauer erhoben sich schuldbewußt aus den hinteren Bankreihen – um zu gehen. Mr. Meany half seiner verstörten Frau auf die Beine. Sie bekreuzigte sich mehrmals – eine hilflose, gedankenlose katholische Geste; sie muß Owen zur Weißglut gereizt haben.

Der Abgang der Meanys war recht unbeholfen;

sie waren große, kräftige Leute, und beim Verlassen der vollen Bankreihe, beim Betreten des Hauptganges – wo alle sie sehen konnten – waren ihre Bewegungen weder gelöst noch anmutig.

»Wir wollten dich doch nur *sehen*!« entschuldigte sich sein Vater bei ihm.

Doch Owen Meany wies auf die Tür am Ende des Kirchenschiffes, durch die mehrere der Gläubigen bereits hinausgegangen waren; wie das andere Paar, das aus dem Garten Eden verbannt wurde, verließen Owens Eltern die Christ Church, wie ihnen gesagt worden war. Nicht einmal die Verve, mit der der Chor – auf die hektischen Zeichen des Rectors hin das Lied *Hört! Es tönt der Engel Schar* anstimmte, ersparte der Gemeinde das unauslöschliche Bild, wie die Meanys ihrem einzigen Sohn gehorchten.

Rector Wiggin, der mit beiden Händen die Bibel umklammerte, versuchte die Aufmerksamkeit seiner Frau auf sich zu ziehen; doch Barb Wiggin stand wie versteinert da. Der Rector wollte, daß seine Frau die »Lichtsäule« abschaltete, die noch immer den zornerfüllten Herrn Jesus anleuchtete.

»BRING MICH HIER RAUS!« sagte der Friedensfürst zu Josef. Und was wäre Josef, wenn nicht ein Mann, der tut, was ihm gesagt wird? Ich hob ihn hoch. Mary Beth Baird wollte auch einen Teil von ihm halten; ob er durch seine Attacke ihre Leidenschaft noch geschürt hatte oder ob er sie dadurch einfach nur zur Raison gebracht hatte, ohne daß sie auch nur ein Quentchen von ihrem Feuereifer aufgab, ist unklar – jedenfalls war sie seine Sklavin, stand ihm zu Diensten. Und so hoben wir ihn gemeinsam aus dem Heu. Er war so steif eingewikkelt, daß es uns vorkam, als trügen wir eine unhandliche Statue – er bewegte sich einfach nicht, egal, wie wir ihn hielten.

Wohin wir nun gehen sollten, war nicht sofort klar. Der Weg zurück, hinter den Altar – der uneinsehbare Gang, den wir auf dem Weg zum »Stall« benutzt hatten – war von Barb Wiggin in Beschlag genommen.

Wie in anderen Momenten, in denen es einer Entscheidung bedurfte, wies uns das Jesuskind den Weg; es deutete hinunter zum Hauptgang, in die Richtung, die seine Eltern eingeschlagen hatten. Ich glaube nicht, daß jemand den Eseln und Kühen sagte, sie sollten uns folgen; sie brauchten einfach nur frische Luft. Unsere Prozession glich in Formation und Umfang bald einer Marschkapelle. Die dritte Strophe des Liedes, das eigentlich das Entlassungslied für Rev. Mr. Wiggin hätte sein sollen, begleitete unseren Auszug.

Ruhm-reich er ge-kom-men ist, un-ser Hei-land
Je-sus Christ,
Um die Mensch-heit zu er-he-ben, ew-ges
Le-ben uns zu ge-ben.

Den gesamten Weg durch den Hauptgang hielt Barb Wiggin die »Lichtsäule« auf uns gerichtet; welche Macht konnte sie veranlaßt haben, das zu tun? Wir konnten nirgendwohin gehen, außer hinaus, in Schnee und Eis. Die Kühe und Esel zogen ihre Kopfbedeckung ab, um ihn besser sehen zu können; die meisten Kinder waren noch klein – ein paar waren sogar noch kleiner als Owen. Ehrfurchtsvoll starrten sie ihn an. Der Wind blies ihm durch die Windeln, und seine nackten Arme nahmen eine rosige Farbe an; er schlang sie um seine schmächtigen Schultern. Die Meanys, die verängstigt im Führerhaus des Granitlasters saßen, warteten auf ihn. Die Jungfrau Maria und ich hievten ihn hinein; so, wie er eingepackt war, konnten wir ihn nur quer über den Sitz legen – seine Beine lagen auf dem Schoß seines Vaters, so daß der gerade noch das Steuer bedienen konnte, Kopf und Oberkörper ruhten auf seiner Mutter, die ihre Gewohnheit wiederaufgenommen hatte, nicht direkt aus dem Fenster zu schauen, auf gar nichts direkt zu schauen.

»MEINE KLEIDER«, sagte der Herr Jesus zu mir. »HOL SIE UND HEB SIE FÜR MICH AUF.«

»Klar«, sagte ich.

»GOTTSEIDANK HAB ICH MEINEN GLÜCKSSCHAL AN«, meinte er zu mir. »NACH HAUSE!« wies er seine Eltern an, und Mr. Meany legte den ersten Gang ein.

Ein Schneepflug bog gerade von der Front Street in die Elliot Street ein; in Gravesend war es üblich, dem Schneepflug Platz zu machen, doch selbst der Schneepflug machte Platz für Owen.

Erich Kästner

Weihnachtslied, chemisch gereinigt

(Nach der Melodie: »Morgen, Kinder, wird's was geben!«)

Morgen, Kinder, wird's nichts geben!
Nur wer hat, kriegt noch geschenkt.
Mutter schenkte euch das Leben.
Das genügt, wenn man's bedenkt.
Einmal kommt auch eure Zeit.
Morgen ist's noch nicht soweit.

Doch ihr dürft nicht traurig werden.
Reiche haben Armut gern.
Gänsebraten macht Beschwerden.
Puppen sind nicht mehr modern.
Morgen kommt der Weihnachtsmann.
Allerdings nur nebenan.

Lauft ein bißchen durch die Straßen!
Dort gibt's Weihnachtsfest genug.
Christentum, vom Turm geblasen,
macht die kleinsten Kinder klug.

Kopf gut schütteln vor Gebrauch!
Ohne Christbaum geht es auch.

Tannengrün mit Osrambirnen –
lernt drauf pfeifen! Werdet stolz!
Reißt die Bretter von den Stirnen,
denn im Ofen fehlt's an Holz!
Stille Nacht und heil'ge Nacht –
weint, wenn's geht, nicht! Sondern lacht!

Morgen, Kinder, wird's nichts geben!
Wer nichts kriegt, der kriegt Geduld!
Morgen, Kinder, lernt fürs Leben!
Gott ist nicht allein dran schuld.
Gottes Güte reicht so weit...
Ach, du liebe Weihnachtszeit!

Guy de Maupassant

Christnacht

»Weihnachtsrummel! Weihnachtsrummel! Nein, zum Teufel, ich mach' ihn nicht mit!«

Der dicke Henri Templier sagte es mit wütender Stimme, als hätte man ihm irgendeine Gemeinheit vorgeschlagen.

Die anderen riefen lachend: »Warum bist du denn so zornig?«

Er antwortete: »So ein Weihnachtsrummel hat mir den übelsten Streich meines Lebens gespielt, deshalb habe ich einen unüberwindlichen Widerwillen gegen diese dumme Nacht mit ihrer albernen Ausgelassenheit.«

»Wieso denn?«

»Wieso? Wollt ihr es denn wissen? Dann hört zu:

Erinnert ihr euch noch, wie kalt es vor zwei Jahren um diese Zeit war; ein Frost, daß die Armen auf der Straße umfielen. Die Seine war zugefroren; beim Gehen schnitt die Kälte durch die Sohlen in die Füße; die Welt schien vor Kälte bersten zu wollen.

Ich hatte gerade eine große Arbeit vor und schlug daher jede Einladung zum Weihnachtsrummel aus; ich wollte die Nacht an meinem Schreibtisch verbringen. Ich aß darum allein zu Abend, und dann ging ich an die Arbeit. Aber gegen zehn Uhr begann der Gedanke an die Ausgelassenheit, die nun in Paris tobte, der Lärm, der von der Straße zu mir heraufdrang, die Vorbereitungen meiner Nachbarn zum Souper, die ich durch die Wände hörte, mich zu beunruhigen. Ich wußte nicht mehr, was ich tat; ich schrieb lauter dummes Zeug und sah bald, daß ich die Hoffnung aufgeben mußte, in dieser Nacht etwas Ordentliches zustande zu bringen.

Ich schritt in meinem Zimmer auf und ab, setzte mich, stand wieder auf. Der geheimnisvolle Einfluß der Freude draußen drang zu mir, und ich ergab mich.

Ich schellte nach der Magd und sagte zu ihr: ›Angèle, gehen Sie und besorgen Sie mir Abendessen für zwei Personen: Austern, kaltes Rebhuhn, Krebse, Schinken, Kuchen. Bringen Sie auch zwei Flaschen Champagner mit; decken Sie dann den Tisch und gehen Sie ruhig schlafen.‹

Sie gehorchte etwas überrascht. Als alles fertig war, zog ich meinen Überzieher an und ging aus.

Eine schwierige Frage blieb noch zu erledigen:

Mit wem sollte ich Weihnachten feiern? Meine Freundinnen waren alle eingeladen. Hätte ich eine bei mir haben wollen, dann hätte ich sie beizeiten bitten müssen. Da kam ich auf die Idee, mit meinem Amüsement zugleich eine gute Tat zu verbinden. Ich sagte mir: Paris ist voll von armen und hübschen Mädchen, die heute kein Abendessen haben und deshalb auf freigebige Junggesellen Jagd machen. Ich will die Weihnachtsvorsehung für eine dieser Enterbten spielen.

Ich will herumbummeln, die Vergnügungslokale aufsuchen, fragen, suchen, nach meinem Geschmack wählen.

Und ich fing an, durch die Stadt zu laufen.

Natürlich fand ich viele arme Mädchen, die auf Abenteuer aus waren, aber sie waren so häßlich, daß mir übel wurde, oder so mager, daß sie gleich zu Eis gefroren wären, sobald sie einen Moment stehengeblieben wären.

Ihr wißt ja, ich habe nun mal eine Schwäche für üppige Frauen. Je mehr Fleisch sie haben, um so lieber sind sie mir. Ein Koloß kann mich um alle Vernunft bringen.

Plötzlich sah ich vor dem Varieté-Theater ein Profil nach meinem Geschmack. Ein Kopf, darunter zwei Wölbungen: ein Busen, sehr schön, und dann ein Leib, einfach großartig, der Bauch einer

Stopfgans. Ich erschauerte und murmelte: Sapristi, ist das Mädel schön! Ein Punkt nur blieb dunkel: das Gesicht.

Das Gesicht ist das Dessert; das übrige ist... ist der Braten.

Ich beschleunigte meine Schritte, überholte das Mädchen und drehte mich unter einer Gaslaterne plötzlich um.

Sie war entzückend, ganz jung, brünett und hatte große schwarze Augen.

Ich machte ihr mein Gebot, das sie ohne Zögern annahm. Eine Viertelstunde darauf saßen wir in meinem Zimmer bei Tisch.

Sie sagte beim Eintreten: ›Ach, wie behaglich es hier ist.‹ Und mit sichtbarer Befriedigung blickte sie um sich und freute sich über den gedeckten Tisch und über das warme Bett für diese eisige Nacht. Sie sah wundervoll aus, ganz erstaunlich hübsch war sie und üppig genug, mein Herz für immer zu bezaubern. Sie nahm Mantel und Hut ab, setzte sich und begann zu essen; aber sie schien nicht bei Stimmung zu sein; und manchmal zitterte es in ihrem etwas bleichen Gesicht, als hätte sie einen geheimen Kummer.

Ich fragte sie: ›Hast du Verdruß?‹

Sie antwortete: ›Ach, ich will jetzt alles vergessen.‹

Und sie fing zu trinken an. Mit einem Zug leerte sie das Champagnerglas, füllte es wieder und trank es von neuem aus, und so fort.

Bald trat eine leichte Röte in ihre Wangen; sie begann zu lachen.

Ich war schon ganz verliebt, küßte sie mitten auf den Mund und merkte, daß sie weder dumm noch gemein, noch frech war, wie Straßenmädchen sonst sind. Ich wollte Einzelheiten aus ihrem Leben wissen. Sie antwortete: ›Mein Junge, das geht dich doch wirklich nichts an!‹

Aber ach! Eine Stunde später...

Endlich kam der Augenblick des Zubettgehens, und während ich den Tisch beiseite rückte, den ich vor den Kamin gestellt hatte, kleidete sie sich rasch aus und schlüpfte unter die Decke.

Meine Nachbarn machten einen furchtbaren Lärm, sie lachten und sangen wie Verrückte; und ich sagte im stillen zu mir: ›Wie recht ich gehabt habe, mir dies hübsche Mädel zu holen; ich hätte doch nicht arbeiten können.‹

Ein tiefes Stöhnen! Ich drehte mich um und fragte: ›Was hast du, Schatz?‹ Sie antwortete nicht, hörte aber nicht auf, tiefe Seufzer auszustoßen, als hätte sie schreckliche Schmerzen.

Ich fragte wieder: ›Bist du krank?‹

Da auf einmal stieß sie einen herzzerreißenden

Schrei aus. Eine Kerze in der Hand, stürzte ich auf sie zu.

Ihr Gesicht war schmerzverzerrt, sie rang die Hände, atmete schwer und stöhnte, daß es wie ein Röcheln klang und das Herz stillstehen ließ.

Ich fragte sie sehr erschrocken: ›Was hast du denn, sag doch, was ist dir?‹

Sie antwortete nicht und fing zu schreien an.

Meine Nachbarn wurden plötzlich still, sie horchten, was bei mir los sei.

Ich wiederholte: ›Was fehlt dir? Sag mir doch, was dir fehlt?‹

Sie stammelte: ›Mein Leib, mein Leib!‹

Mit einem einzigen Griff hob ich die Bettdecke hoch und sah... Sie entband.

Da verlor ich den Kopf; ich schlug mit der Faust an die Wand und schrie aus Leibeskräften: ›Hilfe! Hilfe!‹

Meine Tür wurde geöffnet; eine Masse Menschen stürzte herein, Männer im Frack, dekolletierte Frauen, Pierrots, Türken, Musketiere. Diese Invasion machte mich so verwirrt, daß ich nicht ein Wort der Erklärung sagen konnte.

Sie hatten an einen Unglücksfall, vielleicht auch an ein Verbrechen gedacht und begriffen nicht.

Ich sagte endlich: ›Diese... diese... diese Frau... bekommt ein Kind...‹

Da stürzten alle auf sie zu und gaben gute Ratschläge. Ein Kapuziner vor allem behauptete, sich darauf zu verstehen, und wollte ihr Beistand leisten.

Sie waren alle betrunken. Ich war überzeugt, sie würden sie töten; und barhäuptig stürzte ich die Treppe hinunter, um einen alten Arzt zu holen, der in der Nachbarschaft wohnte.

Als ich mit dem Doktor zurückkam, war das ganze Haus auf den Beinen; das Gas im Treppenhaus brannte; die Leute aus allen Etagen waren in meiner Wohnung: vier Holzfäller saßen am Tisch, tranken den Rest Champagner und aßen die Krebse.

Bei meinem Erscheinen brach ein furchtbarer Lärm los. Ein Milchmädchen zeigte mir, in eine Serviette gewickelt, ein schreckliches kleines runzeliges Wesen, das wie eine Katze miaute, und sagte: ›Es ist ein Mädchen.‹

Der Arzt untersuchte die Wöchnerin, fand ihren Zustand nicht ganz gefahrlos, weil die Niederkunft gleich nach einem Souper eingetreten war, und versprach beim Fortgehen, eine Krankenwärterin und eine Amme zu schicken.

Die Frauen kamen nach einer Stunde und brachten einen Pack Medikamente mit.

Ich verbrachte die Nacht im Sessel, so vor den

Kopf geschlagen, daß ich über das, was nun kommen würde, überhaupt nicht nachdenken konnte.

Sobald der Tag graute, kam der Arzt wieder. Er fand das Befinden der Kranken ziemlich schlecht.

Er sagte: ›Ihre Frau, Herr…‹

Ich unterbrach ihn: ›Es ist gar nicht meine Frau.‹

›Also Ihre Geliebte, gleichviel.‹ Und er gab mir eine ganze Reihe Verhaltensregeln.

Was tun? Die Arme ins Krankenhaus bringen? Im ganzen Hause, im ganzen Stadtteil wäre ich als Rohling verschrien worden.

Ich behielt sie also bei mir. Sechs Wochen hat sie in meinem Bett gelegen.

Was aus dem Kind wurde? Ich hab' es zu Bauersleuten nach Passy gebracht. Es kostet mich noch heute fünfzig Franken im Monat. Weil ich anfangs gezahlt habe, bin ich verpflichtet, bis zu meinem Tode weiterzuzahlen.

Und später wird es mich natürlich für seinen Vater halten.

Der Gipfel alles Pechs aber war es, daß das Mädchen, als es wieder gesund war … sich sofort in mich verliebte… liebte mich wie toll.«

»Nun, und?«

»Und? Sie war buchstäblich so mager wie eine Gassenkatze geworden. Ich gehe jetzt um dies Gerippe herum, das mir auf der Straße auflauert, sich versteckt, um mich nur vorübergehend zu sehen, mich anhält, wenn ich abends ausgehe, um mir die Hand zu küssen, und das mich noch um den Verstand bringen wird.

Das ist der Grund, warum ich den Weihnachtsrummel nicht mehr mitmache.«

Martin Suter

Die Weihnachtsfrage

Was Geri am Dezember stört, sind die andern. Er selbst hätte kein Problem damit. Im Gegenteil: Er liebt es, wenn es weihnächtelt. Die Heilsarmee, die Maronistände, die glitzernden Schaufenster und diese kollektive Torschlußpanik gefallen ihm tief im Innersten. Aber anmerken läßt er sich nichts. Wie könnte er, als Stammgast einer Bar, in der im Dezember und Januar kein Christbaum steht, dafür den ganzen Rest des Jahres?

Den Christbaum hatte Weihnachten vor fünf Jahren Pamela zurückgelassen. Pam stammt aus L. A. und war eines Tages in Begleitung eines männlichen Fotomodells in der SchampBar aufgetaucht und von diesem noch am selben Abend wegen eines anderen männlichen Fotomodells sitzengelassen worden. Das hatte die Stammgäste derart empört, daß sie Charly, den Barman, genötigt hatten, die aufgelöste, mittellose und hübsche Pam vom Fleck weg zu engagieren. Schon nach wenigen Tagen nervte Pam die Gäste mit ihrer künstlichen Herzlichkeit und ihrem »Hi honey, how are we today?«. Aber Charly verliebte sich in sie und ließ nichts auf sie kommen, obwohl sie ihn, wie die Bar vermutete, nie erhörte und ihn ihrerseits nach kurzer Zeit wegen eines Industrie-Fotografen (das »Industrie« hatte er ihr verheimlicht) sitzenließ. Charly war so getroffen, daß er das künstliche Christbäumchen mit den blinkenden bunten Kerzchen, das Pam ungefragt, aber unwidersprochen neben der Kasse aufgebaut hatte, unberührt stehenließ.

Die Stammgäste spürten, daß das Bäumchen Charly als Pamela-Altar bei seiner Trauerarbeit half, und ließen es pietätvoll unerwähnt. Erst als es nach den Sommerferien immer noch traurig vor sich hin blinkte, wagte Robi Meili die Bemerkung: »Aber über die Festtage räumst du es ab?«

Seither steht das Bäumchen von Anfang Februar bis Ende November nonkonformistisch neben der Kasse und wird über die Festtage weggeräumt. »Aus Protest gegen den Weihnachtskonsumterror«, wie es Carl Schnell nennt. Ein schwacher Protest, denn ob sich die Weihnachtszeit durch ein Bäumchen ankündigt oder durch dessen plötzliches Fehlen, kommt aufs gleiche hinaus, findet Geri Weibel. Aber er ist nicht dafür geschaffen, gegen den Strom zu schwimmen.

So ignoriert auch er an diesem ersten Dezember

wieder die leere Stelle neben der Kasse und beteiligt sich an den Gesprächen, die sich um alles drehen außer um das, was der Dezember bringt. Weihnachten steht vor der Tür, und was die SchampBar betrifft, bleibt es auch dort stehen.

Die Bar ist während der ersten Dezemberwochen die einzige weihnachtsfreie Zone der Stadt. In ihr drängen sich die, die so tun, als wäre nichts, und die doch ein wenig lauter sind als sonst. Selbst die Abendverkäufe hinterlassen keine Lücken am dichtbesetzten Tresen. Und die Einkaufstaschen an den Haken über der Fußstange enthalten Grundnahrungsmittel, keine Geschenkpäckli.

Aber je konsequenter man in der SchampBar die Weihnachtszeit verschweigt, desto gegenwärtiger wird sie. Ab der Monatsmitte wird es Zeit, daß jemand den Bann dadurch bricht, daß er ihn beim Namen nennt. Wie immer ist das Robi Meili, der Mann mit dem Gefühl für das Richtige zur rechten Zeit. »Da draußen sind wieder einmal alle am Durchdrehen«, stößt er verächtlich aus, als er die SchampBar betritt wie ein Polarforscher die rettende Forschungsstation. Erleichtert nehmen die andern den Faden auf.

»Wie wenn es ab morgen verboten wäre, häßliche Krawatten und pädagogisch wertvolle Spielsachen zu kaufen«, sagt Freddy Gut.

»Ich dachte, die Leute hätten kein Geld«, wundert sich Susi Schläfli.

»Lieber Schulden als keine Geschenke«, schnaubt Carl Schnell. Der Weihnachtsrummel wird ein toleriertes Thema in der SchampBar und verliert dadurch etwas von seinem Schrecken.

Aber in der letzten Woche vor dem »eiligen Abend«, wie Robi Meili sagt, lichten sich die Reihen und beginnen die Blicke derer, die ausharren, zu flackern. Die erste, die einbricht, ist Susi Schläfli. »Keine Geschenke an Erwachsene, habe ich gesagt«, verteidigt sie sich, als Alfred »Izmir« Huber sie auf den Goldbändel anspricht, der aus ihrer großen Handtasche blitzt.

Und Freddy Guts Einkaufstasche enthält angeblich nur deshalb ein Geschenk, weil er in einem Moment der Abgelenktheit die Verkäuferin nicht gehindert hat, seinen neuen Weinführer geschenkzuverpacken.

Geri gibt sich keine Blöße. Diskret tätigt er am 23. Dezember seine Panikeinkäufe. Und er würde auch weiterhin als immun gegen das Weihnachtsfieber gelten, wäre er am Packtisch nicht Carl Schnell begegnet, der sich eben ein elektrisches Brotmesser geschenkverpacken läßt.

Anton Čechov

Eine schreckliche Nacht

Ivan Petrovič Panichidin erblaßte, schraubte die Lampe etwas herunter und begann mit erregter Stimme: »Tiefe, undurchdringliche Finsternis hing über der Erde, als ich in der Weihnachtszeit des Jahres 1883 von meinem jetzt verstorbenen Freund, bei dem wir uns allzu lange auf einer spiritistischen Sitzung aufgehalten hatten, nach Hause zurückkehrte. Die Gassen, durch die ich ging, waren aus irgendwelchen Gründen nicht beleuchtet, und ich mußte mich fast nur tastend vorwärts bewegen. Ich wohnte in Moskau, neben einer Kirche, im Haus des Beamten Trupov, in einer der abgelegensten Ecken des Stadtviertels Arbat. Meine Gedanken waren, als ich so dahinschritt, schwer und bedrükkend...

Dein Leben nähert sich dem Ende... Tu Buße!

Das war der Satz, den Spinoza, dessen Geist herbeizuzitieren uns gelungen war, auf der Sitzung zu mir gesagt hatte... Ich bat, den Satz zu wiederholen, und die Untertasse wiederholte nicht nur den Satz, sondern fügte auch noch hinzu: ›Heute nacht.‹ Ich glaube nicht an Spiritismus, aber der Gedanke an den Tod, sogar nur andeutungsweise, macht mich verzagt. Der Tod, meine Herrschaften, ist unvermeidlich und alltäglich, aber trotzdem ist der Gedanke daran der menschlichen Natur zuwider … Jetzt aber, da mich undurchdringliche, kalte Finsternis umhüllte, vor meinen Augen die Regentropfen wie rasend umhertanzten und über meinem Kopf der Wind klagend stöhnte, da ich ringsum keine einzige lebende Seele bemerkte und keinen menschlichen Laut hörte, erfüllte meine Seele eine unbestimmte, unaussprechliche Angst. Ich, ein Mensch, der von Vorurteilen frei ist, eilte vorwärts, ich fürchtete, mich umzusehen oder zur Seite zu schauen. Mir schien, ich würde, wenn ich mich umdrehte, unbedingt den Tod in der Gestalt eines Gespenstes erblicken.«

Panichidin atmete stoßweise, trank einen Schluck Wasser und fuhr fort:

»Dieses unbestimmte, Ihnen aber begreifliche Angstgefühl verließ mich auch dann nicht, als ich das vierte Stockwerk des Trupovschen Hauses erreicht hatte, die Tür öffnete und mein Zimmer betrat. In meiner bescheidenen Behausung war es dunkel. Im Ofen seufzte der Wind; er klopfte an die Ofentür, als bäte er um Einlaß ins Warme.

Wenn ich Spinoza glaube, dachte ich lächelnd, so muß ich noch heute bei diesem Klagelied sterben. Das ist aber gruselig!

Ich zündete ein Streichholz an … Ein heftiger Windstoß jagte über das Dach des Hauses. Das leise Klagen verwandelte sich in ein boshaftes Geheul. Irgendwo unten klapperte ein halb losgerissener Fensterladen, und die Ofentür winselte kläglich um Hilfe … In so einer Nacht geht es den Obdachlosen schlecht, überlegte ich.

Aber es war nicht die Zeit, sich solchen Gedanken hinzugeben. Als an meinem Streichholz mit einem blauen Flämmchen der Schwefel aufloderte und ich meine Augen durchs Zimmer schweifen ließ, bot sich mir ein unerwarteter und grauenhafter Anblick…Wie schade, daß der Windstoß nicht auch über mein Streichholz hinweggejagt war. Dann hätte ich vielleicht nichts gesehen, und meine Haare hätten sich nicht gesträubt. Ich schrie auf, machte einen Schritt zur Tür und schloß voller Entsetzen, Verzweiflung und Verwunderung die Augen…

In der Mitte des Zimmers stand ein Sarg.

Das blaue Flämmchen brannte nicht lange, aber ich konnte noch die Umrisse des Sarges erkennen… Ich sah den rosa, wie Funken flimmernden Glanzbrokat, ich sah ein Kreuz aus goldener Litze auf dem Deckel. Es gibt Dinge, meine Herrschaften, die sich dem Gedächtnis einprägen, wenn man sie auch nur einen Augenblick gesehen hat. So ging es mir auch mit diesem Sarg. Ich hatte ihn nur eine Sekunde gesehen, aber ich erinnere mich noch an die kleinsten Einzelheiten. Es war ein Sarg, der für einen mittelgroßen Menschen und, der Farbe nach zu urteilen, für ein junges Mädchen bestimmt war. Der teure Glanzbrokat, die Füße und die Bronzegriffe – alles zeugte davon, daß die Verstorbene reich war.

Ich lief Hals über Kopf aus meinem Zimmer, und ohne zu überlegen, ohne zu denken, ohne etwas anderes zu fühlen als unsägliche Angst, rannte ich die Treppe hinunter. Im Korridor und auf der Treppe war es dunkel, meine Füße verwickelten sich in meinem Pelz, und es ist erstaunlich, daß ich nicht gestürzt bin und mir nicht den Hals gebrochen habe. Als ich wieder auf der Straße war, lehnte ich mich an einen nassen Laternenpfahl und versuchte mich zu beruhigen. Mein Herz klopfte furchtbar, und es verschlug mir den Atem…«

Eine der Zuhörerinnen schraubte die Lampe höher, rückte näher an den Erzähler heran, und dieser fuhr fort:

»Ich wäre nicht erstaunt gewesen, wenn ich in meinem Zimmer einen Brand, einen Dieb oder einen tollen Hund vorgefunden hätte... Ich hätte mich nicht gewundert, wenn die Decke eingestürzt, der Fußboden durchgebrochen oder die Wände eingefallen wären... Das alles ist natürlich und verständlich. Aber wie konnte ein Sarg in mein Zimmer geraten? Woher kam er? Ein teurer Frauensarg, der offenbar für eine Aristokratin angefertigt worden war – wie konnte der in das armselige Zimmer eines kleinen Beamten geraten? War er leer, oder lag eine Leiche darin? Wer war *sie,* diese vorzeitig aus dem Leben geschiedene reiche Frau, die mir einen so sonderbaren und schrecklichen Besuch abstattete?

Ein qualvolles Geheimnis!

Wenn das hier kein Wunder ist, dann ist es ein Verbrechen, schoß es mir durch den Kopf.

Ich rätselte hin und her. Während meiner Abwesenheit war die Tür verschlossen gewesen, und der Platz, wo der Schlüssel lag, war nur meinen nächsten Freunden bekannt. Und die Freunde hatten mir doch nicht den Sarg ins Zimmer gestellt. Man hätte auch vermuten können, daß der Sarg versehentlich von einem Sargtischler gebracht worden war. Sie konnten sich getäuscht, sich im Stockwerk oder in der Tür geirrt und den Sarg nicht dorthin gebracht haben, wohin er gehörte. Aber wem ist nicht bekannt, daß unsere Sargtischler das

Zimmer nicht verlassen, bevor sie nicht das Geld für ihre Arbeit oder zumindest ein Trinkgeld bekommen haben?

Die Geister haben mir den Tod vorausgesagt, dachte ich. Vielleicht haben sie sich dabei schon bemüht, mir einen Sarg zu besorgen?

Ich glaube heute und glaubte auch damals nicht an Spiritismus, meine Herrschaften, aber ein solches Zusammentreffen kann sogar einen Philosophen in eine mystische Stimmung versetzen.

Aber das alles ist dumm, und ich bin feige wie ein Schuljunge, zu diesem Schluß kam ich. Es war eine optische Täuschung – mehr nicht! Als ich vorhin nach Hause ging, war ich in einer so düsteren Stimmung gewesen, daß es kein Wunder war, daß meine kranken Nerven einen Sarg erblickt hatten... Natürlich war es eine optische Täuschung! Was denn sonst?

Der Regen peitschte mein Gesicht, und der Wind zerrte böse an meinem Pelz und meiner Mütze... Ich fror und war völlig durchnäßt. Ich mußte weitergehen, aber... wohin? Nach Hause zurückzukehren – das hätte bedeutet, mich dem Risiko auszusetzen, den Sarg noch einmal zu sehen, und dieser Anblick ging über meine Kräfte. Ich, der ringsum keine einzige lebende Seele erblicken und der keinen einzigen menschlichen Laut hören würde, hätte den Verstand verlieren können, wäre ich mit dem Sarg, in dem vielleicht eine Leiche lag, allein geblieben. In der Kälte und dem strömenden Regen auf der Straße zu bleiben war aber auch unmöglich.

Ich entschloß mich, bei meinem Freund Nepokoev zu übernachten, der sich später, wie Ihnen bekannt ist, erschossen hat. Er wohnte in der Pension des Kaufmannes Čerepov in der Mërtvyj-Gasse.«

Panichidin trocknete sich den kalten Schweiß auf seinem bleichen Gesicht und fuhr schweratmend fort:

»Meinen Freund traf ich nicht zu Hause an. Nachdem ich an seine Tür geklopft und mich überzeugt hatte, daß er nicht daheim war, tastete ich den Querbalken nach dem Schlüssel ab, öffnete die Tür und trat ein. Ich warf meinen nassen Pelz auf den Fußboden, tastete mich in der Dunkelheit zu dem Sofa und setzte mich, um auszuruhen. Es war dunkel... In den Fensterventilatoren summte wehmütig der Wind. Im Ofen zirpte ein Heimchen sein eintöniges Lied. Im Kreml läutete man die Weihnachtsfrühmesse ein. Ich beeilte mich, ein Streichholz anzuzünden. Aber das Licht befreite mich nicht aus meiner düsteren Stimmung, sondern im Gegenteil. Von neuem wurde ich von unbeschreiblichem Entsetzen gepackt... Ich schrie auf, taumelte und rannte wie von Sinnen aus dem Zimmer…

Im Zimmer meines Kameraden hatte ich dasselbe erblickt wie bei mir – einen Sarg!

Der Sarg des Kameraden war fast doppelt so groß wie meiner, und der braune Überzug verlieh ihm ein besonders düsteres Kolorit. Wie war er hierhergeraten? Daß das eine optische Täuschung war, daran gab es nichts zu zweifeln… In jedem Zimmer konnte doch kein Sarg stehen! Offenbar war das eine Erkrankung meiner Nerven, eine Halluzination. Wohin ich jetzt auch gehen würde, überall würde ich diese schreckliche Behausung des Todes vor mir sehen. Also war ich dabei, den Verstand zu verlieren, ich war an so etwas wie einer ›Sargomanie‹ erkrankt – nach der Ursache meiner Geistesstörung brauchte ich nicht lange zu suchen: es genügte, an die spiritistische Sitzung und die Worte Spinozas zu denken.

Ich werde verrückt! dachte ich voller Entsetzen und griff mir an den Kopf…

Um Gottes willen! Was soll ich tun?

Mein Kopf brummte, die Beine versagten mir den Dienst… Es goß wie aus Kübeln, der Wind ging durch und durch, und ich hatte weder meinen Pelz an noch meine Mütze auf. In das Zimmer zurückkehren, um beides zu holen, war unmöglich, das ging über meine Kräfte... Die Angst hielt mich mit ihren kalten Armen umfangen. Die Haare standen mir zu Berge, vom Gesicht rann kalter Schweiß, obwohl ich immer noch glaubte, das alles sei nur eine Halluzination.

Was sollte ich tun?« fuhr Panichidin fort. »Ich war dabei, den Verstand zu verlieren, und riskierte, mich furchtbar zu erkälten. Zum Glück fiel mir ein, daß unweit der Mërtvyj-Gasse mein guter Freund Pogostov wohnte, der vor kurzem Arzt geworden ist und der in jener Nacht mit mir auf der spiritistischen Sitzung war. Ich eilte zu ihm ... Damals war er noch nicht mit der reichen Kaufmannsfrau verheiratet und wohnte im Haus des Staatsrates Kladbiščenskij im fünften Stockwerk.

Bei Pogostov mußten meine Nerven eine neue Tortur über sich ergehen lassen. Als ich zum fünften Stock hinaufstieg, hörte ich einen furchtbaren Lärm. Oben lief jemand hin und her, stampfte heftig mit den Füßen und schlug die Tür zu.

›Hierher!‹ hörte ich einen herzzerreißenden Schrei. ›Hierher! Hausmeister!‹

Und einen Augenblick später kam eine dunkle Gestalt im Pelz und mit einem verbeulten Zylinder auf dem Kopf die Treppe heruntergelaufen...

›Pogostov!‹ rief ich, als ich meinen Freund erkannte. ›Sind Sie es? Was ist mit Ihnen?‹

Als Pogostov mich erreicht hatte, blieb er stehen und packte mich krampfhaft am Arm. Er war blaß, atmete schwer und zitterte. Seine Augen irrten ziellos umher, seine Brust hob und senkte sich...

›Sind Sie das, Panichidin?‹ fragte er mich mit dumpfer Stimme. ›Aber sind Sie es auch? Sie sind so bleich, als kämen Sie aus dem Grab... Aber sind Sie wirklich keine Halluzination? Um Gottes willen... Sie sehen schrecklich aus...‹

›Aber was ist denn mit Ihnen? Sie sind ja ganz verstört!‹

›Ach, lassen Sie mich erst einmal Atem holen, mein Lieber... Ich bin froh, Sie zu sehen, wenn Sie es wirklich sind und keine optische Täuschung. Die verfluchte spiritistische Sitzung ... Sie hat meine Nerven zerrüttet, daß ich, als ich eben nach Hause kam, stellen Sie sich das nur vor, in meinem Zimmer... einen Sarg sah!‹

Ich traute meinen Ohren nicht und bat ihn, das zu wiederholen.

›Einen Sarg, einen richtigen Sarg‹, sagte der Arzt und setzte sich erschöpft auf eine Treppenstufe. ›Ich bin kein Feigling, aber der Teufel selbst würde sich erschrecken, wenn er nach einer spiritistischen Sitzung im Dunkeln auf einen Sarg stößt.‹

Verwirrt und stotternd erzählte ich dem Arzt von den Särgen, die ich gesehen hatte...

Eine Minute lang standen wir uns gegenüber und starrten uns mit großen Augen und offenem Mund an. Dann aber kniffen wir uns, um uns zu vergewissern, daß wir nicht phantasierten.

›Es tut uns beiden weh‹, sagte der Arzt, ›also schlafen wir jetzt nicht und sehen uns nicht im Traum. Folglich sind die Särge, meiner und auch Ihre beiden, keine optische Täuschung, sondern etwas Existentes. Was sollen wir jetzt tun, mein Lieber?‹

Als wir eine geschlagene Stunde auf der kalten Treppe gestanden, herumgerätselt und uns in Mutmaßungen verloren hatten, froren wir entsetzlich und kamen zu dem Schluß, unsere kleinmütige Angst zu überwinden, den Zimmerkellner zu wekken und mit ihm in das Zimmer des Arztes zu gehen. Das machten wir auch. Als wir das Zimmer betraten, zündeten wir eine Kerze an und erblickten tatsächlich einen Sarg, der mit weißem Glanzbrokat bespannt und mit goldenen Fransen und Quasten geschmückt war. Der Zimmerkellner bekreuzigte sich fromm.

›Jetzt werden wir erfahren‹, sagte der Arzt, der bleich war und am ganzen Körper zitterte, ›ob dieser Sarg leer ist oder aber... bewohnt.‹

Nach langem, begreiflichem Zaudern bückte sich der Arzt, biß vor Angst und Erwartung die

Zähne zusammen und riß den Sargdeckel herunter. Wir schauten in den Sarg und...

Der Sarg war leer...

Es lag kein Toter darin, aber dafür fanden wir einen Brief folgenden Inhalts:

Lieber Pogostov!

Du weißt, daß die Geschäfte meines Schwiegervaters furchtbar darniederliegen. Er steckt bis über die Ohren in Schulden. Morgen oder übermorgen soll sein Hab und Gut gepfändet werden, und das würde endgültig seine und meine Familie und unsere Ehe zugrunde richten, die mir das Teuerste auf Erden ist. Gestern haben wir im Familienrat beschlossen, alle wertvollen und teuren Sachen zu verstecken. Da nun das ganze Vermögen meines Schwiegervaters aus Särgen besteht (es ist Dir ja bekannt, daß er der beste Sargtischler der Stadt ist), haben wir uns entschlossen, die allerbesten Särge zu verstecken. Ich wende mich an Dich als an meinen Freund, hilf mir, rette unser Vermögen und unsere Ehre! In der Hoffnung, daß Du uns helfen wirst, unser Vermögen zu erhalten, schicke ich Dir, mein Lieber, einen Sarg, und bitte Dich, ihn bei Dir zu verstecken und bis auf Abruf aufzubewahren. Ohne Hilfe unserer Bekannten und Freunde gehen wir zugrunde. Ich hoffe, Du erteilst mir keine Absage, um so mehr, als der Sarg nicht länger als eine Woche bei Dir bleiben wird. Allen, die ich für unsere wahren Freunde halte, habe ich einen Sarg geschickt und hoffe auf ihre Großmut und ihren Edelsinn. Dein Dich liebender

Ivan Čeljustin.

Nach diesem Ereignis war ich etwa drei Monate lang wegen Nervenzerrüttung in ärztlicher Behandlung. Unser Freund aber, der Schwiegersohn und Sargtischler, hat Ehre und Vermögen gerettet und besitzt schon ein Begräbnisinstitut; er handelt mit Denkmälern und Grabsteinen. Seine Geschäfte gehen nicht besonders gut, und ich fürchte nun jeden Abend, wenn ich heimkomme, neben meinem Bett ein weißes Marmordenkmal oder einen Katafalk zu erblicken.«

Otto Jägersberg

Herr Jesu

Am Heiligen Abend
laden wir einen Nachbarn
den das Jahr über
unauffällig lebenden
Herrn Jesu
zum Festmahl

Ein bescheidener Esser
trinkt grad
drei Schlückchen Wein
redet dafür aber
flaschenweis

Begebenheiten
aus einem langen
Streunerleben
mit naiven Schlußfolgerungen
für die Kinder
ganz lehrreich

Bevor er
richtig loslegt
wider Besitz und Handel
übers Familienleben herzieht
und die Anarchie verherrlicht
drehn wir den Kindern
die Weihnachtssendung
im Fernsehen an

Wir gönnen
dem einsamen Mann
seine Reden
einmal im Jahr

Weil er kein Ende findet
machen wir noch mal den Baum an
er singt zwar nicht mit
wir denken
es rührt ihn
doch

Elke Heidenreich

Erika

Ich hatte das ganze Jahr hindurch gearbeitet wie eine Verrückte und fühlte mich kurz vor Weihnachten völlig leer, ausgebrannt und zerschlagen. Es war ein schreckliches Jahr gewesen, obwohl ich sehr viel Geld verdient hatte. Es war, als hätte ich zu leben vergessen. Ich hatte meine Freunde kaum gesehen und war nicht in Urlaub gefahren, meine Mahlzeiten hatte ich irgendwo zwischen Tür und Angel im Stehen eingenommen – Gyros und Krautsalat, ein Stück Pizza, ein paar Tortillas und dazu zwei, drei Margaritas –, oder ich hatte zu Hause ein paar Rühreier aus der Pfanne gegessen, vor dem Fernseher, und an vielen Tagen hatte ich auch gar nichts gegessen und nur Wein, Kaffee und Gin getrunken und war wie ein Stück Blei ins Bett gefallen, ohne die Post zu öffnen oder den Anrufbeantworter abzuhören, traumlos, leblos. Ich hätte gar nicht soviel arbeiten müssen, aber ich stürzte mich in jede neue Aufgabe, um nur ja nicht nachdenken zu müssen über Vaters Tod, über meine

Scheidung, über die Krankheit, die sich in mir festfraß und mir unmißverständliche Signale gab, daß ich dieses Tempo nicht mehr lange würde durchhalten können. Ein paar Tage vor Weihnachten – ich war gerade nach Hause gekommen und hatte mich vor Erschöpfung nach einem Sechzehn-Stunden-Tag einfach in Mantel und Stiefeln der Länge nach auf den Teppich gelegt und nur noch ganz flach geatmet – klingelte das Telefon. Normalerweise hebe ich nie ab. Ich lasse den Apparat laufen und höre mit, wer anruft, und meist schüttelt es mich dann vor Entsetzen, wem ich da beinahe durch einen Griff zum Hörer in die Falle gegangen wäre. Aber an diesem Abend nahm ich sofort ab, ohne nachzudenken, es war ein Reflex. Das Telefon stand neben mir auf dem Fußboden, und beim ersten Ton griff ich danach wie nach einem allerletzten Lebenszeichen von da draußen. »Ja!« sagte ich, und ich hätte auch genauso tonlos »Hilfe!« sagen können.

Es war Franz, und er rief mich aus Lugano an. Franz und ich hatten vor Jahren mal eine Weile zusammengelebt, uns dann aber einigermaßen friedlich getrennt und beide geheiratet. Inzwischen waren wir auch beide wieder geschieden, und er lebte in Lugano und ich in Berlin. Die Stadt saugt den letzten Tropfen Lebensblut aus mir, hält mich fest und läßt mich nicht atmen und nicht gehen und zersetzt mich mit ihrer Aggressivität wie Rost ein altersschwaches Auto. Berlin lockt mich an jeder Ecke zum Saufen, zum Morden, zum Selbstmord.

Franz arbeitete in Lugano bei einem Architekten, und ab und zu schrieben wir uns alberne Karten. Manchmal traf ich seine Mutter, die so gern gesehen hätte, daß wir zusammengeblieben wären, und die in Berlin langsam vermoderte, wie so viele alte Leute. Sie erzählte mir dann ein bißchen von ihm, aber Mütter wissen ja nichts von ihren Kindern, und ich erfuhr nur, daß es Franz gutgehe, und er verdiene viel, sie sei allerdings noch nie in Lugano gewesen.

»Hallo, Betty«, sagte Franz am Telefon. Er ist der einzige, der mich Betty nennt. Ich heiße Elisabeth, aber das sagt nur meine Mutter zu mir. Mein Vater nannte mich Lisa, in der Schule hieß ich Elli, und mein Mann hatte Lili zu mir gesagt. Manchmal weiß ich selbst nicht mehr, wie ich eigentlich heiße und nenne mich bei meinem zweiten Namen: Veronika. Nur für Franz war ich Betty gewesen, und ich holte tief Luft, streifte mir die Stiefel von den Füßen und sagte: »Ach, Franz.«

»Hört sich nicht gut an, ach, Franz«, sagte er. »Ist was los?«

»Ich glaube, ich bin tot«, sagte ich. »Kneif mich mal.«

»Dazu müßtest du etwas näher kommen«, sagte Franz, »und das ist es, weshalb ich anrufe.«

Ich machte die Augen zu und dachte an die komische Dachwohnung, in der wir zusammen gewohnt hatten. Franz hatte Bühnenbilder in verkleinertem Maßstab gebaut, und im Szenenbild von *Don Giovanni* hatten unsere beiden Hamster Kain und Abel gewohnt. Sie waren auf den kleinen Balkönchen erschienen und hatten sich geputzt, und vom Tonband spielten wir dazu Donna Annas Arie aus dem Ende des zweiten Aktes, »or sai chi l'onore rapire a me volse«, und zu der Zeit haben wir furchtbar viel getrunken. Wir arbeiteten auch – er an seinen Bühnenbildern, ich für meine Zeitung, aber wir tranken Gin und Weißwein und Tequila in solchen Mengen, daß ich heute nicht mehr weiß, wie wir überhaupt morgens aus dem Bett kamen, wer all die leeren Flaschen wegbrachte und wann wir eigentlich die Katze versorgten. Einer der beiden Hamster wurde später in dem dicken Lesesessel totgedrückt – er war zwischen Sitzpolster und Lehne gekrochen –, und wir fanden ihn erst, als er zu riechen begann, und brauchten – es war bei einem Frühstück – an dem Tag den ersten Gin schon morgens, obwohl im Grunde so eine letzte

Regel galt: Wein ab 16 Uhr, Gin ab 20 Uhr und Tequila erst nach zehn. Was soll's, lange her.

»Warum kommst du nicht über Weihnachten zu mir nach Lugano?« fragte Franz.

»Warum sollte ich«, sagte ich und freute mich irrsinnig, aber ich ließ meine Stimme ganz unten. »Kannst du ohne mich auf einmal nicht mehr leben?«

»Ich kann wunderbar leben ohne dich«, sagte Franz, »und was glaubst du, wie ich das genießen werde, wenn du nach Neujahr wieder abfährst.«

Ich war noch nie in Lugano gewesen. »Wie ist Lugano«, fragte ich, »gräßlich?«

»Grauenhaft«, sagte Franz. »Alte Häuser mit Palmen davor und mit Glyzinien bewachsen, die so ekelhaft lila blühen, überall Oleander mit diesem scheußlichen Duft und ein gräßlicher See inmitten scheußlicher Berge. Und sie trinken hier diesen widerwärtigen Fendant, bei dem man schon nach vier Flaschen betrunken ist. Überleg's dir.« – »Versprichst du mir, daß wir uns die ganze Zeit streiten?« fragte ich, und Franz sagte: »Ehrenwort. Und du darfst auch keinem Menschen erzählen, daß du zu mir fährst, ich könnte dich dann unauffällig erwürgen und in den See schmeißen, gut, was?«

»Fabelhaft«, sagte ich, »aber du vergißt, daß ich schon tot bin. Ich glaube nicht, daß ich es noch bis

Lugano schaffe, ich schaff's ja nicht mal mehr bis in die Küche, Franz.«

»Du fliegst«, sagte Franz, »bis Mailand, und dann fährst du eine Stunde mit dem Zug nach Lugano, und ich hol dich ab.«

»Hol mich nicht ab«, sagte ich, »vielleicht hab ich ja Glück und das Flugzeug fällt runter, und dann wartest du umsonst.«

»Gute Idee«, sagte Franz, »ich könnte auch bei Chiasso einen Baumstamm quer über die Schienen legen, dann würde dein Zug entgleisen, was hältst du davon?«

»Großartig«, sagte ich und fing plötzlich an zu weinen, und Franz fragte trocken: »Freitod als willkommene Unterbrechung der Langeweile?« – »Nein«, sagte ich, »der Erschöpfung, ich möchte vor Erschöpfung aus dem Fenster fallen.«

Ich dachte an unsere Katze, die eines Tages vom Dach gefallen war, einfach so, und wir hatten gedacht, das würde nie passieren. Sie war gewöhnt daran, über die Dächer zu gehen, und von unserm kleinen Balkon aus sah ich sie oft in der Sonne sitzen und sich putzen, hoch neben dem Schornstein, vor der Fernsehantenne, auf der die dicken Tauben gurrten. Eines Tages war sie gerutscht, ins Strudeln gekommen, hatte sich vor Verwirrung nicht mehr halten können und an allen Vorsprüngen und Balkons vorbei einen geraden Sturz in die Tiefe gemacht, fünf Stockwerke, und ich sah sie bewegungslos unten liegen und war unfähig, ihr nachzulaufen.

Schließlich war Franz die Treppen runtergerannt und lange nicht wiedergekommen. Wir haben nie mehr über die Katze gesprochen, und in dem Jahr lebten wir uns auseinander, wie man wohl so sagt. Wir konnten einfach über nichts mehr ernsthaft reden, wir waren zynisch und ironisch und unehrlich miteinander, und wir litten beide darunter, aber ändern ließ es sich auch nicht mehr.

»Du wirst mich gar nicht mehr erkennen, wenn ich komme«, sagte ich. »Ich bin ganz alt geworden und schlohweiß und potthäßlich.« Ich zog die Nase tüchtig hoch, stand auf und warf mich in einen Sessel, um Haltung anzunehmen. »Du warst immer schon potthäßlich«, antwortete Franz, »ich wollte es dir nur nie sagen. Ich bin übrigens strahlend schön wie immer.«

»Gut«, sagte ich, »das seh ich mir an, ich komm Heiligabend, falls da was fliegt.« Ich hatte das Gefühl, er freute sich wirklich und ich wäre irgendwie gerettet.

Ich schloß die Augen und blieb vielleicht noch eine halbe oder eine volle Stunde im Sessel liegen. Ich hörte die Geräusche im Haus, zuklappende

Türen, eine Männerstimme, schnelle Schritte, und von der Straße klang Berlins böses Brummen hoch, ein brodelnder Dauerton wie kurz vor der Explosion eines Kessels, und ich stellte mir Lugano vor wie eine kleine Oase mit roten Dächern in einer Schneekugel.

Am 24. warf ich am frühen Morgen ein paar Pullover und Jeans, meine Brille, meinen Muff, ein bißchen Wäsche, Waschzeug, meine Ballerinas, ein Paar feste Schuhe, das alte schwarze Seidenkleid mit dem verblaßten Rosenmuster, ein paar Bücher und meinen Reisewecker in eine Tasche und ging noch mal kurz ins KaDeWe, um elsässischen Senf für Franz zu kaufen. Es gibt dort eine Abteilung mit achtzig oder hundert verschiedenen Sorten Senf, in Gläsern und Tuben und Tontöpfen, scharf und süß und süßsauer, cremig und körnig, hellgelb bis dunkelbraun, und die ganze Perversität des Westens, die ganze unerträgliche Angeberei dieser aufgeblähten, maroden, verlogenen Stadt Berlin fließt für mich zusammen in der Unglaublichkeit dieser Senfabteilung – die Welt steht in Flammen, es ist Krieg, Menschen verhungern und schlachten sich ab, Millionen sind auf der Flucht und haben kein Zuhause, Kinder sterben auf den Straßen, und Berlin wählt unter hundert Sorten Senf, denn nichts ist schlimmer als der falsche Senf auf dem gepflegten Abendbrottisch. Aber ich hätte auch das noch geschafft, ich wäre mit dem Fahrstuhl hochgefahren und hätte für Franz, den Zyniker, Franz, den trostlosen Intellektuellen, Franz, den Spötter mit den tiefen Falten rechts und links der Nase, ich hätte für Franz, mit dem ich so verzweifelte Nächte und so verlogene Tage verbracht habe, den grobkörnigen, dunkelgelben, süßscharfen elsässischen Senf im Tontopf mit Korkverschluß gekauft, wenn ich nicht im Parterre das Schwein gesehen hätte. Erika.

Es sah aus wie ein Mensch, und ich weiß nicht, wieso ich auf »Erika« kam, aber es war wirklich mein erster Gedanke. Das Schwein sah aus wie eine Person, die Erika hieß und aussah wie ein Schwein. Erika war fast lebensgroß, fast so groß wie ein ausgewachsenes Schwein. Sie war aus hellrosa Plüschfell, hatte vier stramme, dunkelrosa Beine, einen dicken Kopf mit leicht geöffneter Schweineschnauze, weichen Ohren und etwa markstückgroßen himmelblauen Glasaugen mit einem unbeschreiblichen Ausdruck – vertrauensvoll, gutmütig, neugierig und mit einer Art gelassener Pfiffigkeit, die zu sagen schienen: was soll all die Aufregung, nimm es, wie es kommt, sieh mich an, ich bin nur ein rosa Plüschschwein mitten im KaDeWe, aber ich bin ganz sicher, daß das Leben einen wenn auch verborgenen Sinn hat.

Ich zahlte ohne zu zögern 678,– per Kreditkarte für Erika. Meine Reisetasche mußte ich mir über die Schulter hängen, für Erika brauchte ich beide Hände. Sie war erstaunlich leicht, aber enorm dick und samtweich, und sie ließ sich nur tragen, indem ich sie vor meinen Bauch preßte. Ich umschlang sie mit beiden Armen. Sie legte die Vorderpfoten auf meine Schultern und die Hinterbeine rechts und links auf meine Hüften. Ihr Kopf blickte mit den blauen Augen über meine linke Schulter, und die Verkäuferin sagte: »Noch einmal streicheln!« Sie fuhr mit der Hand zwischen die aprikosenfarbenen Ohren, sanft und zärtlich, und dann blieb sie zwischen Teddys, Giraffen und Stoffkatzen zurück, und Erika und ich verließen das Kaufhaus. Die Menschen bildeten eine Gasse und ließen uns durch. Es waren die letzten Stunden vor Ladenschluß, vor Weihnachten, und alle waren gehetzt, erschöpft, entnervt von den Vorbereitungen und voller Angst vor all den Familienkrisen, die für die nächsten Tage in der Luft lagen. Aber wer Erika ansah, mußte lächeln. Ein Penner, der im Eingang stand und sich im abgestandenen Kaufhauswind wärmte, streckte verstohlen eine Hand aus und zog Erika am Hinterbein.

Ich trat auf die Straße und sah mich nach einem Taxi um. »Mein Gott, wie schön, da wird sich das

Kind aber freuen!« sagte eine alte Frau und legte ehrfürchtig eine Hand auf Erikas großen weichen Kopf, und ich dachte daran, daß das Kind, auf dessen Gabentisch dieses Schwein landen würde, Franz hieß und achtunddreißig Jahre alt war. Der Taxifahrer sagte kopfschüttelnd: »Für wattie Leute allet Jeld ausjehm« und starrte Erika mißtrauisch von der Seite an. Ich hatte sie neben ihn auf den Vordersitz geklemmt. Ihre dicken Pfoten lagen auf dem Armaturenbrett, und sie schaute mit ihren blauen Augen in den Berliner Straßenverkehr, der keine Logik und keine Rücksicht erkennen ließ, das war ein Kampf ums Erstersein. Ich saß mit meiner Reisetasche hinten und fühlte, wie mir Erikas breiter Nacken Ruhe und Sicherheit einflößte.

Wenn das Taxi an Ampeln oder im Stau halten mußte, grinsten die Fahrer aus den Nachbarautos zu uns herüber, sie lachten, sie hupten, sie winkten, sie warfen Kußhändchen. Kinder preßten ihre Hände und Nasen an beschlagene Scheiben und wußten, daß das Weihnachtsfest für sie gelaufen war, wenn nicht so ein Schwein unter dem Baum wäre. Die Sache machte nun sogar dem Taxifahrer Spaß.

»Ja, kiekt nur«, knurrte er, »Schweinetransport«, und er genoß das Aufsehen, das er mit seinem Beifahrer erregte. »Watt kostenn sowatt?«

fragte er mich, als ich zahlte und ausstieg, und ich log: »Weiß ich nicht, hab ich zu Weihnachten gekriegt«, weil ich mich schämte, ihm den Preis zu nennen.

Normalerweise wäre meine Reisetasche als Bordgepäck durchgegangen, aber ich durfte nicht beides mitnehmen – Erika und die Tasche –, also gab ich die Tasche auf. Erika paßte in keines der übervollen, schmalen Gepäckfächer, und zum erstenmal wurden wir getrennt. Die Stewardess setzte Erika auf einen freien Platz in der ersten Klasse, schnallte sie an und versicherte mir: »Da geht es ihm gut.« – »Ihr«, sagte ich, »sie heißt Erika.« Die Stewardess sah mich nett und leer an und ging rasch weg, und mir fehlte Erikas weiches Fell, ihr sanfter Blick, und ich geriet fast in Panik, als zum Start der Vorhang zur ersten Klasse zugezogen wurde und ich sie nicht mehr sah. Ich schloß die Augen und dachte an meinen ersten Kinderheimaufenthalt. Nach Borkum war ich geschickt worden, meiner kranken Lungen wegen. Ich war neun Jahre alt, stand am Zugfenster und weinte, und das letzte, was ich von meiner Mutter hörte, war: »Stell dich nicht so an, die anderen Kinder heulen auch nicht.« Ja, Mutter, weil immer nur die Kinder weinen, die nicht liebgehabt werden und tief im Herzen spüren, wie sehr die Mütter aufatmen, wenn sie sie wenigstens für vier Wochen mal abschieben können. Ich weinte, weil ich mir nicht mal sicher war, ob sie bei meiner Rückkehr überhaupt noch dasein würde oder ob sie sich in der Zwischenzeit heimlich und für immer aus dem Staub machte. Mein Vater hatte mir einen Teddy mit honiggelbem Pelz und braunen Glasaugen geschenkt. Er hieß Fritz, und ich preßte ihn an mein Gesicht und ließ Rotz und Tränen in sein Fell laufen, wie ich es jetzt gern mit Erika gemacht hätte, aber Erika flog erster Klasse. Mir fiel ein, daß ich mich nicht mal von meiner Mutter verabschiedet hatte, ihr auch nicht frohe Weihnachten gewünscht hatte, aber vielleicht würde sie das ja auch gar nicht merken, und außerdem konnte ich sie aus Lugano immer noch anrufen.

In Frankfurt nahm ich Erika wieder in Empfang und preßte sie fest an mich, als ich für den Flug nach Mailand durch die Auslandshalle gehen mußte. Auf den Lederbänken, den Chromstühlen, auf Koffern, auf dem Fußboden, überall saßen und lagen müde Menschen, die auf ihren Weiterflug warteten – Inder mit Turban, verschleierte Frauen, Schwarze in bunten Baumwollgewändern, Japaner im Einheitsanzug, plattköpfige Koreaner, magere alte Amerikanerinnen mit Pelzjäckchen und grotesken Haarfarben und Kinder, Kinder aller Natio-

nen und Altersgruppen, essende Kinder, lesende, weinende, schlafende, Kinder auf Mutters Schoß und auf Vaters Arm, Kinder, die eine Puppe oder ein kleines Köfferchen umklammerten oder die an den großen Scheiben standen und auf die Rollbahn starrten, stumm und traurig, sich von Weihnachten nichts mehr versprechend. Die Luft war warm und abgestanden, die Halle von Lärm erfüllt, niemand sah freundlich, gelassen oder glücklich aus. Das Reisen am Heiligen Abend strengte alle Gefühle auf das äußerste an, und dann kam Erika.

Ich hatte mir ihren Rücken vor den Busen gepreßt, so daß sie den Leuten ihren hellrosa Bauch zeigte und die vier stämmigen Beine in die Luft streckte. Mit ihren freundlichen blauen Glasaugen veränderte Erika in ein paar Sekunden den ganzen Raum. Der Geräuschpegel wurde raunend sanft, Gelächter war zu hören. Die Kinder standen auf, wurden von den Eltern angestoßen, geweckt, Köpfe drehten sich um, ein paar Kinder kamen angelaufen. Zaghaftes Lächeln wurde zu breitem Lachen, in die Luft kam Bewegung, und in allen Sprachen der Welt, die ich nicht verstand, sagten kleine Jungen und Mädchen dasselbe: Oh, darf ich es anfassen? Ich nickte. Erikas Pfoten wurden gedrückt, ihr Ringelschwänzchen vorsichtig aufgerollt, ihre Ohren gekrault. Ein dunkler Junge tupfte sacht auf eines der blauen Glasaugen, und ein kleines schwarzes Mädchen mit zahllosen Perlenzöpfen küßte Erika mitten auf die Schnauze und rannte dann schnell hinter den schützenden Rücken seiner Mutter.

Hätte ich mich in diesen Raum gestellt und zu diesen Menschen von Sanftheit und Liebe, von Harmonie und Sehnsucht, von Weihnachten, von Erlösung und Versöhnung gesprochen – niemand hätte mir zugehört. Eine peinliche Figur wäre ich gewesen, und der Wachmann hätte mich beim Arm genommen und gesagt: »Darf ich Sie zu Ihrem Flugzeug bringen?« oder: »Jetzt trinken Sie erst mal eine Tasse Kaffee.« Erika schaffte die Verzauberung durch ihre bloße Anwesenheit. Ein Schwein von solcher Größe, mit einem so milden Blick und einer derart weichen Anfaßfläche vermittelte mehr Frieden auf Erden und den Menschen ein Wohlgefallen, als die Prediger aller Mitternachtsmessen das würden schaffen können. Nehmt das geschundene, verkitschte, blondgelockte Jesuskind aus den Krippen und legt ein lebensgroßes Schwein mit rosa Fell und flehenden Glasäuglein unter den Weihnachtsbaum, und ihr werdet ein Wunder erleben!

Die letzte Maschine nach Mailand war klein, fast gemütlich, nicht ausgebucht. Erika konnte neben mir sitzen und wurde von Captain Travella und seiner Crew als sorpresa speciale an Bord herzlich begrüßt. Ein Gast molto strano, però simpatico, und die fünfzehn, zwanzig Fluggäste applaudierten.

Allmählich geriet ich in eine fast ausgelassene Stimmung. In nur wenigen Stunden hatte Erika mein Leben bereits verändert, das heißt, mein Leben mit Erika war anders abgelaufen, als es das ohne Erika getan hätte: Ich hatte mit wildfremden Menschen gesprochen, sogar mit dem Taxifahrer, Leute hatten mich angestrahlt und ich hatte zurückgelacht, und überall da, wo Erika und ich aufgetaucht waren, hatten wir die Stimmung und die Gesichter der Menschen für einen Augenblick aufgehellt.

Ich bestellte mir einen Rotwein und auch einen für Erika, der kommentarlos freundlich geliefert und serviert wurde. Wir flogen über die Alpen, und ich lehnte meinen Kopf an Erikas Schulter, fühlte mich wohl und wäre gern immer so weitergeflogen, um die Welt.

In Mailand streikten die Angestellten des Flughafens. Keine Treppe wurde an das Flugzeug gefahren, kein Bus kam auf das Rollfeld, um uns zu holen, wir mußten das Flugzeug über eine Rutsche verlassen. Als ich an der Reihe war, überlegte ich, ob ich zuerst rutschen und Erika solange einem andern Passagier oben anvertrauen sollte, oder ob ich Erika mit dem Ruf: »Erika, ich komme!« nach unten schicken und sofort nachkommen sollte. Die Entscheidung wurde mir durch die weitgeöffneten Arme bereits unten stehender Passagiere abgenommen: »Avanti!« riefen sie, und: »Vieni, bella!«, und sie meinten Erika, die auf ihrem runden Rükken nach unten rollte und in die geöffneten Arme fiel, gedrückt, geküßt und gelobt wurde: »Brava, brava!« Ich rutschte nach und nahm sie eifersüchtig in Empfang, ganz stolze Mutter eines vielbeachteten Kindes. Wir mußten unsere Koffer selbst aus dem Bauch des Flugzeugs holen und dann den langen Weg übers Rollfeld zum Zollgebäude zu Fuß gehen. Die Passagiere halfen sich gegenseitig mit ihren schweren Gepäckstücken. Erika hatte eine milde Laune über all die gegossen, die sonst nur daran dachten, selbst so gut und so rasch wie möglich klarzukommen. Ein Schwein weilte unter uns und sorgte für samtene Heiterkeit am Vorweihnachtsabend. Ich bildete ein Paar mit einem großen Schwarzen, der sich zu seinem Koffer noch meine Reisetasche über die Schulter hängte und mir dafür sein kleines Aktenköfferchen zu tragen gab, aber in der Mitte zwischen uns schwebte Erika – er hielt ihre linke, ich die rechte Pfote –, und so gingen wir über den dunkelnassen Asphalt, von allen beneidet, denn mit Erika wäre jeder gern gegangen, aber er war der Entschlossenste gewesen. Ich hatte sofort Lust, für den Rest des Lebens mit diesem Schwarzen zusammenzubleiben, Erika in der Mitte, aber er erzählte mir, daß er Mr. Wilson heiße und Weihnachten bei seiner Schwester in Mailand verbringe, ohne seine Familie in Cleveland, Ohio. »A wonderful present«, sagte er über Erika, und ich erschrak bei dem Gedanken, sie verschenken zu müssen.

Die italienischen Zollbeamten winkten mich auf die Seite. Mr. Wilson verabschiedete sich mit Bedauern und händigte mir meine Reisetasche aus, aber die Tasche fand wenig Interesse bei den Zöllnern. Sie piekten mit den Fingern ins Schwein, rochen daran, drehten es um, versuchten, ob es klapperte, und Nando mußte kommen und Luigi, Michele, Danilo und Sergio, und jeder mußte Erika anfassen, begutachten, hochheben. Als sie in den Röntgenkasten geschoben werden sollte, protestierte nicht nur ich. Die Passagiere empörten sich mit mir: so ein Unsinn, ein Schwein, ein Weihnachtsgeschenk für ein Kind, nun solle man nicht päpstlicher sein als der Papst... Schließlich holte der, den sie Danilo nannten, einen alten, schlechtgelaunten Schäferhund, der mit seiner nassen Nase auf Erika herumschnüffelte und die Drogen bei ihr suchte, nach denen man ihn süchtig gemacht hatte. Sein Interesse an Erika war so gering, daß wir endlich die Sperre passieren konnten. Mr. Wilson, in Begleitung seiner Schwester, hatte auf uns gewartet und schien erleichtert. Er zeigte auf uns, die Schwester führte die Hand zum Mund und lachte. Wir winkten uns zu, und dann verschwand er und ich suchte den Bus zum Bahnhof.

Der Busfahrer rauchte, trotz der überall angebrachten Schilder »Vietato fumare«. Wir fuhren durch Straßen mit hohen, alten Häusern, die Schaufenster waren weihnachtlich geschmückt, und bunte Lichterketten flimmerten in den kahlen Bäumen der Vorgärten. Der Bus soff dreimal ab und blieb mitten auf der Straße stehen – dann fluchte der Fahrer, stieg aus, trat irgendwo dagegen, kam wieder herein, betätigte alle möglichen Hebel und es ging wieder weiter. »L'intelligenza si misura col metro« stand auf einer Wand, und ich überlegte, ob das bedeutete, daß die Intelligenz Metro fährt oder daß sich die Intelligenz mit dem Metermaß messen ließ – mein Italienisch war für solche Feinheiten nicht gut genug. Ich hatte meine Tasche ins Gepäcknetz gelegt und hielt Erika auf dem Schoß. Ein Nordafrikaner saß müde und knurrig neben mir und sah aus dem Fenster auf all den Dreck und den Verkehr, aber ich merkte, wie er mit der einen

Hand einmal kurz über Erikas dicken Hintern strich. Alle anderen Fahrgäste sahen natürlich immer wieder zu uns herüber, und jeder reagierte auf seine Weise, mit Lächeln, hochgezogenen Augenbrauen, begeistertem Kopfnicken. Ich las in einer Zeitschrift, die ich aus dem Flugzeug mitgenommen hatte. In einem Artikel über Venedig stand: »Quando sulla laguna piove zucchero, la città dei Dogi aumenta il suo incantesimo«, und in Englisch übersetzt stand platt daneben: »When it's raining sugar on the lagoon, the city of the doges is an enchantment.« Ich stellte mir vor, wie ich mit Erika in Venedig wäre und wir würden zusammen Gondel fahren auf den schwarzen Kanälen, und auf den Brücken würden die Menschen stehenbleiben und dem blitzrosa Schwein auf ihren dreckigen Wassern zuwinken. Ich wurde müde und schlief an Erikas rosa Rücken fast ein, aber wir kamen am Bahnhof an, und ich mußte aussteigen.

Der Mailänder Bahnhof ist groß und hoch und sehr alt und schön, mit würdigen Fenstern, geschnitztem Holz und prächtigen, fast jugendstilartigen Verzierungen. Wie auf jedem Großstadtbahnhof gab es auch hier ein Menschengewimmel, so daß man ständig geschubst und gestoßen wurde, wenn man nicht aufpaßte, aber ich hatte eine Gasse, durch die ich gehen konnte. Erika sah mir mit blauen Glasaugen den Weg frei, und ich ging wie das Volk Israel durchs Rote Meer durch diesen überfüllten Weihnachtsbahnhof, und hinter mir schlossen sich die Wogen wieder.

Mein Zug war brechend voll. Kein Speisewagen, keine Möglichkeit zu entkommen, ich mußte auf dem Gang stehen und mir meine Tasche zwischen die Beine klemmen. Aus dem Sechsmannabteil winkte jemand: Geben Sie mir nur Ihr Schwein, ich halte es! Erika landete auf dem Schoß einer alten Frau, die alles ausgiebig betastete und beschnüffelte, und dann wanderte sie weiter von Schoß zu Schoß, von Arm zu Arm, eifersüchtig und mißtrauisch von mir bewacht. Ich bin jemand, der von Kristallüstern in Hotels immer ein paar geschliffene Glasanhänger stiehlt, und mit hellwachen Sinnen paßte ich auf, daß sich keiner an Erikas blauen Augen zu schaffen machte, ich kannte die Bosheit der Menschen, mir mußte man nichts erzählen!

Ich erinnerte mich daran, wie ich an meinem Geburtstag mal mit Franz in einem sehr eleganten Lokal zum Essen war. Sie hatten ausnehmend schöne Weingläser mit einem eingeschliffenen Sternchenmuster, und ich wollte so gern eins haben. Franz nahm eines vom Tisch, winkte dem Ober und fragte: »Wir haben leider ein Glas zerbrochen, was sind wir schuldig?« – »Oh, nichts, das kann passieren«, sagte der Ober natürlich, und Franz grinste und steckte das Glas ganz offiziell in meine Handtasche.

Der Zug fuhr durch eine trostlose Industrielandschaft mit zerbröckelnden Mietskasernen für die Arbeiter der Auto-, Amaretto- und Möbelwerke. Auf vielen Balkons die bunten Lichterketten, die nach Karneval aussehen, in Italien aber zu Weihnachten gehören. Blinkende Lichterketten in Palmen und Oleanderbüschen und magere Katzen in vertrockneten Vorgärten. Ich wurde plötzlich so traurig, fühlte mich so verlassen, so kläglich, so erschlagen von der Armut und dem Dreck der Welt, daß ich mit einer harschen Gebärde Erika zurückverlangte und mein Gesicht in ihren dicken weichen Nacken preßte. Die Weihnachten meiner Kindheit fielen mir ein, die keine Weihnachten waren, weil meine Mutter mit Kirche und Christentum nichts zu tun haben wollte und also auch kirchliche Feiertage nicht akzeptierte. Weihnachten fand einfach nicht statt, es gab weder einen Baum noch Geschenke, und für ein Kind ist das nicht leicht zu verstehen. Ich saß im Wohnzimmer am Fenster, sah überall in der Straße die Christbäume aufleuchten und schluckte die Tränen hinunter. Franz und ich hatten uns immer einen Baum geschmückt, mit lauter verrückten Utensilien wie Küchensieben, Gabeln, Korkenziehern, aber doch mit Kerzen, und Geschenke gab es auch, und dann beleuchteten wir das Bühnenbild zu *Don Giovanni*, in dem aus Fahrradbirnchen zusammengeleimte Kronleuchter hingen, hörten die Ouvertüre und versteckten Futter für Kain und Abel auf den Balkonen. Was würden Franz und ich, wir beiden Einsamen, heute abend tun? Er hatte vielleicht etwas gekocht, und ich hatte Erika für ihn. Ob wir es schaffen würden, die zynischen Witze mal für einen Abend wegzulassen? Ob wir wirklich miteinander reden konnten, über alles, was schiefgegangen war, und über Pläne und Hoffnungen? Ob ich würde sagen können: Mein Vater ist tot, ich bin so traurig und verlassen, ob ich würde sagen können: Ich bin krank, ich muß operiert werden, und ich fürchte mich so? Und würde er mir erzählen von seiner Arbeit und warum er dafür so weit geflüchtet war? Hatte er keine Freundin? Im Leben von Franz gab es immer Frauen, sogar als er mit mir noch zusammen war, aber ich bin nicht von der eifersüchtigen Sorte – ich kann einfach keine Szenen machen, zumal ich das Gefühl kenne, sich in jemanden zu verlieben, und sei es nur für einen Abend. Was war schon dabei in einem so kurzen und endgültigen Leben. Ich fürchtete mich plötzlich vor den scharfen Falten im Gesicht von Franz, vor seinem scharfen Verstand und seinem scharfen Blick auf mich. Als der Zug nach längerem Halt und einer Zollkontrolle – Erika wurde abermals sehr ausgiebig betastet und überprüft – von Chiasso aus weiterfuhr, nächster Halt Lugano, brach mir der Schweiß aus. Ich müßte mich von Erika trennen, für Franz, der sie vielleicht gar nicht schätzen würde. Ich müßte neben Franz im Bett liegen heute abend, und auf einmal erinnerte ich mich daran, wie verbissen und fast gewalttätig Sex in den damals letzten Wochen zwischen uns gewesen war. Wir wußten, daß wir uns trennen würden, und es war, als wollten wir vorher versuchen, uns gegenseitig zu zerstören. Am Ende waren wir matt und sanft gewesen und friedlich auseinandergegangen, aber die Wochen davor hatte jeder versucht, den anderen zu zerbrechen.

Ich konnte Franz nicht wiedersehen. Ich konnte nicht, ich wollte nicht, es war aus zwischen uns, und nach all den Jahren waren wir auch keine Freunde mehr. O Gott, ich hätte nicht herfahren sollen, diese weite Reise, am Heiligabend, nun stand ich in diesem überfüllten Zug und fuhr in eine Stadt, die ich nicht kannte, zu einem Mann, mit dem ich fertig war und dessen Ironie ich in meinem desolaten Zustand nicht würde ertragen können.

Und Erika – um keinen Preis würde ich Erika hergeben, schon gar nicht an Franz.

Als der Zug in Lugano hielt, sah ich ihn sofort. Er stand unter einer Lampe, in einem eleganten Mantel, und rauchte. Seine Augen waren zusammengekniffen und sein Gesicht schien mir noch schmaler als früher. Ich spürte eine vertraute Zärtlichkeit für ihn, den ich so gut kannte, aber gleichzeitig eine würgende Angst, ihm gegenüberzutreten, von ihm umarmt zu werden, ihn zu küssen. Ich blieb stehen, mein Gesicht in Erikas Fell gepreßt, und ließ die Reisenden an mir vorbei aussteigen. Das Abteil wurde fast leer. Franz schlenderte über den Bahnsteig, suchend, er kam auch an meinem Fenster vorbei, sah flüchtig hoch, beobachtete aber sofort wieder den Bahnsteig, die Hände tief in den Taschen, die Zigarette im Mundwinkel. Franz! dachte ich, weißt du noch, früher haben wir immer behauptet, daß Liebende ihre gegenseitige Nähe spüren, sie fühlen, wenn der andere ins Lokal tritt und drehen sich im rechten Augenblick um – das war in unserer allerersten Zeit, als wir noch so glücklich miteinander waren. In einem Lokal haben wir uns kennengelernt, ich war an Wochenenden Aushilfskellnerin, um mein letztes Semester zu finanzieren, und du kamst an einen Tisch und studiertest so lange die Karte, daß ich schließlich auf dich zugegangen bin und gesagt habe: »Ich bin Lisa mit der Empfehlung des Tages, Hände weg vom Käsekuchen, der ist von letzter Woche, aber den Apfelkuchen kann ich nur empfehlen.« Du sahst mich verblüfft an und sagtest schlagartig: »Gut, dann nehme ich den Käsekuchen.« Wir mußten beide lachen, und du sagtest: »Das ist aber ein klasse Trick, um die Reste loszuwerden«, und ich sagte: »Der ist nicht von mir, er ist aus irgendeinem Film, aber er gefällt mir so gut.« – »Du gefällst mir auch gut«, sagtest du, und an dem Abend lag ich schon in deinem Bett – mit uns war immer alles ganz schnell und unkompliziert gegangen.

Und genauso schnell entschied ich mich jetzt, aus diesem Zug nicht auszusteigen. Ich wollte Franz nicht wiedersehen. Ich wollte nicht, nur weil es uns beiden schlechtging, eine alte Geschichte wieder aufwärmen. Ich wollte mich von Erika nicht trennen, und der Zug fuhr weiter, rollte aus dem Bahnhof von Lugano durch einen langen, finsteren Tunnel, und ich dachte: ›Frohe Weihnachten.‹

Ich stellte mir vor, wie Franz verblüfft zurückbleiben und in der Bahnhofsgaststätte einen Espresso trinken würde. Dann würde er vielleicht nach Mailand telefonieren, ob das Flugzeug pünktlich angekommen sei, er würde noch einen Zug abwarten und vielleicht noch einen, und schließlich würde er in seine elegante Wohnung über dem See zurückfahren und auf einen Anruf oder ein Telegramm warten, sein Roastbeef endlich allein essen, seinen Fendant dazu trinken und fluchend aus dem Fenster sehen und denken: ›Das gibt's doch nicht, daß die kleine Betty mich so linkt.‹

Ich wußte nicht, was aus mir werden sollte. Ich wußte nicht, wie weit ich fahren, wo ich übernachten würde, aber ich hatte Erika und einen Platz im leergewordenen Abteil, auf den ich mich mit ihr setzte. Der Zug fuhr durch kleine Bahnhöfe, ohne zu halten: Taverne-Torricella, Mezzovico, Rivera-Bironico. Die Orte sahen sauber und adrett aus, hier war man in der Schweiz und nicht mehr in italienischem Durcheinander. In welcher faden Pension, in welchem Ort würde ich landen? Ich war in Berlin mal an einem verzweiflungsvollen Nachmittag ins Kino gegangen, ohne aufs Plakat zu schauen, ohne zu wissen, welcher Film lief. Es hätte schiefgehen können, aber es ging gut, und ich war in eine wunderbare Komödie mit dem dummen Titel *Ein Haar in der Suppe* geraten, hinter dem sich ein witziger und gutgemachter Film über Studenten und Künstler in Greenwich-Village verbarg. Vielleicht, dachte ich, hält der Zug in einem zauberhaften Ort, und ich steige aus und mache mein Glück, es ist alles drin. Und ich bereute keinen Augenblick, Franz auf dem Bahnhof stehengelassen zu haben. Franz war schon eine Million Lichtjahre weit weg, und außerdem konnte man wahrscheinlich von überall nach Zürich weiterfahren und von dort aus noch nach Hause fliegen.

Der Zug fuhr jetzt langsamer. Links sah man in einem Tal eine Industrieansiedlung, rechts lagen schöne alte Villen unter hohen Zedern an einem Hügel. Ein Kastell wurde sichtbar und ein ehrwürdiges Gebäude mit der Inschrift ›Istituto Santa Maria‹, wahrscheinlich etwas für höhere Töchter, und dann hielt der Zug kurz nach 19 Uhr in Bellinzona. Ich stieg aus und stand mit Erika auf einem fast leeren Bahnsteig. Es war kalt, und vor mir versuchte eine Taube, einen Krümel aufzupicken, aber es gelang ihr nicht, denn ihr Schnabel war mit Kaugummi verklebt. Ich verließ den Bahnhof und sah direkt gegenüber ein riesiges, rosafarbenes Hotel, ›Albergo internazionale‹. Alle Fenster waren geschlossen, und an der Tür hing ein Schild: chiuso. Ich schulterte meine Tasche, preßte Erika an mich und ging die Straße am Bahnhof hinunter, die aussah wie fast alle Straßen an fast allen Bahnhöfen – Boutiquen, Kaufhäuser, Jeans shops, Reisebüros, Armbanduhren, Tabak und Zeitschriften. Ich sah in alle Nebenstraßen hinein, und bei der dritten hatte ich Glück: ›Pensione Montalbina‹.

An der Tür war ein Schild: chiuso, aber im Parterre war hinter vorgezogenen Gardinen Licht zu sehen. Ich mußte es versuchen. Ich war sicher, daß Erika mir die Türen öffnen würde. Das Jesuskind, dessen Existenz meine Mutter so gründlich bezweifelte, wurde am Heiligabend nirgends eingelassen, aber einem Plüschschwein würde man sich doch nicht verschließen können!

Eine Gardine wurde vorsichtig zurückgeschoben, und hinter der Scheibe erschien ein dicker roter Männerkopf. Mit kreisrunden Augen schaute er auf mich und winkte mit dem Zeigefinger ab. »Chiuso!« formte sein kleines fettes Mündchen, aber ich sah ihn flehend an und hielt Erika hoch. Er starrte auf Erika, und die Gardine wurde wieder vorgezogen. Innen hörte ich ihn schlurfen, und nach langem umständlichem Genestel wurde schließlich die Tür geöffnet. Vor mir stand ein Mann, nicht viel größer als ich, aber unermeßlich dick. Der runde Kopf saß ihm halslos auf den Schultern, seine Füße hatte er sicher seit Jahren nicht sehen können unter dem mächtigen Bauch, und die feisten Arme ruderten mit abwehrender Geste rechts und links neben dem Körper. »Chiuso«, sagte er, geschlossen, niemand da, und staunte Erika an. »Was ist das denn?« fragte er, und ich sagte: »Das ist ein Schwein, und wir suchen ein

Zimmer für eine Nacht und ein Abendessen.« – »Ein Schwein«, murmelte er, »un maiale!« und streckte die Hand aus, um Erika vorsichtig zu streicheln. »Es heißt Erika«, sagte ich kühn, und der Dicke nickte ehrfürchtig und murmelte, als sei das die selbstverständlichste Sache der Welt: »Erika.« – »Bitte, lassen Sie uns rein«, sagte ich, »mich und Erika. Wir wissen nicht, wohin wir sollen«, und ich zeigte ihm auch vorsichtshalber, daß ich Geld hatte, um ein Zimmer zu bezahlen.

Er schüttelte den Kopf, aber eher ratlos und verzweifelt als wirklich abweisend. »Es geht nicht«, sagte er, »die Pension ist bis 15. Januar geschlossen, und ich bin nur der Koch. Es ist niemand da.« – »Bitte!« sagte ich, und wußte selbst nicht, warum ich so hartnäckig war. Ich hätte ja auch einfach zum Bahnhof zurückgehen und nach Zürich fahren können, aber ich war müde und fror, und dieser Dicke flößte mir Vertrauen ein, nachdem ich den ganzen Tag mit der dicken weichen Erika so glücklich gewesen war. Ich wollte meinen Abend mit einem fetten Koch und einem runden Schwein verbringen.

Der Mann starrte mich lange an, und Kämpfe spielten sich in seinem Innern ab, man konnte es auf seinem Gesicht lesen. Die Stirn lag in qualvollen Falten, das Mündchen spitzte sich und stieß kleine Laute aus, die Nase bebte, und die Kugelaugen weiteten sich immer mehr. Seine Gesichtsfarbe ging von Rosa in ein dunkles Rot über, und die Ohren schienen violett, und endlich hob er die Arme, legte den Kopf schief, stieß mit dem Fuß die Tür etwas weiter auf und ließ mich eintreten. Er schloß hinter mir ab, und da stand ich nun in einem dunklen Flur, Erika im Arm, und wartete, was in diesem Jahr aus Weihnachten noch werden würde.

Der Dicke tänzelte auf zierlichen Füßen vor mir her und öffnete die Tür zu einer erstaunlich großen Küche, in der ein Kaminfeuer brannte. Ein großer Herd war an der einen Seite, umgeben von Regalen mit Gerätschaften, und an der anderen Seite stand ein riesiger gescheuerter Holztisch mit einer Bank und ein paar Stühlen. Auf dem Tisch standen ein Teller mit Salami, eine Flasche Wein und ein Kofferradio, aus dem Riccardo Cocciante sang. Der Dicke wies mir mit der Hand einen Platz am Tisch an und stand unschlüssig herum. Ich setzte mich und plazierte Erika neben mich, die ihre Pfoten brav auf die Tischplatte legte. Der Dicke konnte sich nicht satt sehen. »Erika«, sagte er wieder, und: »mai visto un maiale così grande, noch nie habe ich ein so großes Schwein gesehen.«

Er nahm seinen Teller, der fast leer gegessen war,

und steckte sich die letzten Salamischeiben in den Mund. »Jetzt kochen wir richtig«, sagte er und band sich eine Schürze um. Er setzte einen Topf mit Wasser auf und holte Nudeln aus dem Schrank. In einer Pfanne rührte er eine Sauce an, auf einem Brett hackte er frische Kräuter, vor seiner Brust schnitt er ein großes Weißbrot in Scheiben. Er arbeitete stumm, rasch und sicher, und es schien, als hätte er mich vergessen. Nur auf Erika warf er ab und zu einen Blick und murmelte ihren Namen. Mitten in seiner Arbeit stellte er mir ein Glas hin und schob mir die Weinflasche zu. Ich goß mir und auch ihm ein und hielt mein Glas hoch. »Salute«, sagte ich, und er drehte sich vom Herd um und sah mich an. Er lächelte und zeigte kleine weiße Zähne. Er nahm sein Glas, stieß mit mir an und sagte: »Franco.« – »Veronika«, sagte ich, und er wiederholte: »Veronika. E Erika.«

Ich streckte meine Beine aus, genoß die Wärme und schloß die Augen. Ich hörte Franco hantieren und die Spaghetti abgießen, im Radio sang jetzt Francesco de Gregori das Lied vom kleinen Italiener, der auf einem großen Schiff nach Amerika fährt. Aber er sieht nichts von Amerika, denn er ist Heizer und muß immer unten im Bauch des Schiffes bleiben, in questa nave nera nera sul'quest' Atlantico cattivo. Ich fühlte mich wohl und geborgen und dachte: ›Adieu, Franz. Ciao Franco.‹ Franco stellte einen Teller mit einer Gabel vor mich hin. Er brachte dampfende Schüsseln und fragte: »Lei non mangi?« sie ißt nicht? und zeigte auf Erika. Nein, sagte ich, aber ich hätte einen Riesenhunger, und wir fingen an zu essen. »Danke, Franco«, sagte ich, und legte einen Augenblick meine Hand auf seine, als wären wir alte Freunde. Er war verlegen und konnte mich nicht ansehen. Erika saß zwischen uns – Franco am Kopfende des großen Tisches, dann Erika links an der Seite, dann ich, und wir schoben die Weinflasche vor Erika hin und her, bis sie fast leer war und Franco eine zweite holte. Er sprach ein bißchen Touristendeutsch, und ich radebrechte italienisch, und so versuchten wir, uns gegenseitig zu erklären, was uns ausgerechnet Heiligabend in diese Küche verschlagen hatte. Ich log etwas von auf der Durchfahrt, Flugzeug verpaßt, und er erzählte von Herrschaften, die in Urlaub waren. Er dürfe hier wohnen, weil er nicht nach Hause wolle. Ich fragte ihn, warum nicht – ob er Familie hätte, wo er wohne, und nach einer langen Pause mit stockenden Anfängen kam dann schließlich Francos traurige Geschichte heraus – daß er vom Dorf sei, nicht hier aus der Schweiz, sondern aus Cusino, drüben in Italien, und jeden Tag fahre er als Koch hin und her, denn er habe eine Frau und eine Tochter. Und die Frau hatte ihn verlassen, gerade jetzt vor Weihnachten war sie zu einem Friseur nach Locarno gezogen, mit dem Kind, und allein hielt er es zu Hause nicht aus. Er sah Erika verzweifelt an und rief: »Meine Frau war auch so dick, und ganz rosa, so eine schöne zarte Haut!« und streckte die Hand aus und streichelte Erika, und Tränen kamen ihm in die Augen. Ich erzählte, daß ich geschieden sei und ganz allein lebte, und daß ich jemanden in Lugano besuchen wollte und dann einfach weitergefahren wäre, und ob wir nicht diesen Abend zusammen hierbleiben könnten?

»Sisi«, rief er, jaja, und holte eine Flasche Grappa und zwei Gläser. »Sie ist einfach weggefahren mit ihm«, schluchzte er, »was will sie denn mit einem Friseur, der kann ja nicht mal richtig für sie kochen!« Er holte Tiramisu aus dem Kühlschrank und machte uns in großen Tassen Cappuccino. Die zweite Flasche Wein war leer, und der Grappa floß auch gut weg. Ich legte den Kopf auf den Tisch und drehte am Radio. Ich fand das Weihnachtsoratorium und drehte es laut auf: »Bereite dich, Zion, mit herrlichen Chören, den Schönsten, den Liebsten bald bei dir zu sehen«, sang ich mit, denn ich war als Kind in einem Bach-Chor gewesen und konnte alle Oratorien singen. Franco wischte sich mit der

Schürze die Tränen ab, putzte seine Nase und nahm Erika auf den Schoß. »So weich war sie!« rief er, »so weich, und ich habe sie immer gut behandelt. Mit einem Friseur!« Und er fing wieder an zu weinen und drückte sein Gesicht zwischen Erikas Ohren. Jauchzet, frohlocket. Ich wurde so müde und rückte meinen Stuhl näher ans Feuer. Mein Grappaglas nahm ich mit und schaute in die Flammen, die loderten und knisterten, und ich hätte gern einen Tannenzweig verbrannt, damit es nach Weihnachten gerochen hätte. »Scheißweihnachten«, sagte ich und legte noch ein Stück Holz nach, und Franco sagte: »Erika«, und der Kopf fiel ihm herunter.

Als ich aufwachte, war es gegen Morgen und das Feuer war ausgegangen. Steif geworden hing ich in meinem Stuhl, das Grappaglas lag in Scherben auf dem Boden. Tageslicht drang durch die Vorhänge, und quer über dem Tisch lag der dicke Franco, den Kopf auf Erika gebettet, und schlief.

Ich stand sehr leise auf, nahm meine Tasche und ging, ohne ein Geräusch zu machen. Der Schlüssel steckte in der Haustür, die ich hinter mir zuzog. Die Straße lag still und leer da, ich sah zur ›Pensione Montalbina‹ hoch und dachte: »Alles Gute, Erika, tröste ihn, du kannst es!« und ging zum Bahnhof. Zu Hause in Berlin fand ich ein Telegramm von Franz: »Was ist los, verdammt?«, und ich telegraphierte zurück: »Nichts. Adieu« und rief meine Mutter an, die noch gar nicht gemerkt hatte, daß ich weggewesen war und daß erster Weihnachtstag war.

Hans Christian Andersen

Der Tannenbaum

Draußen im Walde stand ein kleiner Tannenbaum; er hatte einen guten Platz, Sonne konnte er bekommen, Luft war genug da, und ringsumher wuchsen viele größere Kameraden, sowohl Tannen als Fichten. Aber dem kleinen Tannenbaum schien nichts so wichtig wie das Wachsen; er achtete nicht der warmen Sonne und der frischen Luft, er kümmerte sich nicht um die Bauernkinder, die da gingen und plauderten, wenn sie herausgekommen waren, um Erdbeeren und Himbeeren zu sammeln. Oft kamen sie mit einem ganzen Topf voll oder hatten Erdbeeren auf einen Strohhalm gezogen, dann setzten sie sich neben den kleinen Tannenbaum und sagten: »Wie klein er ist!« Das mochte der Baum gar nicht hören.

Im folgenden Jahre war er ein rechtes Stück größer, und im Jahr darauf ein noch größeres Stück, denn bei den Tannenbäumen kann man immer an den vielen Gliedern, die sie haben, sehen, wie viele Jahre sie gewachsen sind.

»Oh, wäre ich doch so groß wie die andern Bäume!« seufzte das kleine Bäumchen. »Dann könnte ich meine Zweige ebenso weit umher ausbreiten und mit der Krone in die Welt hinausblicken! Die Vögel würden dann Nester zwischen meinen Zweigen bauen, und wenn der Wind weht, könnte ich so vornehm nicken, gerade wie die andern dort!«

Er hatte gar keine Freude am Sonnenschein, an den Vögeln und den roten Wolken, die morgens und abends über ihn hinsegelten.

War es nun Winter und der Schnee lag ringsumher funkelnd weiß, so kam häufig ein Hase angesprungen und setzte gerade über den kleinen Baum weg. Oh, das war ärgerlich! Aber zwei Winter vergingen, und im dritten war das Bäumchen so groß, daß der Hase um es herumlaufen mußte. ›Oh, wachsen, wachsen, groß und alt werden, das ist doch das einzig Schöne auf dieser Welt!‹ dachte der Baum.

Im Herbst kamen immer Holzhauer und fällten einige der größten Bäume; das geschah jedes Jahr, und dem jungen Tannenbaum, der nun ganz gut gewachsen war, schauderte dabei; denn die großen, prächtigen Bäume fielen mit Knacken und Krachen zur Erde, die Zweige wurden abgehauen, die Bäume sahen ganz nackt, lang und schmal aus;

sie waren fast nicht zu erkennen. Aber dann wurden sie auf Wagen gelegt, und Pferde zogen sie davon, aus dem Walde hinaus.

Wohin sollten sie? Was stand ihnen bevor?

Im Frühjahr, als die Schwalben und Störche kamen, fragte sie der Baum: »Wißt ihr nicht, wohin sie geführt wurden? Seid ihr ihnen begegnet?«

Die Schwalben wußten nichts, aber der Storch dachte nach, nickte mit dem Kopf und sagte: »Ja, ich glaube wohl; mir begegneten viele neue Schiffe, als ich aus Ägypten zurückflog; auf den Schiffen waren prächtige Mastbäume; ich darf annehmen, daß sie es waren, sie hatten Tannengeruch; ich kann vielmals von ihnen grüßen, sie sind schön und stolz!«

»Oh, wäre ich doch auch groß genug, um über das Meer hinfahren zu können! Was ist das eigentlich, dieses Meer, und wie sieht es aus?«

»Ja, das ist weitläufig zu erklären!« sagte der Storch, und damit ging er.

»Freue dich deiner Jugend!« sagten die Sonnenstrahlen; »freue dich deines frischen Wachstums, des jungen Lebens, das in dir ist!«

Und der Wind küßte den Baum, und der Tau weinte Tränen über ihn, aber das verstand der Tannenbaum nicht.

Gegen die Weihnachtszeit wurden stets ganz

junge Bäume gefällt, Bäume, die oft nicht einmal so groß oder gleichen Alters wie dieser Tannenbaum waren, der weder Rast noch Ruhe hatte, sondern immer davonwollte; diese jungen Bäume, und es waren gerade die allerschönsten, behielten immer alle ihre Zweige; sie wurden auf Wagen gelegt, und Pferde zogen sie zum Walde hinaus.

»Wohin sollen diese?« fragte der Tannenbaum. »Sie sind nicht größer als ich, einer ist sogar viel kleiner; weswegen behalten sie alle ihre Zweige? Wohin fahren sie?«

»Das wissen wir! Das wissen wir!« zwitscherten die Meisen. »Unten in der Stadt haben wir in die Fenster gesehen! Wir wissen, wohin sie fahren! Oh, sie gelangen zur größten Pracht und Herrlichkeit, die man sich denken kann! Wir haben in die Fenster gesehen und erblickt, daß sie mitten in der warmen Stube aufgepflanzt und mit den schönsten Sachen, vergoldeten Äpfeln, Honigkuchen, Spielzeug und vielen hundert Lichtern geschmückt werden.«

»Und dann?« fragte der Tannenbaum und bebte in allen Zweigen. »Und dann? Was geschieht dann?«

»Mehr haben wir nicht gesehen! Das war unvergleichlich schön!«

»Ob ich wohl bestimmt bin, diesen strahlenden

Weg zu gehen?« jubelte der Tannenbaum. »Das ist noch besser, als über das Meer zu ziehen! Was ich für Sehnsucht leide! Wäre es doch Weihnachten! Nun bin ich hoch und entfaltet wie die andern, die im vorigen Jahre davongeführt wurden! Oh, wäre ich erst auf dem Wagen, wäre ich doch in der warmen Stube mit all der Pracht und Herrlichkeit! Und dann? Ja, dann kommt noch etwas Besseres, noch Schöneres, warum würden sie mich sonst so schmücken? Es muß noch etwas Größeres, Herrlicheres kommen! Aber was? Oh, ich leide, ich sehne mich, ich weiß selbst nicht, wie mir ist!«

»Freue dich unser!« sagten die Luft und das Sonnenlicht; »freue dich deiner frischen Jugend im Freien!«

Aber er freute sich durchaus nicht; er wuchs und wuchs, Winter und Sommer stand er grün; dunkelgrün stand er da, die Leute, die ihn sahen, sagten: »Das ist ein schöner Baum!« und zur Weihnachtszeit wurde er von allen zuerst gefällt. Die Axt hieb tief durch das Mark; der Baum fiel mit einem Seufzer zu Boden, er fühlte einen Schmerz, eine Ohnmacht, er konnte gar nicht an irgendein Glück denken, er war betrübt, von der Heimat scheiden zu müssen, von dem Flecke, auf dem er emporgeschossen war; er wußte ja, daß er die lieben alten Kameraden, die kleinen Büsche und Blumen ringsumher nie mehr sehen würde, ja vielleicht nicht einmal die Vögel. Die Abreise hatte durchaus nichts Behagliches.

Der Baum kam erst wieder zu sich, als er im Hofe mit andern Bäumen abgeladen wurde und einen Mann sagen hörte: »Dieser hier ist prächtig! Den nehmen wir und keinen anderen!«

Nun kamen zwei Diener in Livree und trugen den Tannenbaum in einen großen, schönen Saal. Ringsherum an den Wänden hingen Bilder, und bei dem großen Kachelofen standen große chinesische Vasen mit Löwen auf den Deckeln; da waren Schaukelstühle, seidene Sofas, große Tische voll von Bilderbüchern und Spielzeug für hundertmal hundert Taler; wenigstens sagten das die Kinder. Der Tannenbaum wurde in ein großes, mit Sand gefülltes Faß gestellt, aber niemand konnte sehen, daß es ein Faß war, denn es wurde rundherum mit grünem Zeug behängt und stand auf einem großen, bunten Teppich. Oh, wie der Baum bebte! Was würde da wohl vorgehen? Sowohl die Diener als die Fräulein schmückten ihn. An einen Zweig hängten sie kleine, aus farbigem Papier ausgeschnittene Netze, und jedes Netz war mit Zuckerwerk gefüllt. Vergoldete Äpfel und Walnüsse hingen herab, als wären sie festgewachsen, und über hundert rote, blaue und weiße kleine Kerzen wurden in den Zweigen festgesteckt. Puppen, die leibhaft wie die Menschen aussahen – der Baum hatte früher nie solche gesehen –, schwebten im Grünen, und hoch oben in der Spitze wurde ein Stern von Flittergold befestigt. Das war prächtig, ganz außerordentlich prächtig!

»Heute abend«, sagten alle, »heute abend wird er strahlen!« und sie waren außer sich vor Freude.

›Oh‹, dachte der Baum, ›wäre es doch Abend! Würden nur die Lichter bald angezündet! Und was dann wohl geschieht? Ob da wohl Bäume aus dem Walde kommen, mich zu sehen? Ob die Meisen gegen die Fensterscheiben fliegen? Ob ich hier festwachse und Winter und Sommer geschmückt stehen werde?‹

Ja, was konnte der Tannenbaum wissen; aber er hatte ordentlich Rindenschmerzen vor lauter Sehnsucht, und Rindenschmerzen sind für einen Baum ebenso schlimm wie Kopfschmerzen für uns Menschen.

Nun wurden die Lichter angezündet. Welcher Glanz, welche Pracht! Der Baum bebte in allen Zweigen dabei, so daß eins der Lichter das Grüne anbrannte; es sengte ordentlich.

»Gott bewahre!« schrien die Fräulein und löschten es hastig aus.

Nun durfte der Baum nicht einmal beben. Oh,

das war ein Graus! Ihm war bange, etwas von seiner Pracht zu verlieren; er war ganz betäubt von all dem Glanze. Da gingen beide Flügeltüren auf, und eine Menge Kinder stürzte herein, als wollten sie den ganzen Baum umwerfen, die älteren Leute kamen bedächtig nach; die Kleinen standen ganz stumm, aber nur einen Augenblick, dann jubelten sie wieder, daß es laut schallte; sie tanzten um den Baum herum, und ein Geschenk nach dem andern wurde abgepflückt und verteilt.

›Was machen sie?‹ dachte der Baum. ›Was soll geschehen?‹ Die Lichter brannten gerade bis auf die Zweige herunter, und als sie heruntergebrannt waren, wurden sie ausgelöscht, und dann erhielten die Kinder die Erlaubnis, den Baum zu plündern. Sie stürzten auf ihn zu, daß es in allen Zweigen knackte; wäre er nicht unter dem Goldstern mit der Spitze an der Decke festgemacht gewesen, so wäre er umgefallen. Die Kinder tanzten mit ihrem schönen Spielzeug herum, niemand sah nach dem Baume, ausgenommen das alte Kindermädchen, das zwischen die Zweige blickte; aber es geschah nur, um zu sehen, ob nicht noch eine Feige oder ein Apfel vergessen sei.

»Eine Geschichte, eine Geschichte!« riefen die Kinder und zogen einen kleinen dicken Mann zu dem Baum hin, und er setzte sich gerade unter ihn,

»denn so sind wir im Grünen«, sagte er, »und der Baum kann auch gleich zuhören! Aber ich erzähle nur eine Geschichte. Wollt ihr die von Ivede-Avede oder die von Klumpe-Dumpe hören, der die Treppen hinunterfiel und doch erhöht wurde und die Prinzessin bekam?«

»Ivede-Avede!« schrien einige, »Klumpe-Dumpe!« schrien andere. Das war ein Rufen! Nur der Tannenbaum schwieg ganz still und dachte: ›Komme ich gar nicht mit, werde ich nichts dabei zu tun haben?‹ Er hatte ja geleistet, was er sollte.

Der Mann erzählte von Klumpe-Dumpe, der die Treppen hinunterfiel und doch erhöht wurde und die Prinzessin bekam. Und die Kinder klatschten in die Hände und riefen: »Erzähle, erzähle!« Sie wollten auch die Geschichte von Ivede-Avede hören, aber sie bekamen nur die von Klumpe-Dumpe. Der Tannenbaum stand ganz stumm und gedankenvoll da, nie hatten die Vögel im Walde dergleichen erzählt. ›Klumpe-Dumpe fiel die Treppen hinunter und bekam doch die Prinzessin! Ja, ja, so geht es in der Welt zu!‹ dachte der Tannenbaum und glaubte, daß es wahr sei, weil ein so netter Mann es erzählt hatte. ›Ja, ja! Vielleicht falle auch ich die Treppe hinunter und bekomme eine Prinzessin!‹ Und er freute sich, den nächsten Tag wieder mit Lichtern und Spielzeug, Gold und Früchten und dem Stern von Flittergold aufgeputzt zu werden.

›Morgen werde ich nicht zittern!‹ dachte er. ›Ich will mich recht aller meiner Herrlichkeit freuen. Morgen werde ich wieder die Geschichte von Klumpe-Dumpe und vielleicht auch die von Ivede-Avede hören.‹ Und der Baum stand die ganze Nacht still und gedankenvoll da.

Am Morgen kamen die Diener und das Kindermädchen herein.

›Nun werde ich wieder geschmückt!‹ dachte der Baum; aber sie schleppten ihn zum Zimmer hinaus, die Treppe hinauf, auf den Boden und stellten ihn in einen dunklen Winkel, wohin kein Tageslicht schien. ›Was soll das bedeuten?‹ dachte der Baum. ›Was soll ich hier wohl machen? Was soll ich hier wohl hören?‹ Er lehnte sich gegen die Mauer und dachte und dachte. Und er hatte Zeit genug, denn es vergingen Tage und Nächte; niemand kam herauf, und als endlich jemand kam, so geschah es, um einige große Kästen in den Winkel zu stellen; der Baum stand ganz versteckt, man mußte glauben, daß er ganz vergessen war.

›Nun ist es Winter draußen!‹ dachte der Baum. ›Die Erde ist hart und mit Schnee bedeckt, die Menschen können mich nicht pflanzen; deshalb soll ich wohl bis zum Frühjahr hier in Schutz stehen!

Wie wohlbedacht ist das! Wie die Menschen doch so gut sind! Wäre es hier nur nicht so dunkel und schrecklich einsam! Nicht einmal ein kleiner Hase! Das war doch angenehm da draußen im Walde, wenn der Schnee lag und der Hase vorbeisprang, ja selbst als er über mich hinwegsprang; aber damals mochte ich es nicht leiden. Hier oben ist es doch schrecklich einsam!‹

»Piep, piep!« sagte da eine kleine Maus und huschte hervor; und dann kam noch eine kleine. Sie beschnüffelten den Tannenbaum, und dann schlüpften sie zwischen seine Zweige.

»Es ist eine greuliche Kälte!« sagten die kleinen Mäuse. »Aber sonst ist es hier ganz gemütlich; nicht wahr, du alter Tannenbaum?«

»Ich bin gar nicht alt!« sagte der Tannenbaum; »es gibt viele, die weit älter sind als ich!«

»Woher kommst du?« fragten die Mäuse, »und was weißt du?« Sie waren schrecklich neugierig. »Erzähle uns doch von den schönsten Orten auf Erden! Bist du dort gewesen? Bist du in der Speisekammer gewesen, wo Käse auf den Brettern liegen und Schinken unter der Decke hängen, wo man auf Talglichtern tanzt, mager hineingeht und fett herauskommt?«

»Das kenne ich nicht«, sagte der Baum; »aber den Wald kenne ich, wo die Sonne scheint und die

Vögel singen!« Und dann erzählte er alles aus seiner Jugend. Die kleinen Mäuse hatten früher nie dergleichen gehört, sie horchten auf und sagten: »Wieviel du gesehen hast! Wie glücklich du gewesen bist!«

»Ich?« sagte der Tannenbaum und dachte nach über das, was er selbst erzählt hatte. »Ja, es waren im Grunde ganz fröhliche Zeiten!« Aber dann erzählte er vom Weihnachtsabend, wo er mit Zuckerwerk und Lichtern geschmückt war.

»Oh«, sagten die kleinen Mäuse, »wie glücklich du gewesen bist, du alter Tannenbaum!«

»Ich bin gar nicht alt!« sagte der Baum; »erst in diesem Winter bin ich aus dem Walde gekommen! Ich bin in meinen allerbesten Jahren, ich bin nur so aufgeschossen.«

»Wie schön du erzählst!« sagten die kleinen Mäuse, und in der nächsten Nacht kamen sie mit vier anderen kleinen Mäusen, die den Baum erzählen hören sollten, und je mehr er erzählte, desto deutlicher erinnerte er sich selbst an alles und dachte: ›Es waren doch ganz fröhliche Zeiten! Aber sie können wiederkommen, können wiederkommen! Klumpe-Dumpe fiel die Treppe hinunter und bekam doch die Prinzessin; vielleicht kann ich auch eine Prinzessin bekommen.‹ Und dann dachte der Tannenbaum an eine kleine, niedliche Birke, die draußen im Walde wuchs; das war für den Tannenbaum eine wirkliche, schöne Prinzessin.

»Wer ist Klumpe-Dumpe?« fragten die kleinen Mäuse. Da erzählte der Tannenbaum das ganze Märchen, er konnte sich jedes einzelnen Wortes entsinnen; die kleinen Mäuse hörten aufmerksam zu, denn sie hatten es satt, nur zum Vergnügen in den Zweigen herumzuspringen. In der folgenden Nacht kamen weit mehr Mäuse und am Sonntag sogar zwei Ratten, aber die meinten, die Geschichte sei nicht hübsch, und das betrübte die kleinen Mäuse, denn nun hielten sie auch weniger davon.

»Wissen Sie nur die eine Geschichte?« fragten die Ratten.

»Nur die eine«, antwortete der Baum; »die hörte ich an meinem glücklichsten Abend, aber damals wußte ich selbst nicht, wie glücklich ich war.«

»Das ist eine höchst jämmerliche Geschichte! Kennen Sie keine von Speck und Talglicht? Keine Speisekammergeschichte?«

»Nein!« sagte der Baum.

»Ja, dann danken wir dafür!« erwiderten die Ratten und gingen zu den Ihrigen zurück.

Die kleinen Mäuse blieben zuletzt auch weg, und da seufzte der Baum: »Es war doch ganz hübsch, als sie um mich herumsaßen, die lebhaften kleinen Mäuse, und zuhörten, wie ich erzählte! Nun ist auch das vorbei! Aber ich werde gerne daran denken, wenn ich wieder hervorgenommen werde.«

Aber wann geschah das? Ja, es war eines Morgens, da kamen Leute und wirtschafteten auf dem Boden; die Kästen wurden weggesetzt, der Baum wurde hervorgezogen; sie warfen ihn freilich ziemlich hart gegen den Fußboden, aber ein Diener schleppte ihn gleich zur Treppe hin, wo der Tag leuchtete.

›Nun beginnt das Leben wieder!‹ dachte der Baum; er fühlte die frische Luft, die ersten Sonnenstrahlen, und nun war er draußen im Hofe. Alles ging geschwind, der Baum vergaß völlig, sich selbst zu betrachten, da war so vieles ringsumher zu sehen. Der Hof stieß an einen Garten, und alles blühte darin; die Rosen hingen frisch und duftend über das kleine Gitter hinaus, die Lindenbäume blühten, und die Schwalben flogen umher und sagten: »Quirrevirrevit, mein Mann ist kommen!« Aber es war nicht der Tannenbaum, den sie meinten.

»Nun werde ich leben!« jubelte der und breitete seine Zweige weit aus; aber ach, die waren alle vertrocknet und gelb; und er lag da zwischen Unkraut und Nesseln. Der Stern von Goldpapier saß noch oben in der Spitze und glänzte im hellen Sonnenschein.

Im Hofe selbst spielten ein paar der munteren Kinder, die zur Weihnachtszeit den Baum umtanzt hatten und so froh über ihn gewesen waren. Eins der kleinsten lief hin und riß den Goldstern ab.

»Sieh, was da noch an dem häßlichen, alten Tannenbaum sitzt!« sagte es und trat auf die Zweige, so daß sie unter seinen Stiefeln knackten.

Der Baum sah auf all die Blumenpracht und Frische im Garten, er betrachtete sich selbst und wünschte, daß er in seinem dunklen Winkel auf dem Boden geblieben wäre; er gedachte seiner frischen Jugend im Walde, des lustigen Weihnachtsabends und der kleinen Mäuse, die sich so munter die Geschichte von Klumpe-Dumpe angehört hatten.

»Vorbei, vorbei!« sagte der arme Baum. »Hätte ich mich doch gefreut, als ich es noch konnte! Vorbei, vorbei!«

Der Diener kam und hieb den Baum in kleine Stücke, ein ganzes Bund lag da; hell flackerte es auf unter dem großen Braukessel. Der Baum seufzte tief, und jeder Seufzer war einem kleinen Schusse gleich; deshalb liefen die Kinder, die da spielten, herbei und setzten sich vor das Feuer, blickten hinein und riefen: »Piff, paff!« Aber bei jedem Knalle, der ein tiefer Seufzer war, dachte der Baum an einen Sommerabend im Walde oder an eine Winternacht da draußen, wenn die Sterne funkelten; er dachte an den Weihnachtsabend und an Klumpe-Dumpe, das einzige Märchen, das er je gehört hatte und zu erzählen wußte – und dann war der Baum verbrannt.

Die Jungen spielten im Garten, und der kleinste hatte den Goldstern auf der Brust, den der Baum an seinem glücklichsten Abend getragen hatte. Nun war der Abend längst vorbei, und mit dem Baum war es vorbei und mit der Geschichte ist es auch vorbei – aus und vorbei.

So geht es mit allen Geschichten!

Joachim Ringelnatz

Einsiedlers Heiliger Abend

Ich hab' in den Weihnachtstagen –
Ich weiß auch, warum –
Mir selbst einen Christbaum geschlagen,
Der ist ganz verkrüppelt und krumm.

Ich bohrte ein Loch in die Diele
Und steckte ihn da hinein
Und stellte rings um ihn viele
Flaschen Burgunderwein.

Und zierte, um Baumschmuck und Lichter
Zu sparen, ihn abends noch spät
Mit Löffeln, Gabeln und Trichter
Und anderem blanken Gerät.

Ich kochte zur heiligen Stunde
Mir Erbsensuppe mit Speck
Und gab meinem fröhlichen Hunde
Gulasch und litt seinen Dreck.

Und sang aus burgundernder Kehle
Das Pfannenflickerlied.
Und pries mit bewundernder Seele
Alles das, was ich mied.

Es glimmte petroleumbetrunken
Später der Lampendocht.
Ich saß in Gedanken versunken.
Da hat's an die Türe gepocht,

Und pochte wieder und wieder.
Es konnte das Christkind sein.
Und klang's nicht wie Weihnachtslieder?
Ich aber rief nicht: »Herein!«

Ich zog mich aus und ging leise
Zu Bett, ohne Angst, ohne Spott,
Und dankte auf krumme Weise
Lallend dem lieben Gott.

Ingrid Noll

Ein milder Stern herniederlacht

An Weihnachten wollte die Domina heiraten. Sie hatte genug gespart, um allen Sklaven für immer ade zu sagen. Nicht ohne Wehmut verschickte sie die Verlobungsanzeige in Form eines Adventskalenders. Der erste Entwurf war ein bei Edeka gekauftes Märchenschloß, das sie mit einem prächtigen Aktfoto unterlegte. Die geöffneten Fenster zeigten auf dezente Weise nur winzige Details ihres Körpers. Aber sie war nicht zufrieden. In jede Luke kam nun statt dessen ein bunter Präser, der letzte vom vierundzwanzigsten Dezember mit Juckpulver präpariert. Sie verwarf auch das; die Sklaven sollten den Ernst der Situation erfassen. Aus dem Echtermeyer kopierte sie *Sah ein Knab' ein Röslein stehn,* zerschnitt das Blatt in 24 Puzzlestückchen und verteilte sie. Am Heiligabend konnte ein gebildeter Mensch alle Strophen wiedervereinigen. Insider wurden durch die zarte Anspielung der Zeile »Röslein sprach, ich steche dich« an vergangene Qualen erinnert.

Bald begann ein neues Leben. Sie hatte gut eingekauft und konnte umweltbewußt entsorgen: die Ledersachen den Hell Drivers, die Halsbänder dem Rassehund-Verein, die Peitschen und Klammern dem Zirkus überlassen. Statt der hohen schwarzen Stiefel wollte sie zu Hause nur lila Plüschpantoffeln tragen, kuschelig wie kleine Kaninchen. Die engen Latexhosen und starren Lurexblusen schickte sie nach Bethel und ersetzte sie durch einen Hausanzug aus synthetischem Samt, nachgiebig wie Omas Angora-Unterwäsche. Das endgültige Aus für Strapse, dafür handgestrickte Wollsocken in Norwegermuster. Nicht mehr mit lachsfarbenem Satin, sondern blauweiß kariertem Biber mit aufgestreuten Trachtenblümchen sollten die Betten locken.

Nie wieder frieren, war die Devise, nie wieder hauteng, hart, spitzig, streng, knapp, stramm, scharf, zackig. Dafür weich, gemütlich, labbrig, wattig, wabbelig, schlaff, ausgeleiert. Die Chrom- und Acrylmöbel schleppte ein glücklicher Trödler davon, es entstand ein wohliges Nest mit Chintzgardinen, gediegen, traulich und überheizt. Vor allem der Keller wurde umgerüstet, Haken und Ösen abmontiert, das genagelte Kreuz von der Wand geschlagen, Regale mit Eingemachtem aufgestellt, strenge Gerüche durch gelagerte Boskop und duftende Cox' Orangen vertrieben.

Oliver war eine Seele von einem Mann, der zu allem ja und amen sagte. Er freute sich auf das Kind. Mit siebenunddreißig Jahren und nach zahlreichen Abbrüchen wußte die Domina genau, was sie wollte. Gut, daß er nur eine schwache Ahnung von der Quelle ihres Reichtums hatte.

Sie fand es süß, wie er von Frankreich schwärmte. Vor zwei Jahren war er nach der Gesellenprüfung mit dem Campingwagen in die Provence gefahren. »Die feiern dort Silvester mitten im Sommer!« Die Domina belehrte ihn, daß es sich um den Nationalfeiertag handelte. Sicher gab es Länder, die unsere jahreszeitlichen Feste auf den Kopf stellten, aber europäische Nachbarn gehörten nicht dazu. Oliver fand es praktisch, in lauschiger Sommernacht das Feuerwerk zu genießen und sich nicht regelmäßig die Grippe dabei zu holen. Originellerweise hatte er vorgeschlagen, das Weihnachtsfest dieses einzige Mal auf den Sommer zu verlegen und mit dem frisch geborenen Kind ein ländliches Picknick im Grünen zu veranstalten. Christbaumschmuck und Grillhähnchen ins Auto, und ab in die Natur.

Sie hatte diesem reizvollen Angebot widerstanden. Der Schnee mußte leise rieseln, der See still und starr liegen und ein milder Stern herniederlachen.

Picknick im Grünen – eine windige Erinnerung schoß ihr durch den Kopf. Zwei Herren in korrekter, ja warmer Kleidung, zwei Gespielinnen bibbernd vor Kälte. Das ewige Los ihres Berufs: Frieren. Ein Mäzen der frühen Jahre liebte es, impressionistische Bilder nachzustellen – immer noch nobler zwar als die Wünsche späterer Kunden –, aber die Gemälde waren stets nach den Kriterien weiblicher Blöße ausgesucht. Ein Frühstück im warmen Bett gefiel ihr allemal besser als auf nassem Moos. Sie würde sich von nun an gehenlassen, nach Lust und Laune fett werden und nie wieder die vorgegebene stolze Haltung annehmen; Bauch und Buckel durften heraustreten, die Brust von verschränkten Armen beschützt werden, so wie das alle anderen Frauen in ihrem Alter taten.

So wie alle anderen wollte sie jetzt auch kochen und Plätzchen backen; das Resultat waren klebrige Fladen, die sich nicht mit jenen kunstvollen Gebilden messen konnten, die ihre Sklaven im Advent mitzubringen pflegten. Es war nicht bloß Neid, der sie plagte, zuweilen war es große Wut auf die selbstgerechten Gattinnen, die das Weihnachtsgebäck so professionell hinkriegten: Sie spielten zu Hause die unterwürfige Dienerin und überließen den Dominas die unangenehme Aufgabe, den Haustyrannen zu züchtigen.

Keine wußte, wie anstrengend die Rolle der stets kreativen Gebieterin war, wie müde die Beine nach vier Stunden in engen hochhackigen Stiefeln wurden, wie einengend die Nietengürtel... Aber die Domina ahnte, daß auch ihr neuer Status Probleme mit sich brachte.

Schon die Sache mit der Gans. Fünfmal hatte sie mit ihrer Schwester telefoniert, bevor sie sich daranmachte. Das ebenso große wie fettige Tier mußte gefüllt, wieder zugenäht, mit Majoran eingerieben und drei Stunden lang im Backofen gebraten werden. Erst am vierundzwanzigsten kam Oliver von der Montage zurück, sie wollte ihn mit Tannenbaum, Plätzchen und Gänsebraten überraschen; wer hätte gedacht, daß das fast so stressig war wie eine Berufsnacht mit fünf Vermögensberatern.

Aber sie hatte Erfolg. Weil sie es nicht mehr aushielt, zündete sie um fünf Uhr schon die Kerzen an und setzte sich mit Oliver zu Tisch. Er war noch zu jung, um einen Anzug zu besitzen, dafür hatte er sich mit funkelnagelneuen Jeans, einem roten Pullover und weiß getünchten Turnschuhen feingemacht; die Domina umhüllte ein Gewand aus goldenem Nickistoff.

Der Rotkohl von Hengstenberg, die Knödel von Pfanni – das sparte viel Arbeit, und er merkte es nicht. Die Gans war tatsächlich braun und knusprig geworden. Oliver aß, wie es sich für ein körperlich arbeitendes Mannsbild gehört, die Domina ließ sich auch nicht lumpen. Als es mitten beim Essen stürmisch schellte, konnte sie – vollgestopft wie die halbverzehrte Gans – nicht verhindern, daß Oliver schneller aufsprang.

Sie lauschte angestrengt. Oliver sprach mit einem Mann, dessen Stimme ihr bekannt war.

»Sie können mich doch nicht für dumm verkaufen«, sagte der Mann namens Dr. Georg Sempf und las auf dem Namensschild: ANGELA UND OLIVER BIRCHER, »hier gab es noch vor wenigen Wochen einen SM-Club ...«

»Was war hier?« fragte Oliver freundlich.

Schon kam die Domina an die Tür und warf Georg einen warnenden Blick zu. »SM heißt Schachmeister«, behauptete sie geistesgegenwärtig. Georg lachte. Sie schickte Oliver in die Küche, um die Gänsereste in den warmen Backofen zu schieben.

»Hast du meinen Brief nicht bekommen?« fragte sie in alter Strenge. »Ich habe vor drei Wochen aufgehört, ich bin jetzt eine verheiratete Frau.«

»Deine Kolleginnen waren das auch«, sagte Georg, »laß mich rein, ich habe dir ein Lackmieder mitgebracht.«

»Lackmieder, Lackmieder! Ich brauche einen Still-BH.«

Georg begriff nichts mehr, er war drei Monate im Ausland gewesen und hatte die Post nicht erhalten. Er bestand auf seinem Recht, als Stammkunde auch an Feiertagen bedient zu werden.

Die Domina rang die Hände. »Ich habe alles weggegeben, kein Pranger, keine Ketten, kein Rohrstock, keine Nadeln mehr im Haus... Es geht nicht.«

Oliver kam wieder an die Tür. »Du kennst ihn?« fragte er.

Sie nickte. In diesem Moment flippte Georg aus, wochenlang hatte er sich auf Weihnachten im Folterkeller gefreut.

»Wenn ich nicht rein darf, lege ich mich vor die Tür und heule die ganze Nacht wie ein Wolf!« drohte er.

»Ja was wollen Sie denn hier bei uns?« fragte Oliver.

»Von Ihnen gar nichts«, sagte Georg, »nur von ihr! Ich will gedemütigt werden! Ich will ihr Sklave sein!«

»Er ist verrückt«, sagte Oliver und schlug die Tür zu.

Kaum saß er mit der Domina bei der Rotweincreme von Dr. Oetker, als es draußen in der Tat schauerlich heulte.

Ungerührt packte die Domina Geschenke aus:

eine bayerisch karierte Schürze und eine Barbie-Puppe für die erwartete Tochter. Sie war begeistert. Oliver hängte die neue Kuckucksuhr auf. Vor dem Haus heulte der Wolf, die Glocken klangen, das Radio dudelte.

Schließlich war die Domina zu erneuten Verhandlungen bereit. Georg fragte: »Irgend etwas wirst du doch noch haben – wo sind zum Beispiel die Tierfelle geblieben?«

»Behinderten-Werkstatt.«

»Und die Videos?«

»Altersheim.«

»Die Masken?«

»Beim Fastnachtsprinzen.«

»Die Augenklappen?«

»Josephs-Krankenhaus.«

Georg weinte. Sie bekam Mitleid.

»Also gut, du sollst am Heiligabend nicht erfrieren. Komm meinetwegen rein, aber nur in die Küche.« Sie drückte ihm die Spülbürste in die Hand. »Kannst schon mal anfangen! Nur keine falschen Hoffnungen bitte!«

Oliver hatte immer noch nicht den richtigen Durchblick. »Woher kennst du den Typ?«

»Ein früherer Kunde.« Ihr Ehemann glaubte, daß sie an einer Bar bedient hatte.

»Beruf?«

»Direktor bei der Volksbank.«

»Dann werde ich sofort zur Sparkasse wechseln!«

»Aber nein«, sagte die Domina, »doch nicht hier bei unserer Bank, ganz woanders natürlich. Außerdem ist er perfekt in seinem Job. Komm, wir schauen mal nach ihm, vielleicht hat er sich beruhigt.«

Das Paar betrat die Küche. Georg schrubbte. Er sah die Domina mit einem hündischen Blick an. »Quäle mich!« jaulte er. Oliver war ratlos.

»Hol die Absperrkette von der Garageneinfahrt!« befahl sie. Irgendwo im Heizungskeller lagen noch die Fußeisen, weil ihr bis jetzt kein geeigneter Abnehmer eingefallen war.

Gemeinsam ketteten sie ihn an die Küchenheizung. Obgleich die Domina erst wenige Plätzchen und eine einzige Gans in ihrem brandneuen Ofen zubereitet hatte, war er schon ziemlich versaut, was vielleicht auf ihre Unerfahrenheit zurückzuführen war. Auch die Backbleche zeigten einen fettigbräunlichen Belag. Georg bekam Scheuerpulver und eiskaltes Wasser hingestellt und war für die nächste Zeit beschäftigt.

Nach dem Dessert faltete die Domina sorgfältig das Geschenkpapier zusammen, Oliver wickelte die Bändchen auf. So gut es ging, legten sie sich zusammen aufs Sofa und hielten zum x-ten Mal eine

Konferenz über den Vornamen ihrer Tochter. Als es zum zweiten Mal klingelte, wollte die Domina ihren Gatten vom Öffnen abhalten. Oliver hatte aber Geschmack an der Sklavenhaltung gefunden. »Ich muß nach den Feiertagen ins Sauerland«, sagte er, »sei so lieb und laß den Neuen die Winterreifen montieren und den Wagen waschen.« Der kluge Junge hatte begriffen, daß die Befehle nicht von ihm ausgehen durften.

Schwerfällig schlurfte die Domina in den neuen Puschen an die Tür. Dort stand Willi Maser, welch ein Glück, denn er war Chef vom größten hiesigen Autohaus. Sein Geschenk war ein scheuernder Lederbikini. Die Domina ließ sich nicht auf lange Diskussionen ein und wies ihn in die Garage. Damit die Arbeit zur Qual wurde, schüttete sie den Müllsack mit schmierigen Gänseknochen über dem Wagendach aus.

Willi sagte: »Solchen Scheißkram würde ich nicht einmal einem Azubi zumuten!« und wurde mit dem harten Schlag einer abgenagten Gänsekeule bestraft. »Mehr!« verlangte er. »Erst die Arbeit, dann das Vergnügen«, sagte sie, und er legte sofort los.

Danach ketteten sie Georg im Bad an; Klo, Waschbecken und Wanne hatten es nötig. Georg fühlte sich großartig, denn Oliver hatte ihn »Meister Proper« getauft. Mit viel Einfühlungsvermögen überlegte sich die Domina, daß er auch die Stätte seiner früheren Lust – den Keller – ein wenig putzen sollte. Eine Streckbank war noch vorhanden, weil Oliver in Unkenntnis ihres Zweckes einen Gartentisch daraus bauen wollte. Georg durfte sie grün streichen.

»Was machen wir, wenn der nächste kommt?« fragte Oliver fröhlich. In Gedanken gingen sie die einzelnen Zimmer durch. Die Betten konnten frisch bezogen, die Fenster geputzt und die Kühltruhe gründlich gereinigt werden.

»Was haben die anderen für Berufe?« fragte Oliver neugierig.

Die Domina konnte stolz berichten, daß es nur Männer in Führungspositionen waren. »Bis auf einen Studenten, der seine Magisterarbeit über mich schreibt. Der Chefkoch hat schon fünf Sterne errungen, der Finanzmann ist ein ganz hohes Tier.«

»Der könnte die Steuererklärung machen, der Koch ein schönes Essen…«

»Nein, das ist keine Sklavenarbeit.«

In Gedanken ließen sie den Koch die blauen Monteur-Overalls bügeln und den Finanzmenschen Schuhe und Silber putzen. Die ihr zugedachte schweißtreibende Gummi-Unterwäsche wollte die Domina sofort in den Rotkreuzsack werfen.

Schließlich hatten sie genug von derartigen Spekulationen und widmeten sich dem beliebten Spielchen »Ich sehe was, was du nicht siehst«. Die Domina suchte nämlich die Gelegenheit, ihren Mann auf kunstgewerbliche Bijous, Trockenblumensträuße und Keramiken hinzuweisen. Aber Oliver holte die Dominosteine und wollte lieber damit spielen. Als sie das Personal fast vergessen hatten, traten die beiden Spartakisten plötzlich ins Wohnzimmer, um zu streiken. Willi hatte Meister Proper sowohl losgekettet als auch aufgewiegelt. Sie beschwerten sich. »Wir sind Sex- und nicht Putzsklaven! Wo bleibt die Belohnung?«

»Erst einmal drei Blaue auf den Tisch«, sagte die Domina sanft, »dann könnt ihr euch zur Belohnung ein Plätzchen nehmen.«

In diesem Moment sprang der Kuckuck achtmal aus dem Uhrenhaus.

»Um Gottes willen!« rief Willi. »Ich habe meiner Frau versprochen, um sieben zur Bescherung wieder dazusein! Was machen wir jetzt?«

Alle dachten angestrengt über eine Ausrede nach. Dabei fiel Georg ein, daß er mit seiner Mutter die Christmesse besuchen mußte. Seiner Frau gegenüber war er ohne Verpflichtungen; sie hatte nämlich von seinem Hobby Wind bekommen und war entlaufen.

»Am besten wirkt immer ein Unfall«, sagte Oliver, »dann sind die Angehörigen voller Mitleid und denken gar nicht an eine Standpauke...«

»Woher kennst du dich so gut aus?« fragte die Domina spitz, aber nicht ohne Bewunderung.

»Was für ein Unfall?« fragte der nervöse Georg. »Soll ich mir etwa ein Bein brechen und im Krankenhaus landen?«

»Nein«, sagte Oliver, »Ihr Auto, nicht Sie!«

Für Autos war Willi zuständig. »Nullo Problemo«, sagte er, »wir beide könnten einen Zusammenstoß arrangieren.«

Oliver rieb sich die Hände.

»Aber nicht direkt vor unserer Haustür«, sagte die vorsichtige Domina.

Georg drehte am Radio herum. »Habt ihr schon Weihnachtslieder gesungen?«

Alle sahen ihn verwundert an.

»Bevor wir auseinandergehen, könnten wir doch noch einen vierstimmigen Satz...«

»Bitte«, sagte die Domina, »die Tochter Zion!«

Georg stimmte an, Willi und die Domina freuten sich und jauchzten laut Jerusalem, Oliver kannte solche Songs weniger. Aber auf die Dauer hatten die beiden Unfallkandidaten keinen Spaß an geistlichen Gesängen. »Wer von uns wird der Verursacher?« fragte der Banker fachmännisch.

»Von mir aus meine Wenigkeit«, sagte Willi, »ich fahre einen Vorführwagen, natürlich Vollkasko. Aber dafür müßten Sie mir schon ein bißchen...«

»Ich bitte Sie, das können Sie doch alles von der Steuer absetzen, aber ich werde Ihnen gern behilflich sein«, sagte Georg.

»Na, dann wolln wir mal«, sagte Willi und flüsterte Georg ins Ohr: »Das Studio in der Weststadt hat vielleicht noch auf.«

»Leider nicht, ich habe mich schon erkundigt, die machen Betriebsferien!«

Für den großen Crash zogen sich alle warm an, denn es sollte ja nicht direkt vor der Haustür geschehen. Oliver tauschte mit Willi den Mantel, das heißt, er drängte dem Autohändler kurzfristig und spaßeshalber den eigenen Parka auf und zog dafür dessen Büffellederjacke an.

»Aber erst die Kohle auf den Tisch«, ermahnte die Domina aus Jux und Gewohnheit. Man wußte leider nicht, was sich gehört, am Ende lagen bloß zwei Kippen unterm Baum, und der Zug setzte sich in Bewegung. Die Duellanten besaßen Nobelkarossen, die sie behutsam auf die einsame Landstraße lenkten. Das Fußvolk zockelte hinterher, die Domina aus Versehen in Pantoffeln. »Gut, daß ich ihnen nur Plätzchen gegeben habe«, sagte sie mütterlich, »als hätte ich's gewußt.«

Oliver zeigte, daß er etwas von Organisation verstand. Wie ein erfahrener Sekundant wies er den beiden Masochisten die Plätze an, stellte sich selbst in die Mitte und blinkte schließlich mit dem Feuerzeug, daß mit Tempo losgefahren werden sollte. Als wahrer Kavalier eilte er aber sofort wieder zur Domina, um sie bei einer möglichen Ohnmacht aufzufangen.

Die Spannung wuchs. Wie in einem gefährlichen Stunt schossen die schweren Wagen voran und krachten schauerlich ineinander. »Die Polizei ist bestimmt in Windeseile da«, sagte Oliver, »schnell weg hier!«

»Sieh erst mal nach«, sagte die Domina, »warum sie nicht aussteigen.«

Flink näherte sich Oliver der Unfallstelle und steckte den Kopf abwechselnd in beide Wagen. Erfolglos sprach er auf Willi und Georg ein, keiner von beiden machte Anstalten auszusteigen. Oliver knipste das Feuerzeug wieder an und gab der Domina Zeichen: Daumen nach unten. Ohne jeden Beistand mußte sie in Ohnmacht fallen. Aber auf Zuspruch öffnete sie die Augen und befahl, sofort zu verschwinden, damit sie nicht als Zeugen aussagen mußten. In einer Minute waren sie wieder in der warmen Stube und pellten sich aus Mantel und Jacke.

»Beide ziemlich hin«, sagte Oliver bedauernd. »Schade«, sagte die Domina. Kurz darauf hörte man Sirenen.

Wie ein kindlicher Mystiker grübelte Oliver: »Ob sie in den Himmel kommen?«

Die Domina verneinte: »Die sind in der Hölle besser aufgehoben. Stell dir vor: Eine schwarze Teufelin in hohen Stiefeln piesackt sie unaufhörlich mit einer Mistgabel.«

Oliver nickte versonnen: »Wat dem een sin Ul...« Schließlich zog er seine schwere neue Jacke wieder an, um die Straßenverhältnisse zu inspizieren. Nach fünf Minuten konnte er berichten, daß die Polizisten verschwunden und die Unfallwagen abgeschleppt waren.

Die Domina öffnete die Haustür und trat an die frische Luft: »Kennst du das Gedicht«, sagte sie und sah nach oben: »Vom Himmel in die tiefsten Klüfte ein milder Stern herniederlacht...«

Oliver zuckte die Achseln und zog die Domina an sich. Beide legten den Kopf zurück und blickten zu den Sternen hinauf. »Freu dich doch«, sagte er, »vielleicht sind sie im Paradies bei der schwarzen Teufelin.«

»Mein lieber Schwan, da scheint mir etwas oberfaul«, sagte die Domina, »das waren doch keine betrunkenen Schüler, sondern erfahrene Männer...«

»Sieh mal, was der Auto-Willi in der Tasche hatte«, sagte Oliver und kramte aus der fremden Tasche ein leeres Ölkännchen, »als ich beim Unfall den Einweiser spielen sollte, habe ich zufällig Willis Öl entdeckt und ganz in Gedanken ein wenig gesprengt.«

Die Domina lächelte wie ein milder Stern. »Aber Schatz, warum eigentlich? Die haben dir doch nichts getan, im Gegenteil – stundenlang haben sie sich nützlich gemacht.«

Oliver zog die Domina hinein und den Büffel aus. »Weißt du«, sagte er, »ich konnte sie nicht ausstehen. Das sollen Männer sein? Kriechen winselnd vor einer Frau im Staub herum und verlangen nach Haue!«

»Du hast recht«, sagte sie, »mein Geschmack sind sie auch nicht. Aber ich muß zu ihrer Entschuldigung sagen, daß sie tüchtige, erfolgreiche Männer mit einem fast intakten Familienleben sind.«

Oliver nahm seine Frau auf den Schoß und herzte sie. Erleichtert fing die Domina an, ein wenig zu beichten. »Es gibt Frauen, denen macht es Spaß – aber nicht mir! Ich hatte nie Gefallen daran, ehrlich! Aber andererseits – es ist immer noch besser als der lausig kalte Straßenstrich.«

»Ich weiß«, sagte Oliver, »im Grunde willst du

lieber die Devote spielen; aber du hast mich belogen!«

»Ein bißchen gemogelt«, sagte sie, »ich war niemals Barfrau. Ist das so schlimm?«

Oliver zog ein längliches, liebevoll verpacktes Geschenk unter dem Sofa hervor und überreichte es der Domina. »Böse Mädchen müssen bestraft werden«, sagte er und sah erwartungsvoll zu, wie seine Frau eine nostalgische Wäscheleine aus Hanf und einen fast antiken, geflochtenen Teppichklopfer aus rotgoldenem Weihnachtspapier schälte, »ich weiß doch, was eine Frau sich wirklich wünscht.«

Er fesselte sie mit der kratzigen Leine und legte sie übers Knie, weil die Streckbank noch nicht getrocknet war. Während er wie ein zorniger Nikolaus den Teppichklopfer handhabte, rief er immer wieder: »Eine anständige Frau bringt an Weihnachten kein Dosenrotkraut auf den Tisch!«

Heinrich Böll

Nicht nur zur Weihnachtszeit

I

In unserer Verwandtschaft machen sich Verfallserscheinungen bemerkbar, die man eine Zeitlang stillschweigend zu übergehen sich bemühte, deren Gefahr ins Auge zu blicken man nun aber entschlossen ist. Noch wage ich nicht, das Wort Zusammenbruch anzuwenden, aber die beunruhigenden Tatsachen häufen sich derart, daß sie eine Gefahr bedeuten und mich zwingen, von Dingen zu berichten, die den Ohren der Zeitgenossen zwar befremdlich klingen werden, deren Realität aber niemand bestreiten kann. Schimmelpilze der Zersetzung haben sich unter der ebenso dicken wie harten Kruste der Anständigkeit eingenistet, Kolonien tödlicher Schmarotzer, die das Ende der Unbescholtenheit einer ganzen Sippe ankündigen. Heute müssen wir es bedauern, die Stimme unseres Vetters Franz überhört zu haben, der schon früh begann, auf die schrecklichen Folgen aufmerksam zu machen, die ein »an sich« harmloses Ereignis haben werde. Dieses Ereignis selbst war so geringfügig, daß uns das Ausmaß der Folgen nun erschreckt. Franz hat schon früh gewarnt. Leider genoß er zu wenig Reputation. Er hat einen Beruf erwählt, der in unserer gesamten Verwandtschaft bisher nicht vorgekommen ist, auch nicht hätte vorkommen dürfen: er ist Boxer geworden. Schon in seiner Jugend schwermütig und von einer Frömmigkeit, die immer als »inbrünstiges Getue« bezeichnet wurde, ging er früh auf Bahnen, die meinem Onkel Franz – diesem herzensguten Menschen – Kummer bereiteten. Er liebte es, sich der Schulpflicht in einem Ausmaß zu entziehen, das nicht mehr als normal bezeichnet werden kann. Er traf sich mit fragwürdigen Kumpanen in abgelegenen Parks und dichten Gebüschen vorstädtischen Charakters. Dort übten sie die harten Regeln des Faustkampfes, ohne sich bekümmert darum zu zeigen, daß das humanistische Erbe vernachlässigt wurde. Diese Burschen zeigten schon früh die Untugenden ihrer Generation, von der sich ja inzwischen herausgestellt hat, daß sie nichts taugt. Die erregenden Geisteskämpfe früherer Jahrhunderte interessierten sie nicht, zu sehr waren sie mit den fragwürdigen Aufregungen ihres eigenen Jahrhunderts beschäftigt. Zunächst schien mir, Franzens

Frömmigkeit stehe im Gegensatz zu diesen regelmäßigen Übungen in passiver und aktiver Brutalität. Doch heute beginne ich manches zu ahnen. Ich werde darauf zurückkommen müssen.

Franz also war es, der schon frühzeitig warnte, der sich von der Teilnahme an gewissen Feiern ausschloß, das Ganze als Getue und Unfug bezeichnete, sich vor allem später weigerte, an Maßnahmen teilzunehmen, die zur Erhaltung dessen, was er Unfug nannte, sich als erforderlich erwiesen. Doch – wie gesagt – besaß er zu wenig Reputation, um in der Verwandtschaft Gehör zu finden.

Jetzt allerdings sind die Dinge in einer Weise ins Kraut geschossen, daß wir ratlos dastehen, nicht wissend, wie wir ihnen Einhalt gebieten sollen.

Franz ist längst ein berühmter Faustkämpfer geworden, doch weist er heute das Lob, das ihm in der Familie gespendet wird, mit derselben Gleichgültigkeit zurück, mit der er sich damals jede Kritik verbat.

Sein Bruder aber – mein Vetter Johannes –, ein Mensch, für den ich jederzeit meine Hand ins Feuer gelegt hätte, dieser erfolgreiche Rechtsanwalt, Lieblingssohn meines Onkels – Johannes soll sich der kommunistischen Partei genähert haben, ein Gerücht, das zu glauben ich mich hartnäckig weigere. Meine Kusine Lucie, bisher eine normale

Frau, soll sich nächtlicherweise in anrüchigen Lokalen, von ihrem hilflosen Gatten begleitet, Tänzen hingeben, für die ich kein anderes Beiwort als existentialistisch finden kann, Onkel Franz selbst, dieser herzensgute Mensch, soll geäußert haben, er sei lebensmüde, er, der in der gesamten Verwandtschaft als ein Muster an Vitalität galt und als ein Vorbild dessen, was man uns einen christlichen Kaufmann zu nennen gelehrt hat.

Arztrechnungen häufen sich, Psychiater, Seelentestler werden einberufen. Einzig meine Tante Milla, die als Urheberin all dieser Erscheinungen bezeichnet werden muß, erfreut sich bester Gesundheit, lächelt, ist wohl und heiter, wie sie es fast immer war. Ihre Frische und Munterkeit beginnen jetzt langsam uns aufzuregen, nachdem uns ihr Wohlergehen lange Zeit so sehr am Herzen lag. Denn es gab eine Krise in ihrem Leben, die bedenklich zu werden drohte. Gerade darauf muß ich näher eingehen.

2

Es ist einfach, rückwirkend den Herd einer beunruhigenden Entwicklung auszumachen – und merkwürdig, erst jetzt, wo ich es nüchtern betrachte, kommen mir die Dinge, die sich seit fast zwei Jahren bei unseren Verwandten begeben, außergewöhnlich vor.

Wir hätten früher auf die Idee kommen können, es stimme etwas nicht. Tatsächlich, es stimmt etwas nicht, und wenn überhaupt jemals irgend etwas gestimmt hat – ich zweifle daran –, hier gehen Dinge vor sich, die mich mit Entsetzen erfüllen. Tante Milla war in der ganzen Familie von jeher wegen ihrer Vorliebe für die Ausschmückung des Weihnachtsbaumes bekannt, eine harmlose, wenn auch spezielle Schwäche, die in unserem Vaterland ziemlich verbreitet ist. Ihre Schwäche wurde allgemein belächelt, und der Widerstand, den Franz von frühester Jugend an gegen diesen »Rummel« an den Tag legte, war immer Gegenstand heftigster Entrüstung, zumal Franz ja sowieso eine beunruhigende Erscheinung war. Er weigerte sich, an der Ausschmückung des Baumes teilzunehmen. Das alles verlief bis zu einem gewissen Zeitpunkt normal. Meine Tante hatte sich daran gewöhnt, daß Franz den Vorbereitungen in der Adventszeit fernblieb, auch der eigentlichen Feier, und erst zum Essen erschien. Man sprach nicht einmal mehr darüber.

Auf die Gefahr hin, mich unbeliebt zu machen, muß ich hier eine Tatsache erwähnen, zu deren Verteidigung ich nur sagen kann, daß sie wirklich eine ist. In den Jahren 1939 bis 1945 hatten wir Krieg. Im Krieg wird gesungen, geschossen, geredet, gekämpft, gehungert und gestorben – und es werden Bomben geschmissen – lauter unerfreuliche Dinge, mit deren Erwähnung ich meine Zeitgenossen in keiner Weise langweilen will. Ich muß sie nur erwähnen, weil der Krieg Einfluß auf die Geschichte hatte, die ich erzählen will. Denn der Krieg wurde von meiner Tante Milla nur registriert als eine Macht, die schon Weihnachten 1939 anfing, ihren Weihnachtsbaum zu gefährden. Allerdings war ihr Weihnachtsbaum von einer besonderen Sensibilität.

Die Hauptattraktion am Weihnachtsbaum meiner Tante Milla waren gläserne Zwerge, die in ihren hocherhobenen Armen einen Korkhammer hielten und zu deren Füßen glockenförmige Ambosse hingen. Unter den Fußsohlen der Zwerge waren Kerzen befestigt, und wenn ein gewisser Wärmegrad erreicht war, geriet ein verborgener Mechanismus in Bewegung, eine hektische Unruhe teilte sich den Zwergenarmen mit, sie schlugen wie irr mit ihren Korkhämmern auf die glockenförmigen Ambosse und riefen so, ein Dutzend an der Zahl, ein konzertantes, elfenhaft feines Gebimmel hervor. Und an der Spitze des Tannenbaumes hing ein silbrig gekleideter rotwangiger Engel, der in bestimmten Abständen seine Lippen voneinander hob und »Frieden« flüsterte, »Frieden«. Das mechanische Geheimnis dieses Engels ist, konsequent gehütet, mir später erst bekannt geworden, obwohl ich damals fast wöchentlich Gelegenheit hatte, ihn zu bewundern. Außerdem gab es am Tannenbaum meiner Tante natürlich Zuckerkringel, Gebäck, Engelhaar, Marzipanfiguren und – nicht zu vergessen – Lametta, und ich weiß noch, daß die sachgemäße Anbringung des vielfältigen Schmuckes erhebliche Mühe kostete, die Beteiligung aller erforderte und die ganze Familie am Weihnachtsabend vor Nervosität keinen Appetit hatte, die Stimmung dann – wie man so sagt – einfach gräßlich war, ausgenommen bei meinem Vetter Franz, der an diesen Vorbereitungen ja nicht teilgenommen hatte und sich als einziger Braten und Spargel, Sahne und Eis schmecken ließ. Kamen wir dann am zweiten Weihnachtstag zu Besuch und wagten die kühne Vermutung, das Geheimnis des sprechenden Engels beruhe auf dem gleichen Mechanismus, der gewisse Puppen veranlaßt, »Mama« oder »Papa« zu sagen, so ernteten wir nur höhnisches Gelächter.

Nun wird man sich denken können, daß in der Nähe fallende Bomben einen solch sensiblen Baum aufs höchste gefährdeten. Es kam zu schrecklichen

Szenen, wenn die Zwerge vom Baum gefallen waren, einmal stürzte sogar der Engel. Meine Tante war untröstlich. Sie gab sich unendliche Mühe, nach jedem Luftangriff den Baum komplett wiederherzustellen, ihn wenigstens während der Weihnachtstage zu erhalten. Aber schon im Jahre 1940 war nicht mehr daran zu denken. Wieder auf die Gefahr hin, mich sehr unbeliebt zu machen, muß ich hier kurz erwähnen, daß die Zahl der Luftangriffe auf unsere Stadt tatsächlich erheblich war, von ihrer Heftigkeit ganz zu schweigen. Jedenfalls wurde der Weihnachtsbaum meiner Tante ein Opfer – von anderen Opfern zu sprechen, verbietet mir der rote Faden – der modernen Kriegführung; fremdländische Ballistiker löschten seine Existenz vorübergehend aus.

Wir alle hatten wirklich Mitleid mit unserer Tante, die eine reizende und liebenswürdige Frau war. Es tat uns leid, daß sie nach harten Kämpfen, endlosen Disputen, nach Tränen und Szenen sich bereit erklären mußte, für Kriegsdauer auf ihren Baum zu verzichten.

Glücklicherweise – oder soll ich sagen unglücklicherweise? – war dies fast das einzige, was sie vom Krieg zu spüren bekam. – Der Bunker, den mein Onkel baute, war einfach bombensicher, außerdem stand jederzeit ein Wagen bereit, meine Tante Milla in Gegenden zu entführen, wo von der unmittelbaren Wirkung des Krieges nichts zu sehen war; es wurde alles getan, um ihr den Anblick der gräßlichen Zerstörungen zu ersparen. Meine beiden Vettern hatten das Glück, den Kriegsdienst nicht in seiner härtesten Form zu erleben. Johannes trat schnell in die Firma meines Onkels ein, die in der Gemüseversorgung unserer Stadt eine entscheidende Rolle spielt. Zudem war er gallenleidend. Franz hingegen wurde zwar Soldat, war aber nur mit der Bewachung von Gefangenen betraut, ein Posten, den er zur Gelegenheit nahm, sich auch bei seinen militärischen Vorgesetzten unbeliebt zu machen, indem er Russen und Polen wie Menschen behandelte. Meine Kusine Lucie war damals noch nicht verheiratet und half im Geschäft. Einen Nachmittag in der Woche half sie im freiwilligen Kriegsdienst in einer Hakenkreuzstickerei. Doch will ich hier nicht die politischen Sünden meiner Verwandten aufzählen.

Aufs Ganze gesehen jedenfalls fehlte es weder an Geld noch an Nahrungsmitteln und jeglicher erforderlichen Sicherheit, und meine Tante empfand nur den Verzicht auf ihren Baum als bitter. Mein Onkel Franz, dieser herzensgute Mensch, hat sich fast fünfzig Jahre hindurch erhebliche Verdienste erworben, indem er in tropischen und subtropischen Ländern Apfelsinen und Zitronen aufkaufte und sie gegen einen entsprechenden Aufschlag weiter in den Handel gab. Im Kriege dehnte er sein Geschäft auch auf weniger wertvolles Obst und Gemüse aus. Aber nach dem Kriege kamen die erfreulichen Früchte, denen sein Hauptinteresse galt, als Zitrusfrüchte wieder auf und wurden Gegenstand des schärfsten Interesses aller Käuferschichten. Hier gelang es Onkel Franz, sich wieder maßgebend einzuschalten, und er brachte die Bevölkerung in den Genuß von Vitaminen und sich in den eines ansehnlichen Vermögens.

Aber er war fast siebzig, wollte sich nun zur Ruhe setzen, das Geschäft seinem Schwiegersohn übergeben. Da fand jenes Ereignis statt, das wir damals belächelten, das uns heute aber als Ursache der ganzen unseligen Entwicklung erscheint.

Meine Tante Milla fing wieder mit dem Weihnachtsbaum an. Das war an sich harmlos; sogar die Zähigkeit, mit der sie darauf bestand, daß alles »so sein sollte wie früher«, entlockte uns nur ein Lächeln. Zunächst bestand wirklich kein Grund, diese Sache allzu ernst zu nehmen. Zwar hatte der Krieg manches zerstört, das wiederherzustellen mehr Sorge bereitete, aber warum – so sagten wir uns – einer charmanten alten Dame diese kleine Freude nehmen?

Jedermann weiß, wie schwer es war, damals Butter und Speck zu bekommen. Aber sogar für meinen Onkel Franz, der über die besten Beziehungen verfügte, war die Beschaffung von Marzipanfiguren, Schokoladenkringeln und Kerzen im Jahre 1945 unmöglich. Erst im Jahre 1946 konnte alles bereitgestellt werden. Glücklicherweise war noch eine komplette Garnitur von Zwergen und Ambossen sowie ein Engel erhalten geblieben.

Ich entsinne mich des Tages noch gut, an dem wir eingeladen waren. Es war im Januar 1947, Kälte herrschte draußen. Aber bei meinem Onkel war es warm, und es herrschte kein Mangel an Eßbarem. Und als die Lampen gelöscht, die Kerzen angezündet waren, als die Zwerge anfingen zu hämmern, der Engel »Frieden« flüsterte, »Frieden«, fühlte ich mich lebhaft zurückversetzt in eine Zeit, von der ich angenommen hatte, sie sei vorbei.

Immerhin, dieses Erlebnis war, wenn auch überraschend, so doch nicht außergewöhnlich. Außergewöhnlich war, was ich drei Monate später erlebte. Meine Mutter – es war Mitte März geworden – hatte mich hinübergeschickt, nachzuforschen, ob bei Onkel Franz »nichts zu machen« sei. Es ging ihr um Obst. Ich schlenderte in den benachbarten Stadtteil – die Luft war mild, es dämmerte. Ahnungslos schritt ich an bewachsenen

Trümmerhalden und verwilderten Parks vorbei, öffnete das Tor zum Garten meines Onkels, als ich plötzlich bestürzt stehenblieb. In der Stille des Abends war sehr deutlich zu hören, daß im Wohnzimmer meines Onkels gesungen wurde. Singen ist eine gute deutsche Sitte, und es gibt viele Frühlingslieder – hier aber hörte ich deutlich:

holder Knabe im lockigen Haar...

Ich muß gestehen, daß ich verwirrt war. Ich ging langsam näher, wartete das Ende des Liedes ab. Die Vorhänge waren zugezogen, ich beugte mich zum Schlüsselloch. In diesem Augenblick drang das Gebimmel der Zwergenglocken an mein Ohr, und ich hörte deutlich das Flüstern des Engels. Ich hatte nicht den Mut, einzudringen, und ging langsam nach Hause zurück. In der Familie rief mein Bericht allgemeine Belustigung hervor. Aber erst als Franz auftauchte und Näheres berichtete, erfuhren wir, was geschehen war:

Um Mariä Lichtmeß herum, zu der Zeit also, wo man in unseren Landen die Christbäume plündert, sie dann auf den Kehricht wirft, wo sie von nichtsnutzigen Kindern aufgegriffen, durch Asche und sonstigen Unrat geschleift und zu mancherlei Spiel verwendet werden, um Lichtmeß herum war das

Schreckliche geschehen. Als mein Vetter Johannes am Abend des Lichtmeßtages, nachdem ein letztes Mal der Baum gebrannt hatte – als Johannes begann, die Zwerge von den Klammern zu lösen, fing meine bis dahin so milde Tante jämmerlich zu schreien an, und zwar so heftig und plötzlich, daß mein Vetter erschrak, die Herrschaft über den leise schwankenden Baum verlor, und schon war es geschehen: es klirrte und klingelte, Zwerge und Glokken, Ambosse und der Spitzenengel, alles stürzte hinunter, und meine Tante schrie.

Sie schrie fast eine Woche lang. Neurologen wurden herbeitelegraphiert, Psychiater kamen in Taxen herangerast – aber alle, auch Kapazitäten, verließen achselzuckend, ein wenig erschreckt auch, das Haus. Keiner hatte diesem unerfreulich schrillen Konzert ein Ende bereiten können. Nur die stärksten Mittel brachten einige Stunden Ruhe, doch ist die Dosis Luminal, die man einer Sechzigjährigen täglich verabreichen kann, ohne ihr Leben zu gefährden, leider gering. Es ist aber eine Qual, eine aus allen Leibeskräften schreiende Frau im Hause zu haben: schon am zweiten Tage befand sich die Familie in völliger Auflösung. Auch der Zuspruch des Priesters, der am Heiligen Abend der Feier beizuwohnen pflegte, blieb vergeblich: meine Tante schrie.

Franz machte sich besonders unbeliebt, weil er riet, einen regelrechten Exorzismus anzuwenden. Der Pfarrer schalt ihn, die Familie war bestürzt über seine mittelalterlichen Anschauungen, der Ruf seiner Brutalität überwog für einige Wochen seinen Ruf als Faustkämpfer.

Inzwischen wurde alles versucht, meine Tante aus ihrem Zustand zu erlösen. Sie verweigerte die Nahrung, sprach nicht, schlief nicht; man wandte kaltes Wasser an, heißes, Fußbäder, Wechselbäder, die Ärzte schlugen in Lexika nach, suchten nach dem Namen dieses Komplexes, fanden ihn nicht.

Und meine Tante schrie. Sie schrie so lange, bis mein Onkel Franz – dieser wirklich herzensgute Mensch – auf die Idee kam, einen neuen Tannenbaum aufzustellen.

3

Die Idee war ausgezeichnet, aber sie auszuführen, erwies sich als äußerst schwierig. Es war fast Mitte Februar geworden, und es ist verhältnismäßig schwer, um diese Zeit einen diskutablen Tannenbaum auf dem Markt zu finden. Die gesamte Geschäftswelt hat sich längst – mit erfreulicher Schnelligkeit übrigens – auf andere Dinge eingestellt. Karneval ist nahe: Masken und Pistolen, Cowboyhüte und verrückte Kopfbedeckungen für Czardasfürstinnen füllen die Schaufenster, in denen man sonst Engel und Engelhaar, Kerzen und Krippen hat bewundern können. Die Zuckerwarenläden haben längst den Weihnachtskrempel in ihre Lager zurücksortiert, während Knallbonbons nun ihre Fenster zieren. Jedenfalls, Tannenbäume gibt es um diese Zeit auf dem regulären Markt nicht.

Es wurde schließlich eine Expedition raublustiger Enkel mit Taschengeld und einem scharfen Beil ausgerüstet: sie fuhren in den Staatsforst und kamen gegen Abend, offenbar in bester Stimmung, mit einer Edeltanne zurück. Aber inzwischen war festgestellt worden, daß vier Zwerge, sechs glokkenförmige Ambosse und der Spitzenengel völlig zerstört waren. Die Marzipanfiguren und das Gebäck waren den gierigen Enkeln zum Opfer gefallen. Auch diese Generation, die dort heranwächst, taugt nichts, und wenn je eine Generation etwas getaugt hat – ich zweifle daran –, so komme ich doch zu der Überzeugung, daß es die Generation unserer Väter war.

Obwohl es an Barmitteln, auch an den nötigen Beziehungen nicht fehlte, dauerte es weitere vier Tage, bis die Ausrüstung komplett war. Während-

dessen schrie meine Tante ununterbrochen. Telegramme an die deutschen Spielzeugzentren, die gerade im Aufbau begriffen waren, wurden durch den Äther gejagt, Blitzgespräche geführt, von jungen erhitzten Postgehilfen wurden in der Nacht Expreßpakete angebracht, durch Bestechung wurde kurzfristig eine Einfuhrgenehmigung aus der Tschechoslowakei durchgesetzt.

Diese Tage werden in der Chronik der Familie meines Onkels als Tage mit außerordentlich hohem Verbrauch an Kaffee, Zigaretten und Nerven erhalten bleiben. Inzwischen fiel meine Tante zusammen: ihr rundliches Gesicht wurde hart und eckig, der Ausdruck der Milde wich dem einer unnachgiebigen Strenge, sie aß nicht, trank nicht, schrie dauernd, wurde von zwei Krankenschwestern bewacht, und die Dosis Luminal mußte täglich erhöht werden.

Franz erzählte uns, daß in der ganzen Familie eine krankhafte Spannung geherrscht habe, als endlich am 12. Februar die Tannenbaumausrüstung wieder vollständig war. Die Kerzen wurden entzündet, die Vorhänge zugezogen, meine Tante wurde aus dem Krankenzimmer herübergebracht, und man hörte unter den Versammelten nur Schluchzen und Kichern. Der Gesichtsausdruck meiner Tante milderte sich schon im Schein der

Kerzen, und als deren Wärme den richtigen Grad erreicht hatte, die Glasburschen wie irr zu hämmern anfingen, schließlich auch der Engel »Frieden« flüsterte, »Frieden«, ging ein wunderschönes Lächeln über ihr Gesicht, und kurz darauf stimmte die ganze Familie das Lied *O Tannenbaum* an. Um das Bild zu vervollständigen, hatte man auch den Pfarrer eingeladen, der ja üblicherweise den Heiligen Abend bei Onkel Franz zu verbringen pflegte; auch er lächelte, auch er war erleichtert und sang mit.

Was kein Test, kein tiefenpsychologisches Gutachten, kein fachmännisches Aufspüren verborgener Traumata vermocht hatte: das fühlende Herz meines Onkels hatte das Richtige getroffen. Die Tannenbaumtherapie dieses herzensguten Menschen hatte die Situation gerettet.

Meine Tante war beruhigt und fast – so hoffte man damals – geheilt, und nachdem man einige Lieder gesungen, einige Schüsseln Gebäck geleert hatte, war man müde und zog sich zurück, und siehe da: meine Tante schlief ohne jedes Beruhigungsmittel. Die beiden Krankenschwestern wurden entlassen, die Ärzte zuckten die Schultern, alles schien in Ordnung zu sein. Meine Tante aß wieder, trank wieder, war wieder liebenswürdig und milde. Aber am Abend darauf, als die Dämmerung nahte, saß mein Onkel zeitunglesend neben seiner Frau unter dem Baum, als diese plötzlich sanft seinen Arm berührte und zu ihm sagte: »So wollen wir denn die Kinder zur Feier rufen, ich glaube, es ist Zeit.« Mein Onkel gestand uns später, daß er erschrak, aber aufstand, um in aller Eile seine Kinder und Enkel zusammenzurufen und einen Boten zum Pfarrer zu schicken. Der Pfarrer erschien, etwas abgehetzt und erstaunt, aber man zündete die Kerzen an, ließ die Zwerge hämmern, den Engel flüstern, man sang, aß Gebäck – und alles schien in Ordnung zu sein.

4

Nun ist die gesamte Vegetation gewissen biologischen Gesetzen unterworfen, und Tannenbäume, dem Mutterboden entrissen, haben bekanntlich die verheerende Neigung, Nadeln zu verlieren, besonders, wenn sie in warmen Räumen stehen, und bei meinem Onkel war es warm. Die Lebensdauer der Edeltanne ist etwas länger als die der gewöhnlichen, wie die bekannte Arbeit *Abies vulgaris und abies nobilis* von Dr. Hergenring ja bewiesen hat. Doch auch die Lebensdauer der Edeltanne ist nicht unbeschränkt. Schon als Karneval nahte, zeigte es sich, daß man versuchen mußte, meiner Tante neuen Schmerz zu bereiten: der Baum verlor rapide an Nadeln, und beim abendlichen Singen der Lieder wurde ein leichtes Stirnrunzeln bei meiner Tante bemerkt. Auf Anraten eines wirklich hervorragenden Psychologen wurde nun der Versuch unternommen, in leichtem Plauderton von einem möglichen Ende der Weihnachtszeit zu sprechen, zumal die Bäume schon angefangen hatten, auszuschlagen, was ja allgemein als ein Zeichen des herannahenden Frühlings gilt, während man in unseren Breiten mit dem Wort Weihnachten unbedingt winterliche Vorstellungen verbindet. Mein sehr geschickter Onkel schlug eines Abends vor, die Lieder *Alle Vögel sind schon da* und *Komm, lieber Mai, und mache* anzustimmen, doch schon beim ersten Vers des erstgenannten Liedes machte meine Tante ein derart finsteres Gesicht, daß man sofort abbrach und *O Tannenbaum* intonierte. Drei Tage später wurde mein Vetter Johannes beauftragt, einen milden Plünderungszug zu unternehmen, aber schon, als er seine Hände ausstreckte und einem der Zwerge den Korkhammer nahm, brach meine Tante in so heftiges Geschrei aus, daß man den Zwerg sofort wieder komplettierte, die Kerzen anzündete und etwas hastig, aber sehr laut in das Lied *Stille Nacht* ausbrach.

Aber die Nächte waren nicht mehr still; singende Gruppen jugendlicher Trunkenbolde durchzogen die Stadt mit Trompeten und Trommeln, alles war mit Luftschlangen und Konfetti bedeckt, maskierte Kinder bevölkerten tagsüber die Straßen, schossen, schrien, manche sangen auch, und einer privaten Statistik zufolge gab es mindestens sechzigtausend Cowboys und vierzigtausend Czardasfürstinnen in unserer Stadt: kurzum, es war Karneval, ein Fest, das man bei uns mit ebensolcher, fast mit mehr Heftigkeit zu feiern gewohnt ist als Weihnachten. Aber meine Tante schien blind und taub zu sein: sie bemängelte karnevalistische Kleidungsstücke, wie sie um diese Zeit in den Garderoben unserer Häuser unvermeidlich sind; mit trauriger Stimme beklagte sie das Sinken der Moral, da man nicht einmal an den Weihnachtstagen in der Lage sei, von diesem unsittlichen Treiben zu lassen, und als sie im Schlafzimmer meiner Kusine einen Luftballon entdeckte, der zwar eingefallen war, aber noch deutlich einen mit weißer Farbe aufgemalten Narrenhut zeigte, brach sie in Tränen aus und bat meinen Onkel, diesem unheiligen Treiben Einhalt zu gebieten.

Mit Schrecken mußte man feststellen, daß meine Tante sich wirklich in dem Wahn befand, es sei »Heiliger Abend«. Mein Onkel berief jedenfalls eine Familienversammlung ein, bat um Schonung für seine Frau, Rücksichtnahme auf ihren merkwürdigen Geisteszustand, und rüstete zunächst wieder eine Expedition aus, um wenigstens den Frieden des abendlichen Festes garantiert zu wissen.

Während meine Tante schlief, wurde der Schmuck vom alten Baum ab- und auf den neuen montiert, und ihr Zustand blieb erfreulich.

5

Aber auch der Karneval ging vorüber, der Frühling kam wirklich, statt des Liedes *Komm, lieber Mai* hätte man schon singen können »Lieber Mai, du bist gekommen«. Es wurde Juni. Vier Tannenbäume waren schon verschlissen, und keiner der neuerlich zugezogenen Ärzte konnte Hoffnung auf Besserung geben. Meine Tante blieb fest. Sogar der als internationale Kapazität bekannte Dr. Bless hatte sich achselzuckend wieder in sein Studierzimmer zurückgezogen, nachdem er als Honorar die Summe von 1365 Mark kassiert hatte, womit er zum wiederholten Male seine Weltfremdheit bewies. Einige weitere sehr vage Versuche, die Feier abzubrechen oder ausfallen zu lassen, wurden mit solchem Geschrei von seiten meiner Tante quittiert, daß man von derlei Sakrilegien endgültig Abstand nehmen mußte. Das Schreckliche war, daß meine Tante darauf bestand, alle ihr nahestehenden Personen müßten anwesend sein. Zu diesen gehörten auch der Pfarrer und die Enkelkinder. Selbst die Familienmitglieder waren nur mit äußerster Strenge zu veranlassen, pünktlich zu erscheinen, aber mit dem Pfarrer wurde es schwierig. Einige Wochen hielt er zwar ohne Murren mit Rücksicht auf seine alte Pönitentin durch, aber dann versuchte er unter verlegenem Räuspern, meinem Onkel klarzumachen, daß es so nicht weiterging. Die eigentliche Feier war zwar kurz – sie dauerte etwa achtunddreißig Minuten – aber selbst diese kurze Zeremonie sei auf die Dauer nicht durchzuhalten, behauptete der Pfarrer. Er habe andere Verpflichtungen, abendliche Zusammenkünfte mit seinen Konfratres, seelsorgerische Aufgaben, ganz zu schweigen vom samstäglichen Beichthören. Immerhin hatte er einige Wochen Terminverschiebungen in Kauf genommen, aber gegen Ende Juni fing er an, energisch Befreiung zu erheischen. Franz wütete in der Familie herum, suchte Komplizen für seinen Plan, die Mutter in eine Anstalt zu bringen, stieß aber überall auf Ablehnung.

Jedenfalls: es machten sich Schwierigkeiten bemerkbar. Eines Abends fehlte der Pfarrer, war weder telefonisch noch durch einen Boten aufzutreiben, und es wurde klar, daß er sich einfach gedrückt hatte. Mein Onkel fluchte fürchterlich, er nahm dieses Ereignis zum Anlaß, die Diener der Kirche mit Worten zu bezeichnen, die zu wiederholen ich mich weigern muß. In alleräußerster Not wurde einer der Kapläne, ein Mensch einfacher Herkunft, gebeten, auszuhelfen. Er tat es, benahm sich aber so fürchterlich, daß es fast zur Katastrophe gekommen wäre. Immerhin, man muß bedenken, es war Juni, also heiß, trotzdem waren die Vorhänge zugezogen, um winterliche Dunkelheit wenigstens vorzutäuschen, außerdem brannten Kerzen. Dann ging die Feier los; der Kaplan hatte zwar von diesem merkwürdigen Ereignis schon gehört, aber keine rechte Vorstellung davon. Zitternd stellte man meiner Tante den Kaplan vor, er vertrete den Pfarrer. Unerwarteterweise nahm sie die Veränderung des Programms hin. Also: die Zwerge hämmerten, der Engel flüsterte, es wurde *O Tannenbaum* gesungen, dann aß man Gebäck, sang noch einmal das Lied, und plötzlich bekam der Kaplan einen Lachkrampf. Später hat er gestanden, die Stelle »... nein, auch im Winter, wenn es schneit« habe er einfach nicht ohne zu lachen ertragen können. Er plusterte mit klerikaler Albernheit los, verließ das Zimmer und ward nicht mehr gesehen. Alles blickte gespannt auf meine Tante, doch die sagte nur resigniert etwas vom »Proleten im Priestergewande« und schob sich ein Stück Marzipan in den Mund. Auch wir erfuhren damals von diesem Vorfall mit Bedauern – doch bin ich heute geneigt, ihn als einen Ausbruch natürlicher Heiterkeit zu bezeichnen.

Ich muß hier – wenn ich der Wahrheit die Ehre lassen will – einflechten, daß mein Onkel seine Beziehungen zu den höchsten Verwaltungsstellen der Kirche ausgenutzt hat, um sich sowohl über den Pfarrer wie den Kaplan zu beschweren. Die Sache wurde mit äußerster Korrektheit angefaßt, ein Prozeß wegen Vernachlässigung seelsorgerischer Pflichten wurde angestrengt, der in erster Instanz von den beiden Geistlichen gewonnen wurde. Ein zweites Verfahren schwebt noch.

Zum Glück fand man einen pensionierten Prälaten, der in der Nachbarschaft wohnte. Dieser reizende alte Herr erklärte sich mit liebenswürdiger Selbstverständlichkeit bereit, sich zur Verfügung zu halten und täglich die abendliche Feier zu vervollständigen. Doch ich habe vorgegriffen. Mein Onkel Franz, der nüchtern genug war, zu erkennen, daß keinerlei ärztliche Hilfe zum Ziel gelangen würde, sich auch hartnäckig weigerte, einen

Exorzismus zu versuchen, war Geschäftsmann genug, sich nun auf Dauer einzustellen und die wirtschaftlichste Art herauszukalkulieren. Zunächst wurden schon Mitte Juni die Enkelexpeditionen eingestellt, weil sich herausstellte, daß sie zu teuer wurden. Mein findiger Vetter Johannes, der zu allen Kreisen der Geschäftswelt die besten Beziehungen unterhält, spürte den Tannenbaum-Frischdienst der Firma Söderbaum auf, eines leistungsfähigen Unternehmens, das sich nun schon fast zwei Jahre um die Nerven meiner Verwandtschaft hohe Verdienste erworben hat. Nach einem halben Jahr schon wandelte die Firma Söderbaum die Lieferung des Baumes in ein wesentlich verbilligtes Abonnement um und erklärte sich bereit, die Lieferfrist von ihrem Nadelbaumspezialisten, Dr. Alfast, genauestens festlegen zu lassen, so daß schon drei Tage, bevor der alte Baum indiskutabel wird, der neue anlangt und mit Muße geschmückt werden kann. Außerdem werden vorsichtshalber zwei Dutzend Zwerge auf Lager gehalten, und drei Spitzenengel sind in Reserve gelegt.

Ein wunder Punkt sind bis heute die Süßigkeiten geblieben. Sie zeigen die verheerende Neigung, vom Baume schmelzend herunterzutropfen, schneller und endgültiger als schmelzendes Wachs. Jedenfalls in den Sommermonaten. Jeder Versuch, sie durch geschickt getarnte Kühlvorrichtungen in weihnachtlicher Starre zu erhalten, ist bisher gescheitert, ebenso eine Versuchsreihe, die begonnen wurde, um die Möglichkeiten der Präparierung eines Baumes zu prüfen. Doch ist die Familie für jeden fortschrittlichen Vorschlag, der geeignet ist, dieses stetige Fest zu verbilligen, dankbar und aufgeschlossen.

6

Inzwischen haben die abendlichen Feiern im Hause meines Onkels eine fast professionelle Starre angenommen: man versammelt sich unter dem Baum oder um den Baum herum. Meine Tante kommt herein, man entzündet die Kerzen, die Zwerge beginnen zu hämmern und der Engel flüstert »Frieden, Frieden«, dann singt man einige Lieder, knabbert Gebäck, plaudert ein wenig und zieht sich gähnend mit dem Glückwunsch »Frohes Fest auch« zurück – und die Jugend gibt sich den jahreszeitlich bedingten Vergnügungen hin, während mein herzensguter Onkel Franz mit Tante Milla zu Bett geht. Kerzenrauch bleibt im Raum, der sanfte Geruch erhitzter Tannenzweige und das Aroma von Spezereien. Die Zwerge, ein wenig phosphoreszierend, bleiben starr in der Dunkelheit stehen, die Arme bedrohlich erhoben, und der Engel läßt sein silbriges, offenbar ebenfalls phosphoreszierendes Gewand sehen.

Es erübrigt sich vielleicht, festzustellen, daß die Freude am wirklichen Weihnachtsfest in unserer gesamten Verwandtschaft erhebliche Einbuße erlitten hat: wir können, wenn wir wollen, bei unserem Onkel jederzeit einen klassischen Weihnachtsbaum bewundern – und es geschieht oft, wenn wir sommers auf der Veranda sitzen und uns nach des Tages Last und Müh Onkels milde Apfelsinenbowle in die Kehle gießen, daß von drinnen der sanfte Klang gläserner Glocken kommt, und man kann im Dämmer die Zwerge wie flinke kleine Teufelchen herumhämmern sehen, während der Engel »Frieden« flüstert, »Frieden«. Und immer noch kommt es uns befremdlich vor, wenn mein Onkel mitten im Sommer seinen Kindern plötzlich zuruft: »Macht bitte den Baum an, Mutter kommt gleich.« Dann tritt, meist pünktlich, der Prälat ein, ein milder alter Herr, den wir alle in unser Herz geschlossen haben, weil er seine Rolle vorzüglich spielt, wenn er überhaupt weiß, daß er eine und welche er spielt. Aber gleichgültig: er spielt sie, weißhaarig, lächelnd, und der violette Rand unterhalb seines Kragens gibt seiner Erscheinung den letzten Hauch von Vornehmheit. Und es ist ein ungewöhnliches Erlebnis, in lauen Sommernächten den erregten Ruf zu hören: »Das Löschhorn, schnell, wo ist das Löschhorn?« Es ist schon vorgekommen, daß während eines heftigen Gewitters die Zwerge sich plötzlich bewogen fühlten, ohne Hitzeeinwirkung die Arme zu erheben und sie wild zu schwingen, gleichsam ein Extrakonzert zu geben, eine Tatsache, die man ziemlich phantasielos mit dem trockenen Wort Elektrizität zu deuten versuchte.

Eine nicht ganz unwesentliche Seite dieses Arrangements ist die finanzielle. Wenn auch in unserer Familie im allgemeinen kein Mangel an Barmitteln herrscht, solch außergewöhnliche Ausgaben stürzen die Kalkulation um. Denn trotz aller Vorsicht ist natürlich der Verschleiß an Zwergen, Ambossen und Hämmern enorm, und der sensible Mechanismus, der den Engel zu einem sprechenden macht, bedarf der stetigen Sorgfalt und Pflege und muß hin und wieder erneuert werden. Ich habe das Geheimnis übrigens inzwischen entdeckt: der Engel ist durch ein Kabel mit einem Mikrophon im Nebenzimmer verbunden, vor dessen Metallschnauze sich eine ständig rotierende Schallplatte befindet, die, mit gewissen Pausen dazwischen, »Frieden« flüstert, »Frieden«. Alle diese Dinge sind um so kostspieliger, als sie für den Gebrauch an nur wenigen Tagen des Jahres erdacht sind, nun aber das ganze Jahr strapaziert werden. Ich war erstaunt, als mein Onkel mir eines Tages erklärte, daß die Zwerge tatsächlich alle drei Monate erneuert werden müssen, und daß ein kompletter Satz nicht weniger als 128 Mark kostet. Er habe einen befreundeten Ingenieur gebeten, sie durch einen Kautschuküberzug zu verstärken, ohne jedoch ihre Klangschönheit zu beeinträchtigen. Dieser Versuch ist gescheitert. Der Verbrauch an Kerzen, Spekulatius, Marzipan, das Baumabonnement, Arztrechnungen und die vierteljährliche Aufmerksamkeit, die man dem Prälaten zukommen lassen muß, alles zusammen, sagte mein Onkel, komme ihm täglich im Durchschnitt auf elf Mark, ganz zu schweigen von dem Verschleiß an Nerven und von sonstigen gesundheitlichen Störungen, die damals anfingen, sich bemerkbar zu machen. Doch war das im Herbst, und man schrieb die Störungen einer gewissen herbstlichen Sensibilität zu, wie sie ja allgemein beobachtet wird.

7

Das wirkliche Weihnachtsfest verlief ganz normal. Es ging etwas wie ein Aufatmen durch die Familie meines Onkels, da man auch andere Familien nun unter Weihnachtsbäumen versammelt sah, andere auch singen und Spekulatius essen mußten. Aber die Erleichterung dauerte nur so lange an, wie die weihnachtliche Zeit dauerte. Schon Mitte Januar brach bei meiner Kusine ein merkwürdiges Leiden aus: beim Anblick der Tannenbäume, die auf den Straßen und Trümmerhaufen herumlagen, brach sie in ein hysterisches Geschluchze aus. Dann hatte sie einen regelrechten Anfall von Wahnsinn, den man als Nervenzusammenbruch zu kaschieren versuchte. Sie schlug einer Freundin, bei der sie zum Kaffeeklatsch war, die Schüssel aus der Hand, als diese ihr milde lächelnd Spekulatius anbot. Meine Kusine ist allerdings das, was man eine temperamentvolle Frau nennt; sie schlug also ihrer Freundin die Schüssel aus der Hand, nahte sich dann deren Weihnachtsbaum, riß ihn vom Ständer und trampelte auf Glaskugeln, künstlichen Pilzen, Kerzen und Sternen herum, während ein anhaltendes Gebrüll ihrem Munde entströmte. Die versammelten Damen entflohen, einschließlich der Hausfrau, man ließ Lucie toben, wartete in der Diele auf den

Arzt, gezwungen, zuzuhören, wie drinnen Porzellan zerschlagen wurde. Es fällt mir schwer, aber ich muß hier berichten, daß Lucie in einer Zwangsjacke abtransportiert wurde.

Anhaltende hypnotische Behandlung brachte das Leiden zwar zum Stillstand, aber die eigentliche Heilung ging nur sehr langsam vor sich. Vor allem schien ihr die Befreiung von der abendlichen Feier, die der Arzt erzwang, zusehends wohl zu tun; nach einigen Tagen schon begann sie aufzublühen. Schon nach zehn Tagen konnte der Arzt riskieren, mit ihr über Spekulatius wenigstens zu reden, ihn zu essen weigerte sie sich jedoch hartnäckig. Dem Arzt kam die geniale Idee, sie mit sauren Gurken zu füttern, ihr Salate und kräftige Fleischspeisen anzubieten. Das war wirklich die Rettung für die arme Lucie. Sie lachte wieder, und sie begann die endlosen therapeutischen Unterredungen, die ihr Arzt mit ihr pflegte, mit ironischen Bemerkungen zu würzen.

Zwar war die Lücke, die durch ihr Fehlen bei der abendlichen Feier entstand, schmerzlich für meine Tante, wurde aber durch einen Umstand erklärt, der für alle Frauen als hinlängliche Entschuldigung gelten kann, durch Schwangerschaft.

Aber Lucie hatte das geschaffen, was man einen Präzedenzfall nennt: sie hatte bewiesen, daß die

Tante zwar litt, wenn jemand fehlte, aber nicht sofort zu schreien begann, und mein Vetter Johannes und sein Schwager Karl versuchten nun, die strenge Disziplin zu durchbrechen, indem sie Krankheit vorschützten, geschäftliche Verhinderung oder andere, recht durchsichtige Gründe angaben. Doch blieb mein Onkel hier erstaunlich hart: mit eiserner Strenge setzte er durch, daß nur in Ausnahmefällen Atteste eingereicht, sehr kurze Beurlaubungen beantragt werden konnten. Denn meine Tante merkte jede weitere Lücke sofort und brach in stilles, aber anhaltendes Weinen aus, was zu den bittersten Bedenken Anlaß gab.

Nach vier Wochen kehrte auch Lucie zurück und erklärte sich bereit, an der täglichen Zeremonie wieder teilzunehmen, doch hat ihr Arzt durchgesetzt, daß für sie ein Glas Gurken und ein Teller mit kräftigen Butterbroten bereitgehalten wird, da sich ihr Spekulatiustrauma als unheilbar erwies. So waren eine Zeitlang durch meinen Onkel, der hier eine unerwartete Härte bewies, alle Disziplinschwierigkeiten aufgehoben.

8

Schon kurz nach dem ersten Jahrestag der ständigen Weihnachtsfeier gingen beunruhigende Gerüchte um: mein Vetter Johannes sollte sich von einem befreundeten Arzt ein Gutachten haben ausstellen lassen, auf wie lange wohl die Lebenszeit meiner Tante noch zu bemessen wäre, ein wahrhaft finsteres Gerücht, das ein bedenkliches Licht auf eine allabendlich friedlich versammelte Familie wirft. Das Gutachten soll vernichtend für Johannes gewesen sein. Sämtliche Organe meiner Tante, die zeitlebens sehr solide war, sind völlig intakt, die Lebensdauer ihres Vaters hat achtundsiebzig, die ihrer Mutter sechsundachtzig Jahre betragen. Meine Tante selbst ist zweiundsechzig, und so besteht kein Grund, ihr ein baldiges seliges Ende zu prophezeien. Noch weniger, so finde ich, es ihr zu wünschen. Als meine Tante dann mitten im Sommer einmal erkrankte – Erbrechen und Durchfall suchten diese arme Frau heim –, wurde gemunkelt, sie sei vergiftet worden, aber ich erkläre hier ausdrücklich, daß dieses Gerücht einfach eine Erfindung übelmeinender Verwandter ist. Es ist eindeutig erwiesen, daß es sich um eine Infektion handelte, die von einem Enkel eingeschleppt wurde. Analysen, die mit den Exkrementen meiner

Tante vorgenommen wurden, ergaben aber auch nicht die geringste Spur von Gift.

Im gleichen Sommer zeigten sich bei Johannes die ersten gesellschaftsfeindlichen Bestrebungen: er trat aus seinem Gesangverein aus, erklärte, auch schriftlich, daß er an der Pflege des deutschen Liedes nicht mehr teilzunehmen gedenke. Allerdings, ich darf hier einflechten, daß er immer, trotz des akademischen Grades, den er errang, ein ungebildeter Mensch war. Für die ›Virhymnia‹ war es ein großer Verlust, auf seinen Baß verzichten zu müssen.

Mein Schwager Karl fing an, sich heimlich mit Auswanderungsbüros in Verbindung zu setzen. Das Land seiner Träume mußte besondere Eigenschaften haben: es durften dort keine Tannenbäume gedeihen, deren Import mußte verboten oder durch hohe Zölle unmöglich gemacht sein; außerdem – das seiner Frau wegen – mußte dort das Geheimnis der Spekulatiusherstellung unbekannt und das Singen von Weihnachtsliedern verboten sein. Karl erklärte sich bereit, harte körperliche Arbeit auf sich zu nehmen.

Inzwischen sind seine Versuche vom Fluche der Heimlichkeit befreit, weil sich auch in meinem Onkel eine vollkommene und sehr plötzliche Wandlung vollzogen hat. Diese geschah auf so unerfreulicher Ebene, daß wir wirklich Grund hatten, zu erschrecken. Dieser biedere Mensch, von dem ich nur sagen kann, daß er ebenso hartnäckig wie herzensgut ist, wurde auf Wegen beobachtet, die einfach unsittlich sind, es auch bleiben werden, solange die Welt besteht. Es sind von ihm Dinge bekanntgeworden, auch durch Zeugen belegt, auf die nur das Wort Ehebruch angewandt werden kann. Und das Schrecklichste ist, er leugnet es schon nicht mehr, sondern stellt für sich den Anspruch, in Verhältnissen und Bedingungen zu leben, die moralische Sondergesetze berechtigt erscheinen lassen müßten. Ungeschickterweise wurde diese plötzliche Wandlung gerade zu dem Zeitpunkt offenbar, wo der zweite Termin gegen die beiden Geistlichen seiner Pfarrei fällig geworden war. Onkel Franz mußte als Zeuge, als verkappter Kläger einen solch minderwertigen Eindruck gemacht haben, daß es ihm allein zuzuschreiben ist, wenn auch der zweite Termin günstig für die beiden Geistlichen auslief. Aber das alles ist Onkel Franz inzwischen gleichgültig geworden: bei ihm ist der Verfall komplett, schon vollzogen.

Er war auch der erste, der die Idee hatte, sich von einem Schauspieler bei der abendlichen Feier vertreten zu lassen. Er hatte einen arbeitslosen Bonvivant aufgetrieben, der ihn vierzehn Tage lang so vorzüglich nachahmte, daß nicht einmal seine Frau die ausgewechselte Identität bemerkte. Auch seine Kinder bemerkten es nicht. Es war einer der Enkel, der während einer kleinen Singpause plötzlich in den Ruf ausbrach: »Opa hat Ringelsocken an«, wobei er triumphierend das Hosenbein des Bonvivants hochhob. Für den armen Künstler muß diese Szene schrecklich gewesen sein, auch die Familie war bestürzt, und um Unheil zu vermeiden, stimmte man, wie so oft schon in peinlichen Situationen, schnell ein Lied an. Nachdem die Tante zu Bett gegangen, war die Identität des Künstlers schnell festgestellt. Es war das Signal zum fast völligen Zusammenbruch.

9

Immerhin: man muß bedenken, eineinhalb Jahre, das ist eine lange Zeit, und der Hochsommer war wieder gekommen, eine Jahreszeit, in der meinen Verwandten die Teilnahme an diesem Spiel am schwersten fällt. Lustlos knabbern sie in dieser Hitze an Printen und Pfeffernüssen, lächeln starr vor sich hin, während sie ausgetrocknete Nüsse knacken, sie hören den unermüdlich hämmernden Zwergen zu und zucken zusammen, wenn der rotwangige Engel über ihre Köpfe hinweg »Frieden« flüstert, »Frieden«, aber sie harren aus, während ihnen trotz sommerlicher Kleidung der Schweiß über Hals und Wangen läuft und ihnen die Hemden festkleben. Vielmehr: sie haben ausgeharrt.

Geld spielt vorläufig noch keine Rolle – fast im Gegenteil. Man beginnt sich zuzuflüstern, daß Onkel Franz nun auch geschäftlich zu Methoden gegriffen hat, die die Bezeichnung »christlicher Kaufmann« kaum noch zulassen. Er ist entschlossen, keine wesentliche Schwächung des Vermögens zuzulassen, eine Versicherung, die uns zugleich beruhigt und erschreckt.

Nach der Entlarvung des Bonvivants kam es zu einer regelrechten Meuterei, deren Folge ein Kompromiß war: Onkel Franz hat sich bereit erklärt, die Kosten für ein kleines Ensemble zu übernehmen, das ihn, Johannes, meinen Schwager Karl und Lucie ersetzt, und es ist ein Abkommen getroffen worden, daß immer einer von den vieren im Original an der abendlichen Feier teilzunehmen hat, damit die Kinder in Schach gehalten werden. Der Prälat hat bisher nichts von diesem Betrug gemerkt, den man keineswegs mit dem Adjektiv fromm wird belegen können. Abgesehen von meiner Tante und den Kindern ist er die einzige originale Figur bei diesem Spiel.

Es ist ein genauer Plan aufgestellt worden, der in unserer Verwandtschaft Spielplan genannt wird, und durch die Tatsache, daß einer immer wirklich teilnimmt, ist auch für die Schauspieler eine gewisse Vakanz gewährleistet. Inzwischen hat man auch gemerkt, daß diese sich nicht ungern zu der Feier hergeben, sich gerne zusätzlich etwas Geld verdienen, und man hat mit Erfolg die Gage gedrückt, da ja glücklicherweise an arbeitslosen Schauspielern kein Mangel herrscht. Karl hat mir erzählt, daß man hoffen könne, diesen »Posten« noch ganz erheblich herunterzusetzen, zumal ja den Schauspielern eine Mahlzeit geboten wird und die Kunst bekanntlich, wenn sie nach Brot geht, billiger wird.

10

Lucies verhängnisvolle Entwicklung habe ich schon angedeutet: sie treibt sich fast nur noch in Nachtlokalen herum, und besonders an den Tagen, wo sie gezwungenermaßen an der häuslichen Feier hat teilnehmen müssen, ist sie wie toll. Sie trägt Kordhosen, bunte Pullover, läuft in Sandalen herum und hat sich ihr prachtvolles Haar abgeschnitten, um eine schmucklose Fransenfrisur zu tragen, von der ich jetzt erfahre, daß sie unter dem

Namen Pony schon einige Male modern war. Obwohl ich offenkundige Unsittlichkeit bei ihr bisher nicht beobachten konnte, nur eine gewisse Exaltation, die sie selbst als Existentialismus bezeichnet, trotzdem kann ich mich nicht entschließen, diese Entwicklung erfreulich zu finden; ich liebe die milden Frauen mehr, die sich sittsam im Takte des Walzers bewegen, die angenehme Verse zitieren und deren Nahrung nicht ausschließlich aus sauren Gurken und mit Paprika überwürztem Gulasch besteht. Die Auswanderungspläne meines Schwagers Karl scheinen sich zu realisieren: er hat ein Land entdeckt, nicht weit vom Äquator, das seinen Bedingungen gerecht zu werden verspricht, und Lucie ist begeistert: man trägt in diesem Lande Kleider, die den ihren nicht unähnlich sind, man liebt dort die scharfen Gewürze und tanzt nach Rhythmen, ohne die nicht mehr leben zu können sie vorgibt. Es ist zwar ein wenig schockierend, daß diese beiden dem Sprichwort »Bleibe im Lande und nähre dich redlich« nicht zu folgen gedenken, aber andererseits verstehe ich, daß sie die Flucht ergreifen.

Schlimmer ist es mit Johannes. Leider hat sich das böse Gerücht bewahrheitet: er ist Kommunist geworden. Er hat alle Beziehungen zur Familie abgebrochen, kümmert sich um nichts mehr und existiert bei den abendlichen Feiern nur noch in seinem Double. Seine Augen haben einen fanatischen Ausdruck angenommen, derwischähnlich produziert er sich in öffentlichen Veranstaltungen seiner Partei, vernachlässigt seine Praxis und schreibt wütende Artikel in den entsprechenden Organen. Merkwürdigerweise trifft er sich jetzt häufiger mit Franz, der ihn und den er vergeblich zu bekehren versucht. Bei aller geistigen Entfremdung sind sie sich persönlich etwas näher gekommen.

Franz selbst habe ich lange nicht gesehen, nur von ihm gehört. Er soll von tiefer Schwermut befallen sein, hält sich in dämmrigen Kirchen auf, ich glaube, man kann seine Frömmigkeit getrost als übertrieben bezeichnen. Er fing an, seinen Beruf zu vernachlässigen, nachdem das Unheil über seine Familie gekommen war, und neulich sah ich an der Mauer eines zertrümmerten Hauses ein verblichenes Plakat mit der Aufschrift »Letzter Kampf unseres Altmeisters Lenz gegen Lecoq. Lenz hängt die Boxhandschuhe an den Nagel.« Das Plakat war vom März, und jetzt haben wir längst August. Franz soll sehr heruntergekommen sein. Ich glaube, er befindet sich in einem Zustand, der in unserer Familie bisher noch nicht vorgekommen ist: er ist arm. Zum Glück ist er ledig geblieben, die sozialen Folgen seiner unverantwortlichen Frömmigkeit treffen also nur ihn selbst. Mit erstaunlicher Hartnäckigkeit hat er versucht, einen Jugendschutz für die Kinder von Lucie zu erwirken, die er durch die abendlichen Feiern gefährdet glaubte. Aber seine Bemühungen sind ohne Erfolg geblieben; Gott sei Dank sind ja die Kinder begüterter Menschen nicht dem Zugriff sozialer Institutionen ausgesetzt.

Am wenigsten von der übrigen Verwandtschaft entfernt hat sich trotz mancher widerwärtiger Züge – Onkel Franz. Zwar hat er tatsächlich trotz seines hohen Alters eine Geliebte, auch sind seine geschäftlichen Praktiken von einer Art, die wir zwar bewundern, keinesfalls aber billigen können. Neuerdings hat er einen arbeitslosen Inspizienten aufgetan, der die abendliche Feier überwacht und sorgt, daß alles wie am Schnürchen läuft. Es läuft wirklich alles wie am Schnürchen.

II

Fast zwei Jahre sind inzwischen verstrichen: eine lange Zeit. Und ich konnte es mir nicht versagen, auf einem meiner abendlichen Spaziergänge einmal am Hause meines Onkels vorbeizugehen, in dem nun keine natürliche Gastlichkeit mehr möglich ist, seitdem fremdes Künstlervolk dort allabendlich herumläuft und die Familienmitglieder sich befremdenden Vergnügungen hingeben. Es war ein lauer Sommerabend, als ich dort vorbeikam, und schon als ich um die Ecke in die Kastanienallee einbog, hörte ich den Vers:

weihnachtlich glänzet der Wald…

Ein vorüberfahrender Lastwagen machte den Rest unhörbar, ich schlich mich langsam ans Haus und sah durch einen Spalt zwischen den Vorhängen ins Zimmer: Die Ähnlichkeit der anwesenden Mimen mit den Verwandten, die sie darstellten, war so erschreckend, daß ich im Augenblick nicht erkennen konnte, wer nun wirklich an diesem Abend die Aufsicht führte – so nennen sie es. Die Zwerge konnte ich nicht sehen, aber hören. Ihr zirpendes Gebimmel bewegt sich auf Wellenlängen, die durch alle Wände dringen. Das Flüstern des Engels war unhörbar. Meine Tante schien wirklich glücklich zu sein: sie plauderte mit dem Prälaten, und erst spät erkannte ich meinen Schwager als einzige, wenn man so sagen darf, reale Person. Ich erkannte ihn daran, wie er beim Auspusten des Streichholzes die Lippen spitzte. Es scheint doch unverwechselbare Züge der Individualität zu geben. Dabei kam mir der Gedanke, daß die Schauspieler offenbar auch mit Zigarren, Zigaretten und Wein traktiert werden – zudem gibt es ja jeden Abend Spargel. Wenn sie unverschämt sind – und welcher Künstler wäre das nicht? –, bedeutet dies eine erhebliche zusätzliche Verteuerung für meinen Onkel. Die Kinder spielten mit Puppen und hölzernen Wagen in einer Zimmerecke: sie sahen blaß und müde aus. Tatsächlich, vielleicht müßte man auch an sie denken. Mir kam der Gedanke, daß man sie vielleicht durch Wachspuppen ersetzen könne, solcherart, wie sie in den Schaufenstern der Drogerien als Reklame für Milchpulver und Hautcreme Verwendung finden. Ich finde, die sehen doch recht natürlich aus.

Tatsächlich will ich die Verwandtschaft einmal auf die möglichen Auswirkungen dieser ungewöhnlichen täglichen Erregung auf die kindlichen Gemüter aufmerksam machen. Obwohl eine gewisse Disziplin ihnen ja nichts schadet, scheint man sie hier doch über Gebühr zu beanspruchen.

Ich verließ meinen Beobachtungsposten, als man drinnen anfing, *Stille Nacht* zu singen. Ich konnte das Lied wirklich nicht ertragen. Die Luft ist so lau – und ich hatte einen Augenblick lang den Eindruck, einer Versammlung von Gespenstern beizuwohnen. Ein scharfer Appetit auf saure Gurken befiel mich plötzlich und ließ mich leise ahnen, wie sehr Lucie gelitten haben muß.

12

Inzwischen ist es mir gelungen, durchzusetzen, daß die Kinder durch Wachspuppen ersetzt werden. Die Anschaffung war kostspielig – Onkel Franz scheute lange davor zurück –, aber es war nicht länger zu verantworten, die Kinder täglich mit Marzipan zu füttern und sie Lieder singen zu lassen, die ihnen auf die Dauer psychisch schaden können. Die Anschaffung der Puppen erwies sich als nützlich, weil Karl und Lucie wirklich auswanderten und auch Johannes seine Kinder aus dem Haushalt des Vaters zog. Zwischen großen Überseekisten stehend, habe ich mich von Karl, Lucie und den Kindern verabschiedet, sie erschienen mir glücklich, wenn auch etwas beunruhigt. Auch Johannes ist aus unserer Stadt weggezogen. Irgendwo ist er damit beschäftigt, einen Bezirk seiner Partei umzuorganisieren.

Onkel Franz ist lebensmüde. Mit klagender Stimme erzählte er mir neulich, daß man immer wieder vergißt, die Puppen abzustauben. Überhaupt machen ihm die Dienstboten Schwierigkeiten, und die Schauspieler scheinen zur Disziplinlosigkeit zu neigen. Sie trinken mehr, als ihnen zusteht, und einige sind dabei ertappt worden, daß sie sich Zigarren und Zigaretten einsteckten. Ich riet meinem Onkel, ihnen gefärbtes Wasser vorzusetzen und Pappzigarren anzuschaffen.

Die einzig Zuverlässigen sind meine Tante und der Prälat. Sie plaudern miteinander über die gute alte Zeit, kichern und scheinen recht vergnügt und unterbrechen ihr Gespräch nur, wenn ein Lied angestimmt wird.

Jedenfalls: die Feier wird fortgesetzt.

Mein Vetter Franz hat eine merkwürdige Entwicklung genommen. Er ist als Laienbruder in ein Kloster der Umgebung aufgenommen worden. Als ich ihn zum erstenmal in der Kutte sah, war ich erschreckt: diese große Gestalt mit der zerschlagenen Nase und den dicken Lippen, sein schwermütiger Blick – er erinnerte mich mehr an einen Sträfling als an einen Mönch. Es schien fast, als habe er meine Gedanken erraten. »Wir sind mit dem Leben bestraft«, sagte er leise. Ich folgte ihm ins Sprechzimmer. Wir unterhielten uns stockend, und er war offenbar erleichtert, als die Glocke ihn zum Gebet in die Kirche rief. Ich blieb nachdenklich stehen, als er ging: er eilte sehr, und seine Eile schien aufrichtig zu sein.

Tomi Ungerer

Eine genaue Untersuchung

Aus Deutschland erhielten wir einen Adventskalender, einen von diesen modernen. Früher enthüllten die 24 kleinen bunten Fenster ein Bild, der neue Kalender aber war aus Plastik, und in jedem Fenster lag ein kleines Stückchen Schokolade.

Wir haben drei Kinder, eine neunjährige Tochter und zwei Söhne, fünf und sieben Jahre alt. Da wir nur einen Kalender hatten, durfte jedes Kind alle drei Tage ein Fenster öffnen.

Mitte Dezember machten wir eine schreckliche Entdeckung: Alle Fenster waren geöffnet, und die Schokoladenstückchen fehlten. Jemand hatte den Weihnachtskalender geplündert. Dieser Vorfall erforderte eine neue Untersuchung.

Ein schlimmes Verbrechen war geschehen. Folgende Todsünden waren begangen worden: Diebstahl, Gefräßigkeit und Rücksichtslosigkeit. Nach dem Abendessen wurden die Kinder befragt und einem scharfen Verhör unterzogen. Aber niemand gab etwas zu, alle schauten mich mit reinen Un-

schuldsmienen an. Die Untersuchung wurde in meinem Arbeitszimmer fortgesetzt. Einer nach dem anderen wurde befragt.

»Sieh mal, dies ist eine ernste Angelegenheit, aber hab keine Angst. Wenn du mir die Wahrheit sagst, wirst du dich gleich besser fühlen.« Aber auch mit dieser raffinierten Taktik kam Vater Poirot keinen Schritt weiter.

Dann ging es wieder an den Eßtisch, der in der Zwischenzeit abgeräumt worden war. Freunde hatten uns eine Pralinenschachtel geschenkt. Ich nahm diese Schachtel und öffnete sie. »Hmm! Seht nur diese herrlichen Süßigkeiten! Echte Schweizer Pralinés. Es gibt in der Welt keine besseren.« Ich nahm ein Praliné und hielt es zwischen Daumen und Zeigefinger gegen das Kerzenlicht; drei gierige Augenpaare verschlangen es beinahe. »Und jetzt«, sagte Vater Poirot, »wer mir jetzt die Wahrheit sagt und zugibt, daß er die Schokolade aus dem Kalender geklaut hat, den werde ich mit einem Praliné belohnen. Das ist wohl das erste Mal, daß eine Freveltat in aller Öffentlichkeit belohnt wird.« Es wurde still. Dann brach ein lauter Streit zwischen den beiden Jungen los: »Ich habe mehr genommen als du!« – »Nein, ich habe die meisten genascht.« Und sie zeigten auf jedes Fenster, das sie aufgebrochen hatten. »Hier, die habe ich geöffnet.« – Und die habe ich genommen.« Der Krach ging eine ganze Weile weiter.

Vater Poirot verwandelte sich in König Salomon und sagte mit lauter Stimme: »Seid endlich ruhig! Dies ist ein friedliches Haus. Wir wollen nicht streiten und uns zanken. Da jetzt klar ist, daß ihr zwei Jungen die schändliche Tat begangen habt, wird jeder von euch ein Praliné bekommen. Hier, nehmt sie.

Und unsere brave Tochter, hier in der Ecke – sie bekommt die ganze Schachtel mit den köstlichen Pralinés, die so auf der Zunge zergehen.«

Mutter applaudierte, die Buben aber heulten vor Wut. Der eine warf sich in hysterischem Zorn auf den Boden, und der andere stampfte wütend mit den Füßen auf den Boden, während er einen Strom von Tränen vergoß.

Ich persönlich mache mir nichts aus Süßigkeiten. Irischer Whiskey ist meine große Schwäche. Und mit einem kräftigen Schluck aus dem Glas beendete ich den Fall und trank auf das kommende Fest, den Frieden und auf die immerwährende Gerechtigkeit auf Erden.

Saki

Berties Weihnachtsabend

Es war Weihnachtsabend, und die Familie des Luke Steffink, Esq., strahlte vor Liebenswürdigkeit und ungetrübtem Frohsinn, wie die Gelegenheit es erforderte. Ein lang dauerndes und üppiges Abendessen war beendet, Musikanten waren aufgetreten und hatten Weihnachtslieder gesungen, die Teilnehmer an der Hausgesellschaft hatten sich daran ergötzt, weitere Weihnachtslieder aus eigenem Antrieb zu singen, und es herrschte eine Ausgelassenheit, die man selbst von der Kanzel aus nicht als Radau bezeichnen konnte. Inmitten dieser allgemeinen Fröhlichkeit befand sich jedoch ein trüber und unauflöslicher Bodensatz.

Bertie Steffink, Neffe des bereits erwähnten Luke, hatte schon sehr frühzeitig in seinem Leben den Beruf des Taugenichts erwählt; sein Vater war vor dieser Zeit ebenfalls etwas Derartiges gewesen. Mit achtzehn Jahren hatte Bertie begonnen, unseren Kolonialbesitz reihum aufzusuchen: für einen Prinzen von Geblüt eine geziemende und wünschenswerte Beschäftigung, bei einem jungen Mann aus dem Mittelstand dagegen ein Hinweis auf Unaufrichtigkeit. In Ceylon hatte er Tee, in Britisch-Kolumbien Obst angepflanzt, und in Australien war er bei der Aufzucht von Wollschafen behilflich gewesen. Mit zwanzig Jahren war er gerade von einem ähnlichen Auftrag in Kanada zurückgekehrt, so daß man annehmen kann, daß die den verschiedenen Tätigkeiten gewidmete Probezeit alles in allem wenig Beifall gefunden hatte. Luke Steffink, der die schwierige Rolle eines Vormunds und Vizevaters übernommen hatte, bedauerte die ständige Verwirklichung des Stalldrangs von seiten seines Neffen, und sein zu einem früheren Zeitpunkt dieses Tages ausgesprochener Dank für den Segen, die ganze Familie um sich scharen zu können, bezog sich nicht auf Berties Heimkehr.

Unverzüglich war alles eingeleitet worden, um den jungen Mann in einen entlegenen Winkel Rhodesiens zu verschicken, von dem aus die Rückkehr eine schwierige Angelegenheit sein würde; die Reise nach diesem ungastlichen Bestimmungsort stand kurz bevor, und ein sorgfältigerer und bereitwilligerer Reisender hätte bestimmt begonnen, an das Packen seiner Sachen zu denken. Demzufolge verlangte es Bertie kaum danach, sich an dem festlichen Geist zu beteiligen, der sich in seiner

Umgebung ausbreitete, und angesichts der eifrigen und selbstvergessenen Unterhaltung über die gesellschaftlichen Pläne der kommenden Monate, die er von allen Seiten hörte, schwelte der Groll in ihm. Abgesehen davon, daß er seinem Onkel und dem ganzen Familienkreis ganz allgemein mit dem Vortrag des Liedes *Sag Au Revoir und nicht Goodbye* vorübergehend die Stimmung verdorben hatte, nahm er an der abendlichen Fröhlichkeit nicht teil.

Elf Uhr hatte es vor ungefähr einer halben Stunde geschlagen, und die älteren Steffinks begannen, durch Andeutungen auf jenen Vorgang hinzuweisen, der nach ihren Worten darin bestand, sich für die Nacht zurückzuziehen.

»Komm, Teddie, du weißt, daß du eigentlich schon lange in deinem Bettchen liegen solltest«, sagte Luke Steffink zu seinem dreizehnjährigen Sohn.

»Eigentlich sollten wir das alle«, sagte Mrs. Steffink.

»So viel Platz haben wir gar nicht«, sagte Bertie.

Diese Bemerkung wurde als nahezu skandalös betrachtet; jeder aß Rosinen und Mandeln mit der nervösen Geschäftigkeit von Schafen, die bei bedrohlichem Wetter gefüttert werden.

»In Rußland«, sagte Horace Bordenby, der als Gast während der Weihnachtstage im Hause wohnte, »habe ich gelesen, daß die Bauern glauben, man könne die Tiere sprechen hören, wenn man am Weihnachtsabend um Mitternacht in den Stall ginge. In diesem einen Augenblick des Jahres sollen sie, wie man glaubt, die Gabe des Sprechens besitzen.«

»Oh, wollen wir dann nicht alle in den Kuhstall gehen und hören, was sie zu sagen haben?« rief Beryl, für die alles aufregend und amüsant war, was man gemeinsam tat.

Mrs. Steffink protestierte lachend, gab jedoch im Grunde ihre Erlaubnis, indem sie sagte: »Dann müssen wir uns alle aber warm anziehen.« Die Idee kam ihr zwar leichtsinnig und fast heidnisch vor, bot aber eine Gelegenheit, ›die jungen Leute zusammenzubringen‹, und deshalb war sie mehr als einverstanden. Mr. Horace Bordenby war ein junger Mann mit soliden Aussichten, und auf einem Wohltätigkeitsball des Ortes hatte er mit Beryl hinreichend häufig getanzt, um bei den Nachbarn die gerechtfertigte Frage aufkommen zu lassen, ob ›an der Geschichte etwas dran wäre‹. Obgleich Mrs. Steffink es niemals in so vielen Wörtern ausgedrückt hätte, teilte sie doch die Vorstellung der russischen Bauern, daß Tiere in dieser Nacht sprechen könnten.

Der Kuhstall bildete die Verbindung zwischen

dem Garten und einer kleinen Koppel; in der vorstädtischen Umgebung war er ein allein verbliebener Rest dessen, was einmal ein kleiner Bauernhof gewesen war. Luke Steffink blickte in selbstgefälligem Stolz auf seinen Kuhstall und die beiden Kühe; er spürte, daß sie ihm den Stempel der Solidität aufprägten, den auch noch soviele Wyandottes und Orpingtons nicht wettmachen konnten. Auf irgendeine inkonsequente Weise schienen sie sogar das Bindeglied zwischen ihm und jenen Patriarchen zu bilden, die ihre Bedeutung von der Größe ihrer Herden an Schafen, Ziegen und Eseln ableiteten. Es war ein sorgenschwerer und bedeutsamer Augenblick gewesen, als er endgültig entscheiden mußte, ob seine Villa den Namen ›The Byre‹ oder ›The Ranch‹ erhalten sollte. Und die mitternächtliche Stunde einer Dezembernacht war kaum der richtige Zeitpunkt, seinen Gästen das bäuerliche Bauwerk zu zeigen. Da es jedoch eine schöne Nacht war und die jungen Leute so sehr nach einem Anlaß für einen kleinen Scherz suchten, erklärte Luke sich bereit, die Expedition zu begleiten. Das Personal lag schon lange in den Betten, so daß das Haus in Berties Obhut verblieb, der sich zornerfüllt weigerte, seinen Platz zu verlassen, um rindviehlichem Geplauder zu lauschen.

»Wir müssen ganz still sein«, sagte Luke, als er

den Zug kichernder junger Leute anführte, den die in Schals gehüllte und vermummte Gestalt von Mrs. Steffink beschloß. »Ich habe immer darauf gehalten, als ruhiger und ordentlicher Nachbar zu gelten.«

Wenige Minuten vor Mitternacht war es, als die Gruppe den Kuhstall erreicht hatte und ihn im Schein von Lukes Stallaterne betrat. Alle blieben einen Augenblick schweigend stehen, und jeder hatte beinahe das Gefühl, in einer Kirche zu sein.

»Daisy – das ist die, die gerade liegt – ist von einem Shorthornbullen aus einer Guernsey-Kuh«, verkündete Luke mit geheimnisvoller Stimme, die dem vorhergegangenen Eindruck entsprach.

»Wirklich?« sagte Bordenby, als hätte er gedacht, sie wäre von Rembrandt.

»Myrtle ist...«

Myrtles Familiengeschichte wurde von einem leisen Aufschrei unterbrochen, den die anwesenden Frauen ausstießen.

Geräuschlos hatte sich die Stalltür hinter ihnen geschlossen, und quietschend hatte sich der Schlüssel im Schloß gedreht; dann hörten sie Berties Stimme, die ihnen fröhlich eine gute Nacht wünschte, und seinen Schritt, der sich auf dem Gartenweg entfernte.

Luke Steffink trat an das Fenster; es war eine

kleine viereckige Öffnung von jener altmodischen Art, bei der Eisenstangen in das Mauerwerk eingelassen sind.

»Sperr sofort die Tür wieder auf!« brüllte er mit ungefähr genausoviel drohender Autorität, wie sie etwa eine Glucke besitzt, die durch das Gitter ihres Geheges einen marodierenden Habicht anzetert. Als Antwort auf sein Verlangen schloß sich die Haustür mit einem anschließenden Knall.

Eine benachbarte Uhr schlug die Mitternachtsstunde. Wenn die Kühe in diesem Augenblick die Gabe menschlicher Sprache erhalten hätten, wären sie kaum in der Lage gewesen, sich verständlich zu machen: Sieben oder acht Stimmen waren damit beschäftigt, Berties gegenwärtiges Verhalten sowie seinen Charakter im allgemeinen in Tönen höchster Aufregung und Entrüstung zu schildern.

Im Verlauf von etwa einer halben Stunde war alles, was sich erlaubtermaßen über Bertie sagen ließ, einige Dutzend Male ausgesprochen, und andere Themen schoben sich in den Vordergrund: die dunstige Luft im Kuhstall, die Möglichkeit, daß er Feuer fangen könnte, und die Wahrscheinlichkeit, daß er ein Asyl für die Wanderratten der ganzen Nachbarschaft bildete. Und immer noch erblickten die unfreiwilligen Nachtwächter nichts, was auf ihre baldige Befreiung hindeutete.

Gegen ein Uhr näherte sich überraschend schnell das Geräusch von Stimmen, die ziemlich lärmend und undiszipliniert Weihnachtslieder sangen; unerwartet verhielten sie dann, und zwar allem Anschein nach unmittelbar vor dem Gartentor. Ein Kraftwagen voller jugendlicher Hitzköpfe, die sich in einem hochgemuten Zustand der Fröhlichkeit befanden, hatte wegen eines Schadens vorübergehend anhalten müssen; die Unterbrechung bezog sich allerdings nicht auf ihre stimmlichen Anstrengungen, und die Beobachter im Kuhstall kamen somit in den Genuß eines höchst befremdlichen Liedervortrages, bei dem das Adjektiv ›gut‹ sehr sorglos verwendet wurde.

Der Lärm hatte den Erfolg, daß Bertie plötzlich im Garten erschien; allerdings schenkte er den blassen und ärgerlichen Gesichtern, die durch das Stallfenster lugten, nicht die geringste Aufmerksamkeit, sondern konzentrierte diese völlig auf die Nachtschwärmer, die sich vor dem Gartentor aufhielten.

»Prost, Leute!« brüllte er.

»Prost – Prost!« brüllten sie zurück. »Verdammt gern würden wir auch auf dein Wohl trinken, aber leider haben wir nichts dabei!«

»Dann kommt doch rein«, sagte Bertie gastfreundlich. »Ich bin ganz allein, und Flüssigkeiten gibt's hier genug.«

Es waren völlig Fremde, aber seine freundschaftliche Aufforderung ließ sie im gleichen Augenblick zu guten Bekannten werden. Bereits in der nächsten Sekunde erschallte das befremdliche Lied, das – wie fast jedes Ärgernis – mit jeder Wiederholung schlimmer wurde, auf dem Gartenweg und bewegte sich auf das Haus zu; zwei der Nachtschwärmer gaben dabei eine improvisierte Vorstellung, indem sie auf jenen Terrassen, die Luke Steffink bisher mit einiger Berechtigung als Steingarten bezeichnet hatte, den Treppenwalzer vorführten. Als der Walzer zum drittenmal wiederholt worden war, befand sich der steinerne Teil dieses Gartens nach wie vor an alter Stelle. Luke, der hinter den Gitterstäben des Stallfensters einer eingesperrten Glucke ähnlicher war als je zuvor, sah sich in einer Lage, in der er sich die Gefühle jener Konzertbesucher genau vorstellen konnte, die den Ruf nach einer sowohl unerwünschten als auch unverdienten Zugabe nicht verhindern können. Mit lautem Knall schloß sich die Haustür hinter Berties Gästen, und die Geräusche der Lustigkeit drangen nur noch schwach und gedämpft zu den müden Beobachtern am anderen Ende des Gartens. Wenig später ertönten in schneller Folge zwei geheimnisvolle, Schüssen ähnelnde Geräusche. »Sie machen sich über den Champagner her!« rief Mrs. Steffink.

»Vielleicht ist es auch nur der Schaumwein«, sagte Luke hoffnungsvoll.

Dasselbe Geräusch wiederholte sich drei- oder viermal.

»Also nicht nur der Champagner, sondern auch noch der Schaumwein«, sagte Mrs. Steffink.

Luke gab eine Verwünschung von sich, die – ähnlich dem Kognak in einem alkoholfreien Haushalt – nur in seltenen Notfällen verwendet wurde. Mr. Horace Bordenby hatte ähnliche Ausdrücke schon seit geraumer Zeit, wenn auch nicht vernehmlich, gebraucht. Der Versuch, ›die jungen Leute zusammenzubringen‹, hatte bereits seit längerem jenen Zeitpunkt überschritten, an dem noch romantische Ergebnisse zu erwarten sind.

Etwa vierzig Minuten später öffnete sich die Haustür und spie eine Gruppe von Menschen aus, die jegliche Hemmungen, durch die ihr bisheriges Handeln möglicherweise beeinflußt worden war, mittlerweile abgelegt hatten. Die stimmlichen Bemühungen auf dem Gebiet des Weihnachtsliedes wurden durch instrumentale Begleitung ergänzt: Ein Weihnachtsbaum, der für die Kinder des Gärtners und anderer Haushaltsmitglieder vorbereitet worden war, hatte einen ausreichenden Vorrat an Spielzeugtrompeten, Rasseln und Trommeln enthalten. Das Ankunftslied war fallengelassen worden, wie Luke dankbar feststellte; äußerst irritierend für die durchkälteten Gefangenen des Kuhstalls war dagegen die Mitteilung, daß es in der Stadt heiß herginge, verbunden mit der zwar ziemlich genauen, wenn auch völlig überflüssigen Information, daß der Weihnachtsmorgen nahe. Den Protesten nach zu urteilen, die in den oberen Fenstern der benachbarten Häuser laut zu werden begannen, wurden die Empfindungen, die im Kuhstall vorherrschten, auch in anderen Aufenthaltsräumen von ganzem Herzen geteilt.

Die Nachtschwärmer fanden nicht nur ihren Wagen wieder, sondern es gelang ihnen sogar – was noch bemerkenswerter war –, mit diesem Wagen davonzufahren, wobei sie zum Abschied einen lauten Tusch auf Spielzeugtrompeten ertönen ließen. Ein lebhaftes Trommeln verriet die Tatsache, daß der Veranstalter der Lustbarkeit auf dem Schauplatz zurückgeblieben war.

»Bertie!« ertönte ein ärgerlicher und flehentlicher Chor von Rufen und Schreien aus dem Stallfenster.

»Nanu!« sagte der Inhaber dieses Namens und lenkte seine unsicheren Schritte in die Richtung, aus der die Aufforderung ertönte. »Seid ihr denn immer noch hier? Dann habt ihr wohl auch alles gehört, was die Kühe sich erzählt haben. Wenn nicht, braucht ihr jetzt nicht mehr drauf zu warten. Schließlich ist es bloß eine russische Sage, und das russische Weihnachten ist sowieso erst in vierzehn Tagen. Kommt lieber raus.«

Nach einigen vergeblichen Versuchen gelang es ihm, den Schlüssel der Stalltür durch das Fenster zu werfen. Dann führte er die Befreiten – mit hellem Gesang verkündend: »Ich habe Angst, im Dunkeln nach Haus zu gehen« – zur Villa zurück und begleitete sich selbst mit lustigem Getrommel. Der eilige Zug der Befreiten, der seinen Schritten folgte, kam zum weitaus größten Teil zu dem genau entgegengesetzten Schluß, und das trotz seiner überschwenglichen Darbietung.

Es war der glücklichste Weihnachtsabend, den er jemals verbracht hatte. Um seine eigenen Worte zu zitieren: Es war ein lausiges Weihnachten.

Andrej Kurkow

Weihnachtsüberraschung

Draußen rieselte der Schnee. Vom Himmel torkelten die Flocken, weich und träge wie ein von der ukrainischen Gastfreundschaft überwältigter irischer Tourist. Marina und ich schritten durch diesen morgendlichen Schnee, der so rein und feierlich war. Die Kälte konnte uns nichts anhaben, der Frost machte uns nur munterer und rötete unsere Gesichter. Ein Fuchspelz schützte Marina zuverlässig vor der Kälte, bloß die rote Skimütze mit der Aufschrift NESCAFE sah etwas merkwürdig aus. Auch ich fror nicht, denn ich trug einen Lammfellmantel, dicke Jeans und eine Wolfspelzmütze mit Ohrenklappen.

Seit Marinas und meiner Hochzeit war nun gerade ein Monat vergangen. Wir hatten beide an der Universität studiert. Der Kurs, in dem wir uns kennenlernten, hieß knapp und klar auf englisch: Business administration. Langsam ging im Lande eine Umschichtung der Gesellschaft vor sich, und wir fühlten uns schon fast als die Crème de la

Crème, die Schicht, die mit wachem Geist den unterentwickelten postsowjetischen Staat in eine gesunde kapitalistische Gesellschaft verwandeln würde.

Den ganzen letzten Monat, der der erste unseres Zusammenlebens war, und sich als der erste Wintermonat herausstellte, hatten Marina und ich uns an unserer Liebe bis zu einem erstaunlichen Stadium süßer Ermattung gewärmt. Es schien uns, als hätten wir nicht nur keine Kräfte mehr, uns aneinander zu erfreuen, sondern auch keinerlei – nein, nicht etwa keinerlei Wunsch. Es war eher so, daß wir nicht sicher waren, ob die Freuden der körperlichen Nähe uns wieder dieses Gefühl des Fliegens vermitteln würden, an das wir uns schon gewöhnt hatten, und das wir bereits als selbstverständlich hinnahmen. Darin lag tatsächlich eine Gefahr: nicht etwa die Süße selbst, sondern das Gefühl der Wertschätzung für diese Süße zu verlieren.

Der Schnee fiel weiter in dicken Flocken. Wir schlenderten durch das Zentrum von Kiew, und als wir zu frieren anfingen – wie auch nicht bei minus fünfzehn Grad Celsius –, gingen wir in ein Café, um uns kurz aufzuwärmen. Als wir wieder herauskamen, bummelten wir an den Schaufenstern entlang, betrachteten die Weihnachtsdekoration ringsumher.

Wir entdeckten auch den ›größten Weihnachtsbaum des Landes‹. Er stand diesmal unterirdisch, in dem dreigeschossigen Einkaufszentrum am Unabhängigkeitsplatz. Da war er, der Arme, eingezwängt in dem über drei Geschosse gehenden Raum zwischen den Rolltreppen und den zwei Aufzügen. Hier würde er, notgedrungen, die vorhergesagten Schneestürme und Eiswinde überstehen, wegen der man offensichtlich beschlossen hatte, ihn hier unten aufzustellen.

»Na, was ist? Was hast du heute abend mit uns vor?« fragte Marina, als wir ein weiteres Mal hinunterfuhren, an den Fuß des Riesenweihnachtsbaumes und uns an ein McDonald's-Tischchen setzten, direkt unter seine niedrigsten Zweige.

Ich zuckte die Achseln.

»Ja, was ist, hast du denn wirklich keinen Funken Phantasie? Heute ist doch Heiligabend!«

Ich strengte mich aus Leibeskräften an, mir etwas einfallen zu lassen.

»Ich weiß was«, sagte Marina mit fester Stimme, streifte die Skimütze ab und durchkämmte mit einer Hand ihre Igelfrisur.

»Was weißt du?«

»Diese Weihnachten zeugen wir ein Kind! Wir machen uns und der Welt ein Weihnachtsgeschenk!«

»Ach, jaaa?« meinte ich verwundert. Marinas Vorschlag verblüffte mich wirklich.

»Wieso? Bist du etwa dagegen?« fragte sie, und in ihren grünen Augen glimmten Fünkchen der Skepsis mir gegenüber auf, die ich sofort zum Verlöschen bringen wollte.

»Aber nicht doch!« beeilte ich mich zuzustimmen. »Ich dachte nur ... Wenn man dem Sex einen solchen Sinn gibt, wird es irgendwie so tiefsinnig.«

»Weihnachten – da geht's nicht um Sex, da geht's um Liebe... Und der Sex, von dem du redest, von dem habe ich eh schon genug...«

›Ich ja auch‹, dachte ich, sagte es aber nicht laut. Laut seufzte ich nur gedankenverloren. Und starrte in den ›größten unterirdischen Weihnachtsbaum des Landes‹. Von dem Zweig, der mir am nächsten war, hing eine glänzende Kugel herab – mit der Aufschrift: 2002. Das rief in mir ein sarkastisches Lächeln hervor.

»Schau mal!« Ich zeigte Marina die Kugel. »Die ist vom letzten Jahr!«

»Macht nichts, dafür glänzt sie noch wie neu! – Stell dir vor, nächste Weihnachten haben wir schon ein Baby!«

Ich stellte mir das vor, und ich muß sagen, das Bild in meiner Phantasie wurde durchaus schön, wenn es auch ein bißchen einer Ikone mit Jesuskind ähnelte.

»Aber weißt du, was«, sagte ich und sah Marina direkt in ihre blinzelnden grünen Augen. »Es wäre doch noch toller, wenn du das Kind direkt an Weihnachten zur Welt bringen würdest!«

Sie schüttelte lächelnd den Kopf.

»Also? Gehen wir nun nach Hause?« fragte ich, wobei ich mir einen der üblichen Winterabende in gemütlicher häuslicher Atmosphäre vorstellte, so mit Champagnergläsern vor dem Breitwandfernsehbildschirm...

»Nein«, sagte Marina und lächelte verschlagen.

»Nein? Willst du noch spazieren gehen?«

Sie sah auf ihre Uhr.

»Laß uns noch eine halbe Stunde hier sitzen... Bring mir doch eine heiße Schokolade!«

Als wir schließlich nach oben kamen, schneite es schon wieder. Der Schnee fiel langsam in dicken, weißen Flocken. Er knirschte unter den Sohlen. Es war bereits dunkel, und das Stadtleben floß in der von bunten Leuchtreklamen und Straßenbeleuchtung durchbrochenen Dämmerung träge und unentschlossen dahin. Genauso träge und unentschlossen fuhren die Autos über den verschneiten Kreschtschatnikplatz.

»Ich habe heute eine Überraschung für dich!«

sagte Marina plötzlich freudig, blieb stehen und wandte sich mir zu.

»Noch eine?«

»Hm, ja«, nickte Marina und sah auf die Uhr. Dann stellte sie sich auf die Zehenspitzen und küßte mich auf den Mund. »In zehn Minuten holt uns Dima zu einer Weihnachtsreise ab.« Fast hätte ich ›Hochzeitsreise‹ anstatt ›Weihnachtsreise‹ verstanden, doch die Erwähnung von Dima ließ mich vorsichtig werden. Dima war Marinas ältester Bruder. Ein Mann mit Biographie, wie man bei uns sagt. Er hatte als Soldat in Afghanistan gekämpft, danach hatte er mit einer Gruppe seiner Ex-Kameraden Waggons mit geschmuggelten Zigaretten bewacht, die vom Odessaer Hafen nach Kiew gingen. Allerdings beschäftigte er sich nun schon seit zwei Jahren mit völlig legalen Geschäften – nämlich der Organisation von Extremtourismus. Kunden hatte er genug. Der größte Teil seiner Kundschaft reiste sogar aus dem Ausland an. Die alten Kontakte waren ihm in der neuen Branche natürlich sehr von Vorteil. Er konnte so ziemlich alles organisieren. Vom dreitägigen Gefängnisaufenthalt mit zehn Wiederholungstätern in einer Zelle für einen jungen amerikanischen Journalisten bis zur Missionierungsreise katholischer Priester von den Philippinen durch die Bergarbeitersiedlungen der Ukraine.

Genau deshalb wurde ich bei der Erwähnung Dimas leicht nervös, denn ich stellte mir gerade vor, welche Art Weihnachtsreise einer wie er uns wohl zusammenstellen würde.

»Bloß keine Panik!« sagte Marina, als sie meinen Gesichtsausdruck bemerkte. »Alles wird wunderbar!«

Na ja, seine eigene Schwester würde er ja wohl nicht in irgendein Abenteuer hineinziehen, dachte ich und beruhigte mich langsam.

Eine halbe Stunde später befanden wir uns schon außerhalb der Stadtgrenze. Ein russischer Jeep, ein Niwa-Taiga, fuhr die Fahrspur der unter dem Schnee kaum sichtbaren Shitomirski-Ausfallstrasse entlang. Er bewegte sich langsam vorwärts.

»Wohin fahren wir?« fragte ich Dima.

»Jemanden besuchen«, sagte er, ohne sich von der verschneiten Strasse abzuwenden. »Es gibt da so einen folkloristisch interessanten Ort, den kaum jemand kennt.«

»In der Nähe von Kiew?«

»So ungefähr.« Er nickte und schaltete Musik ein.

Mit Musik fuhr es sich schon fröhlicher. Ich beugte mich zum Fenster und betrachtete den märchenhaften Winterwald, der langsam an unserem Wagen vorbeizog.

»Hast du Brot gekauft?« fragte Marina plötzlich ihren Bruder.

»Nur die Ruhe. Ich hab alles eingekauft. Sogar mehr als wir brauchen!«

Bald bogen wir von der Ausfallstrasse auf einen schmalen Waldweg ab. Eine halb schneeverwehte Fahrspur half Dima auch hier den Wagen zu lenken, aber jetzt beugte sich Dima zur Frontscheibe vor und verfolgte aufmerksam die kaum wahrnehmbare Spur, die vom gelben Licht der Nebelscheinwerfer beleuchtet wurde.

»Verfahren wir uns auch nicht?« fragte ich vorsichtig.

»Bloß keine Panik! Wir schlagen uns schon durch!« sagte Dima grinsend.

So hatte er sicher seinen Untergebenen damals in Afghanistan geantwortet, als er am Steuer eines Mannschaftspanzerwagens saß, vor sich die angreifenden Mujahedin.

Im Auto wurde es warm, die Heizung lief auf vollen Touren. Ich knöpfte meinen Fellmantel auf, nahm die Wolfspelzmütze ab und legte sie neben mich auf den Sitz.

Plötzlich blieb das Auto stehen und Dima drehte sich zu mir um.

»So, Wasja, jetzt tu mal eine gute Tat!«

Ich warf einen Blick an Dimas schnurrbärtigen

Gesicht vorbei, und sah im Licht der Scheinwerfer einen heruntergelassenen Schlagbaum und rechts davon eine mit grüner Farbe verschönerte Wachbude.

»Was ist denn jetzt los?«

»Steig aus, öffne den Kofferraum und nimm aus dem Rucksack eine Flasche Zuborowka-Wodka, geh in die Bude und stell sie dort auf den Boden. Dann hebst du den Schlagbaum hoch, wartest, bis ich durchgefahren bin und läßt ihn wieder runter! Ist doch nicht schwer, oder?«

»Nein.«

In der Wachbude sah ich auf dem Boden zu meinem Erstaunen schon zwei Flaschen Champagner, drei Wodkaflaschen und einen großen Dreiliterballon mit trübem Selbstgebranntem stehen.

Während ich den Schlagbaum hochzog, sah ich mich um. Selbst mit eingeschalteten Scheinwerfern sah das Auto in diesem dunklen Wald wie ein verschrecktes, hilfloses Tier aus. Und wie um meinen Gefühlen noch mehr Intensität zu geben, sprang hinter den dunklen Stämmen der Fichten ein vierbeiniger Schatten hervor. Ein Augenpaar funkelte im Dunkeln. Mir lief eine Gänsehaut über den Rücken. Ich stand unbeweglich da und preßte in meiner Hand fest das Seil zusammen, das den Schlagbaum oben hielt.

Schließlich fuhr das Auto unter dem Schlagbaum durch und ich ließ ihn wieder herunter. Ich band das Seil an dem in den Boden eingelassenen Pfosten fest, an den ein schneebedeckter Wegweiser lehnte.

»Wo sind wir denn da reingefahren?« fragte ich, nachdem ich wieder auf den Rücksitz gekrochen war.

»Naturschutzgebiet«, antwortete Dima knapp. »Dauert auch nicht mehr lange…«

Plötzlich zog er aus der Tasche seiner Lederjacke ein Mobiltelefon und tippte eine Nummer ein.

»In einem guten Stündchen sind wir da!« sagte er zu irgend jemandem.

Es war merkwürdig, aber dieses kurze Telefongespräch oder um genauer zu sein, nur dieser eine Satz ins Handy gesprochen, beruhigte mich, er brachte mich zurück zu freudigen Weihnachtsgedanken. Ich dachte darüber nach, was für ein Geschenk ich Marina machen würde. Vielleicht auch so ein Handy? Dann könnte ich sie immer anrufen, sie überall finden… Aber dann wäre es ja eher ein Geschenk für mich als für sie…

»Schau mal! Schau nur!« unterbrach Marina meine Gedanken und zeigte nach vorn.

Der Jeep fuhr nun ganz langsam. Ich beugte mich vor: Mitten auf dem Weg stand ein mächtiger Elch. Er schaute uns eindeutig an.

Wir fuhren auf ihn zu und hielten respektvoll vor ihm an, wie gemeine Soldaten vor einem General.

»Vielleicht sollte ich mal hupen?« meinte Dima gedankenverloren und sah auf die Uhr.

»Ach, nein«, bat Marina. »Du kannst ihm höchstens mal mit den Scheinwerfern zublinzeln.«

Dima schaltete abwechselnd mal Fernlicht mal Standlicht ein. Da schüttelte der Elch den Kopf, wandte sich um und verschwand im dunklen Wald.

»Na, siehst du!« seufzte Marina erleichtert auf.

Der Wald war plötzlich zu Ende. Das Auto bog auf ein verschneites Feld ab und schien mit einem Male leichter zu werden. Hier gab es schon keinerlei Fahrspur mehr und Dima orientierte sich an in den Boden eingelassenen Holzstämmen. Es war auch nicht mehr ganz so dunkel wie im Wald. Über dem Feld hing ein grellgelber Mond, dessen Licht im Schnee Funken sprühte.

»Was für eine Pracht!« rief Marina aus, wandte sich zu mir um und lächelte.

Vor uns tauchte eine kleine Siedlung auf.

Das Auto hielt vor einem niedrigen Holzhaus, in dessen drei Fenstern ein gelbes gemütliches Licht brannte.

»Da sind wir!« rief Dima und stellte den Motor ab.

Die zwei Hausherrinnen, Galina Iwanowna und Olga Iwanowna, begrüßten uns im Flur mit einem Weihnachtslied. Die beiden waren Schwestern. Die ältere, Galina Iwanowna, war achtzig Jahre alte, die jüngere fünfundsiebzig.

Kaum daß wir das Haus betraten, veränderte sich meine Stimmung. Hier war es gemütlich warm, und sogar im Flur konnte man das Knistern der brennenden Holzscheite im Ofen hören. Das ganze Holzhaus, das aus einer kleinen Küche, einem Wohnraum und zwei Schlafzimmern bestand, war aufgeräumt und geschmückt. Auf die Fensterscheiben waren aus weißem Papier ausgeschnittene Engelchen geklebt. In der einen Ecke des Wohnraumes stand auf einem Regal unter der Decke eine Mutter-Gottes-Ikone, vor ihr eine brennende Kerze. Auf einem Schränkchen unter der Ikone stand ein riesiger Fernsehapparat, der noch aus der Sowjetzeit stammte, über den eine bestickte Tischdecke gebreitet war. In der Mitte des Raumes befand sich ein großer runder Tisch.

»Kommt herein, kommt herein, ihr Weihnachtsgäste!« sagten die alten Schwestern ein ums andere Mal, als wiederholten sie den Refrain eines Liedes.

Nachdem wir unsere Mäntel, Mützen und Schuhe im Flur abgelegt hatten, traten Marina und ich in den Wohnraum. Dima stand noch im Flur. Er hatte einen großen Rucksack aus dem Auto mitgebracht und mühte sich jetzt mit dem Inhalt ab.

Die ältere der beiden Frauen ließ uns auf dem Sofa Platz nehmen, zog die bestickte Tischdecke vom Fernseher und schaltete ihn ein.

»Schaut ihr mal ein bißchen fern, Olga und ich haben noch was in der Küche zu tun!« sagte sie. »Allerdings ist der Apparat schon älter, er zeigt alles nur noch in einer Farbe.«

Der Fernseher brauchte um die drei Minuten, bis er warmgelaufen war. Dann erschien langsam ein Bild. Es war rosafarben und verwackelt. Auf dem Bildschirm sang und tanzte ein rosafarbener, zittriger Michael Jackson.

Dima kam ins Wohnzimmer.

»Na, wie geht's euch hier?« fragte er munter.

»Klasse!« sagte Marina. »Und die beiden alten Frauen sind bezaubernd! Wie hast du die bloß kennengelernt?«

»Geschäftsgeheimnis!« lachte Dima.

»Kennst du dich mit Fernsehapparaten aus?« fragte ich ihn. »Vielleicht könntest du an dem ein bißchen drehen, daß er nicht alles rosa zeigt?«

»Schon probiert«, winkte Dima ab. »Das liegt

nicht am Fernseher. Entweder ist es die Antenne, oder hier sind überhaupt so komische Strahlungen in der Luft... Ich kann's aber auf schwarzweiß umstellen.«

»Nein, laß mal, dann lieber alles in Rosa«, gab ich mich geschlagen.

Die beiden alten Frauen kamen wieder herein, jede hatte ein kompliziert besticktes Tischtuch in der Hand, dessen Muster rote Hähne zeigte. Zuerst bedeckten sie den Tisch mit einer schweren Decke, dann legten sie die leichtere oben drauf.

»Wieso zwei Tischdecken?« fragte Marina neugierig.

»Das ist so Tradition«, antwortete die Jüngere, Olga Iwanowna, mit der Stimme eines gutmütigen Fremdenführers. »Die untere Decke ist für die Ahnen, und die obere für uns.«

Dann bat die Ältere die Jüngere abzuzählen, wie viele wir waren.

»Wir sind zu sechst«, sagte die Jüngere. Daraufhin stellten sie sechs Stühle um den runden Tisch.

Auch ich zählte im Geiste alle Anwesenden – brachte es aber nur auf fünf. Anscheinend wurde noch jemand erwartet. Ich wandte mich wieder dem Fernseher zu. Dort sang und tanzte jetzt eine rosafarbene Brittney Spears. Die Augen gewöhnten sich allmählich an die zittrige rosa Farbe. Es entstand ein Gefühl, als würde man eine alte Revue aus längst vergangener Zeit ansehen.

Inzwischen deckten die beiden alten Frauen langsam den Tisch. Ins Zentrum legten sie drei runde Brote, mit einem Loch in der Mitte, übereinander. In das Loch stellten sie eine hohe Kerze. Dann deckten sie Teller und Besteck auf.

»Hast du schon einmal richtig traditionell ukrainische Weihnachten gefeiert?« fragte mich Marina.

Ich schüttelte verneinend den Kopf.

»Dann wird es dir auf jeden Fall gefallen!« sagte sie und lächelte.

Da kam die Ältere herein. Sie trug einen großen Tontopf, der mit einem Deckel zugedeckt war, und stellte ihn auf den Tisch. Und die Jüngere trug zusammen mit Dima zwei Tabletts herein und stellten um die zehn kleine Schüsseln auf den Tisch, in denen unter anderem Fischgerichte, Quarktaschen und Krautwickel waren.

Danach stellten sich die beiden Frauen und Dima mit fragendem Blick vor mich und Marina.

»Und jetzt? Sollen wir uns an den Tisch setzen?« fragte ich.

»Nein, zuerst gehen wir auf den Hof!« verkündete die ältere Schwester mit süßer Stimme. »Wer als erster einen Stern erblickt, der darf die Kerze anzünden« – sie zeigte auf die Tischmitte. »Und dann erst geht's zu Tisch!«

Der Himmel war wolkenverhangen, und nur an einer einzigen Stelle war ein weißlicher Fleck zu sehen: Dort versuchte der Mond mit seinem bleichen Licht zur Erde durchzudringen.

Die frostige Luft brannte mir in der Kehle. Auch ich reckte den Kopf hoch und schaute in die Wolkendecke, die den Sternenhimmel verdeckte.

Aus dem Wald erklang ein Wolfsheulen. Ich zuckte zusammen.

»Gibt es hier viele Wölfe?« fragte ich Olga Iwanowna.

»Und wie viele, mein Söhnchen!« antwortete sie. »Und nicht bloß Wölfe, auch andere wilde Tiere!«

»Da, da!« rief Marina plötzlich, und wies mit der Hand auf ein kleines Sternchen, das aus den Wolken hervorsah.

»Du wirst Glück haben, Töchterchen!« versprach die ältere Schwester, dann bedachte sie uns alle mit einem liebevollen Blick und rief uns zu Tisch.

Schnell kehrten wir in das warme Holzhaus zurück.

Marina zündete die Kerze an, die in der Mitte der Brote stand. Die alten Frauen lasen laut ein Weihnachtsgebet vor. Dann hob die Jüngere den

Deckel vom Tontopf und gab jedem von der *Kutja*, eine Weizengrütze, die mit Honig und Mohn gekocht war. Dann gab es Borschtsch mit Sternchennudeln und die anderen zehn Gerichte. Und zum Abschluß ein Kompott aus zwölf Früchten.

Als wir uns schon satt gegessen hatten, hörte man draußen vor dem Fenster den Schnee knirschen. Jemand blieb vor der Schwelle zum Holzhaus stehen – und schon erklangen weihnachtliche Gesänge. Nur, daß die Stimmen alle Männerstimmen waren, als wenn diese Weihnachtslieder vom Don-Kosaken-Chor gesungen würden.

»Geh raus zu ihnen«, bat mich Dima. »Auf dem Boden in der Diele stehen Fischkonserven. Gib jedem eine davon!«

Mit einem großen Sack in der Hand öffnete ich die Tür – und erstarrte: Vor mir standen singend sechs Männer in Kampfanzügen.

Ich wartete einen Moment, bis sie das Weihnachtslied beendet hatten und legte – wie es der Brauch war – jedem ein Geschenk in die Hand, in diesem Fall eine Dose mit Krabbenfleisch aus Kamtschatka.

Sie verneigten sich, wandten sich um und gingen vom Hof, marschierten den verschneiten Weg entlang. So lösten sie sich in der Dunkelheit dieses Weihnachtsabends auf.

›Wie seltsam‹, dachte ich. ›In allen Märchen und Filmen singen nur Kinder die *Koljadki,* und man gibt ihnen dann Schokolade oder auch Geld...‹

»He, mach die Tür zu, sonst erkälten wir uns noch alle!« drang Dimas Stimme zu mir.

Ich kehrte ins Wohnzimmer zurück, immer noch in nachdenklicher Stimmung.

»Oh! Schaut euch das an! Macht mal lauter!« Dima drängte mich mit seinen Worten und Gesten zum Fernseher.

Auf dem Bildschirm erschien das rosafarbene Gesicht des Präsidenten. Der Präsident wünschte allen schöne Weihnachten und schlug vom Bildschirm aus das Kreuzzeichen über uns.

»Das ist gut, daß er das ganze Land gesegnet hat«, sagte die ältere der Schwestern. »Im letzten Jahr hatte er das vergessen, und sofort, schon vom ersten Januar an, ging alles schief. Mit Fleisch, mit den Eiern, mit der Milch...«

»Na, komm, hör schon auf!« schob Olga Iwanowna der Schwester einen Riegel vor. »Ist doch eine Sünde, sich zu beklagen, wir leben doch auch so gut!« Dann wandte sie sich zu Dima und sagte: »Möge Gott dich behüten, Dimotschka! – Und jetzt gehen wir alle schlafen! Die Jungen ins erste Schlafzimmer« – sie zeigte mit der Hand auf die angrenzende Doppeltür – »und du, Dimotschka, wirst in der Küche schlafen, wir stellen dir dort ein Klappbett auf. In Ordnung? Hier, im Wohnzimmer, darf niemand schlafen.«

»Wieso darf im Wohnzimmer niemand schlafen? Und wieso steht hier ein sechster Stuhl?« wunderte ich mich.

»Wegen der Geister der Ahnen. So ist der Brauch«, erklärte die jüngere Schwester mir geduldig. »Es ist möglich, daß sie auch nachts kommen, drum ist es besser, wenn hier niemand schläft.«

Das Schlafzimmer empfing uns mit einem großen Doppelbett, an der Wand über dem Kopfende hing – eine Ikone.

»Na, was ist, bist du bereit?« flüsterte mir Marina zu, als sie sich auszog.

Ich verstand die Frage. Und wirklich, an diesem Abend war etwas Märchenhaftes, Wunderbares, etwas Feierliches und nicht ganz Rationales. Wahrscheinlich war das genau die richtige Nacht, um ein Kind zu zeugen...

Unter der warmen Daunendecke wärmten Marina und ich uns schnell auf.

»An diese Weihnachten werden wir uns jetzt immer erinnern!« Marinas heißes Geflüster wärmte mein Ohr, und ich drückte sie fest an mich.

Mitten in der Nacht weckte mich ein Rascheln, das aus dem Wohnzimmer kam. Marina schlief wie ein Murmeltier. Im Haus und draußen vor den Fenstern war alles still. Die märchenhafte Weihnachtsnacht war noch nicht zu Ende, und ich wurde ganz starr, als ich wieder dieses Rascheln hörte, und versuchte herauszufinden, ob es real war oder der Geisterwelt angehörte.

Aber das Rascheln ging weiter und wurde lauter. Leicht verängstigt stieg ich aus dem Bett und näherte mich der verschlossenen Wohnzimmertür. Ich öffnete eine Hälfte der Doppeltür.

Mondlicht fiel durch das kleine Fenster auf einen Teil des runden Tisches. Und in diesem Licht erblickte ich auf dem Tisch zwei Mäuschen, die an den Resten unseres Weihnachtsessens kauten.

Auf meinem Gesicht breitete sich ein erleichtertes Lächeln aus. Ich trat ganz ins Zimmer und schloß leise die Tür zum Schlafzimmer hinter mir.

Die Mäuschen schienen gar keine Angst vor mir zu haben. Aber als ich das Licht anknipste, sprangen sie sofort vom Tisch und versteckten sich unter dem Sofa. Der elektrische Strom floß hier offensichtlich nicht gleichmäßig. Die Lampe an der Decke brannte mal heller, mal verlöschte sie fast ganz. Als ich mich etwas umsah, entdeckte ich auf dem Fensterbrett ein schwarzes Gerät. Ich trat näher und nahm es in die Hand.

Eine Gänsehaut lief mir über den Rücken: Das

Gerät, das ich in der Hand hielt, war ein Geigerzähler. Sofort fiel mir der Schlagbaum mit der Wachbude wieder ein und die sechs Soldaten, die die *Koljadki* gesungen und dafür je eine Konservendose bekommen hatten. Und mir fiel auch wieder Dimas Biographie ein.

›So ein Mistkerl!‹ dachte ich. ›Der hat uns doch glatt in die Tschernobyl-Zone gebracht. Und wir haben hier ein Kind gezeugt... Was denkt der sich bloß! Es ist doch seine eigene Schwester! Von wegen Extremtourismus! Will er uns vielleicht zeigen, daß die echten Traditionen nur dank der radioaktiven Strahlung erhalten bleiben?‹

Ich kehrte ins Schlafzimmer zurück und zog mich an, wobei ich versuchte, Marina nicht zu wekken. Dann ging ich wieder ins Wohnzimmer.

›Und der Kerl schläft selig in der Küche‹, ging es mir durch den Kopf. Zu gern hätte ich etwas Schweres genommen und es ihm auf den Kopf gehauen. Aber ich fand nichts Schweres im Wohnzimmer. Nochmals sah ich mich um – und sah zu meinem Erstaunen Dima.

Der schaute aus dem Flur ins Wohnzimmer herein. Er war vollständig angezogen und hielt eine Flasche Champagner in der Hand.

»Kannst du nicht schlafen?« fragte er leise. Auf seinem Gesicht stand ein klägliches Lächeln.

»Wohin hast du uns gebracht?« fragte ich in erbostem Flüsterton.

Das Lächeln verschwand nicht von seinem Gesicht. Er sah an mir vorbei auf die Reste des Weihnachtsmahles vom Vorabend. Mir war klar, daß er jetzt den Geigerzähler sah, den ich auf dem Tisch, gegenüber dem sechsten Stuhl, hatte liegenlassen.

»Das ist doch die Tschernobyl-Zone!« sagte ich schon lauter, ohne von Dima eine Antwort auf meine Frage zu erwarten.

»Kannst du eine Champagnerflasche ohne einen Laut öffnen?« fragte er. »Das kannst du, ich weiß es noch genau. Na los, mach auf!«

Ich nahm die Flasche in die Hand. Er wies mit dem Kopf Richtung Wohnzimmer, zum Tisch hin, als wolle er sagen: ›Na komm, setzen wir uns!‹

Wir setzten uns an den Tisch. Ich schälte die Alufolie vom Korken, öffnete sorgfältig den gedrehten Draht, der den Korken in der Flasche festhielt. Dann zog ich mit den sorgsamen Bewegungen eines Chirurgen leicht am Korken. Und als der Korken schon von selbst kam und vom Druck des Champagners hochgepreßt wurde, drückte ich dagegen.

»Und jetzt schenk ein!« flüsterte er.

»Und worauf trinken wir?« fragte ich düster. »Auf Weihnachten in der Tschernobyl-Zone?«

Dima lachte.

»Nein, auf die Eröffnung einer neuen Route des Extremtourismus. Auf mein Knowhow. Das Ganze heißt: ›Russisches Roulette in der ukrainischen Provinz‹.«

»Was willst du denn damit sagen?«

»Daß ich fünf solcher Orte habe. Einer ist in der Tschernobyl-Zone, vier sind in gewöhnlichen Dörfern, die auf Tschernobyl-Zone getrimmt sind. Das ist für die Neuen Russen, die schon alles gesehen haben und sich über nichts mehr wundern können. Sie kaufen einen Trip, bekommen eine Reisenummer, und los geht's! Du hast übrigens völlig umsonst Angst vor der Tschernobyl-Zone! Weißt du, wie beruhigend radioaktive Strahlung auf die Nerven wirkt?«

»Du hast mir nicht geantwortet. Ist das jetzt die Tschernobyl-Zone oder nicht?«

»Natürlich nicht.«

Ich atmete erleichtert auf und nahm einen Schluck Champagner.

»Also hast du das alles extra für uns aufgebaut? Den Geigerzähler, die Schranke, die singende Spezialeinheit? Für ›extreme Emotionen‹?!«

»Das ist mein Weihnachtsgeschenk an euch. Übrigens, wenn ihr wollt, könnt ihr nächste Weihnachten in einem Bergwerk im Donezbecken zusammen mit den streikenden Arbeitern verbringen...«

»Nächste Weihnachten werden wir schon ein Baby haben«, verkündete ich ruhig und sicher. »Und dem wird es in einem Bergwerk mit streikenden Arbeitern wohl kaum gefallen...«

»Macht nichts«, lachte Dima. »Wir haben ja noch ein ganzes Jahr vor uns. Ich denke mir für euch was Neues aus. Etwas, was sicher auch dem Baby gefallen wird!«

Loriot

Advent

Es blaut die Nacht, die Sternlein blinken,
Schneeflöcklein leis herniedersinken.
Auf Edeltännleins grünem Wipfel
häuft sich ein kleiner weißer Zipfel.
Und dort vom Fenster her durchbricht
den dunklen Tann ein warmes Licht.
Im Forsthaus kniet bei Kerzenschimmer
die Försterin im Herrenzimmer.
In dieser wunderschönen Nacht
hat sie den Förster umgebracht.
Er war ihr bei des Heimes Pflege
seit langer Zeit schon sehr im Wege.
So kam sie mit sich überein:
am Niklasabend muß es sein.
Und als das Rehlein ging zur Ruh',
das Häslein tat die Augen zu,
erlegte sie direkt von vorn
den Gatten über Kimm und Korn.
Vom Knall geweckt rümpft nur der Hase
zwei-, drei-, viermal die Schnuppernase

und ruhet weiter süß im Dunkeln,
derweil die Sternlein traulich funkeln.
Und in der guten Stube drinnen
da läuft des Försters Blut von hinnen.
Nun muß die Försterin sich eilen,
den Gatten sauber zu zerteilen.
Schnell hat sie ihn bis auf die Knochen
nach Waidmanns Sitte aufgebrochen.
Voll Sorgfalt legt sie Glied auf Glied
(was der Gemahl bisher vermied) –,
behält ein Teil Filet zurück
als festtägliches Bratenstück
und packt zum Schluß, es geht auf vier
die Reste in Geschenkpapier.
Da tönt's von fern wie Silberschellen,
im Dorfe hört man Hunde bellen.
Wer ist's, der in so tiefer Nacht
im Schnee noch seine Runde macht?
Knecht Ruprecht kommt mit goldnem Schlitten
auf einem Hirsch herangeritten!
»He, gute Frau, habt ihr noch Sachen,
die armen Menschen Freude machen?«
Des Försters Haus ist tief verschneit,
doch seine Frau steht schon bereit:
»Die sechs Pakete, heil'ger Mann,
's ist alles, was ich geben kann.«
Die Silberschellen klingen leise,

Knecht Ruprecht macht sich auf die Reise.
Im Försterhaus die Kerze brennt,
ein Sternlein blinkt – es ist Advent.

Jason Starr

Die Weihnachtskarte

Jedenfalls war es keine von den Karten, wie man sie in einer Zwanzigerpackung bei Woolworth kaufen kann. So wie sie gedruckt war, mit goldenen Lettern auf geriffeltem schwarzem Untergrund, sah sie eher aus wie eine Hochzeitseinladung oder eine Verlobungsanzeige. Auf der Vorderseite ein aufgeprägter Christbaum, innen eine gedruckte Mitteilung: »Unsere besten Wünsche für ein frohes Weihnachtsfest und ein schönes Neues Jahr.« Darunter, mit goldenem Filzstift von Hand geschrieben: »Herzliche Grüße, Jennifer und Paul.«

»Das muß ein Irrtum sein«, sagte Larry Wong, der Buchhalter, der im Büro mir gegenüber arbeitete. »Vermutlich gibt's in Manhattan noch einen Doug Holt, Jennifer und Paul haben Ihren Namen dem Telefonbuch entnommen und Sie mit dem andern Typen verwechselt.« – »Aber ich steh doch gar nicht im Telefonbuch von Manhattan«, entgegnete ich. »Außerdem ist mir die Karte von meiner alten Adresse in New Jersey nachgesandt worden.«

»Dann sind's eben Leute, die Sie mal gekannt haben«, sagte Larry.

»Aber ich hab in meinem ganzen Leben keine Jennifer und keinen Paul gekannt. Na ja, das stimmt auch nicht ganz. Ich habe einen Cousin zweiten Grades namens Paul, der in San Francisco wohnt, aber der ist mit einer Frau namens Simone verheiratet. Die Karte wurde in Manhattan aufgegeben, eine Adresse in der Third Avenue.«

»Wollen Sie damit sagen, auf der Karte steht der Absender?« fragte Larry. »Was regen Sie sich dann so auf? Warum fahren Sie nicht einfach hin?«

»Bin ich ja. Ich meine, neulich war ich sowieso auf der East Side, da habe ich einfach mal vorbeigeschaut. Aber es war ein Gebäude mit Pförtner. Ich wollte den Typen schon bitten, bei ihnen zu klingeln, aber dann war's mir doch zu peinlich.«

»Hören Sie, bestimmt gibt's eine logische Erklärung«, meinte Larry. »An Ihrer Stelle würde ich die Sache einfach vergessen.«

Während der nächsten paar Tage besprach ich die Karte mit fast allen Arbeitskollegen. Sie sorgte für interessante Gespräche auf der Herrentoilette oder am Trinkwasserbehälter. Normalerweise, wenn sich die Leute nach meinem Befinden erkundigen, antworte ich mit einem »Geht so« oder »Wie immer«, aber jetzt konnte ich ihnen die Geschichte von der rätselhaften Weihnachtskarte erzählen.

Schließlich hatte ich die Geschichte jedem erzählt, den ich kannte, und selbst mir schien sie nicht mehr unterhaltsam. Es war nur noch eine knappe Woche bis Weihnachten, und im Büro herrschte hektischer Betrieb. Bei all den eingehenden Bestellungen und ausgehenden Warensendungen war ich fast ständig mit Arbeit überhäuft. Die ganze Woche über kam ich nicht vor acht Uhr aus dem Büro, und wenn ich endlich in meinem Einzimmerapartment in der West Eighty-third Street war, hatte ich zu nichts anderem mehr Kraft, als mich auf der Couch auszustrecken, mir Filme anzusehen und das beim Chinesen Eingeholte zu essen.

Dann, eines Abends, als im Fernsehen nichts Spannendes lief, starrte ich wieder die Weihnachtskarte an, die ich auf dem Küchentisch aufgestellt hatte. Es war die einzige Karte, die ich bekommen hatte. Meine Mutter war vier Jahre vorher gestorben, und mein Vater hatte Ostern vor einem Jahr einen Schlaganfall gehabt. Jetzt wohnte er in einem Pflegeheim, wo man ihn füttern mußte und zweimal am Tag umbettete, damit er sich nicht wundliegen konnte. Geschwister hatte ich keine. Barbara, fünf Jahre lang meine Freundin, hatte vorigen Sommer mit mir Schluß gemacht, seitdem war ich mit niemandem mehr ausgegangen. Obwohl ich noch ein paar Freunde aus Schul- und Collegezeiten hatte, sah ich sie nur noch selten.

An diesem Abend – es war ein Freitag – hatte ich Mühe einzuschlafen. Ich lag im Bett und ließ jedes Jahr meines Lebens Revue passieren. Ich versuchte herauszufinden, woher ich »Jennifer« oder »Paul« kannte, versuchte, mich an jedes Kind in Wayne, New Jersey, zu erinnern, von der Highschool bis hin zum Kindergarten. Sogar über meine außerstundenplanmäßigen Aktivitäten – Pfadfinder, Sportverein, Ferienlager – grübelte ich nach. Dann dachte ich ans College – an die Leute in meinem Studentenwohnheim, an die Kurse, die ich belegt hatte –, aber Jennifer und Paul konnte ich nirgends hinstecken.

Am Sonntag besuchte ich meinen Vater im Pflegeheim. Ich nahm einen Zug der New Jersey Transit von der Penn Station nach New Brunswick. Von da aus war es eine fünfminütige Taxifahrt zu All Homes Nursing Care.

Nach seinem Schlaganfall hatte ich meinen Vater fast jeden Tag im Krankenhaus besucht. Aber nach seiner Überweisung ins Pflegeheim waren meine Besuche seltener geworden. In letzter Zeit war ich alle ein, zwei Monate einmal hingefahren. Nicht, daß es mir unangenehm war, ihn zu sehen; ich glaubte nur nicht, daß meine Besuche irgend etwas bewirkten. Er war immer mutloser geworden. Die Ärzte waren der Auffassung, daß er eine Reihe »kleiner Schlaganfälle« erlitten hatte – als könnte ein Schlaganfall »klein« sein –, und manchmal fragte ich mich, ob er mich überhaupt erkannte. Er konnte – oder wollte – nicht reden, so daß ich gewöhnlich etwa eine halbe Stunde lang an seinem Bett saß und vom Wetter sprach oder von Vorfällen im Büro, dann fuhr ich wieder nach Hause. Es schien ihm nichts auszumachen, mich gehen zu sehen.

Als ich diesmal in sein Zimmer kam, war die Pflegerin gerade dabei, seine Bettpfanne auszuwechseln. Es versetzte mir immer noch einen Schock, meinen Vater, den Mann, der mir immer unverwüstlich vorgekommen war, in einem so schwachen, hinfälligen Zustand zu erleben. Für mich war er immer noch der Dad aus der Zeit, als ich heranwuchs, mit den langen Koteletten, den dunklen Haaren und dem guten Aussehen, der Wasserski fuhr oder schwamm. Ich fragte mich, welcher Dad mir im Gedächtnis bleiben würde, wenn er tot wäre und auch die Bettpfanne zu meinen Erinnerungen gehörte.

Ich setzte mich neben ihn. Wie gewöhnlich starrte er mich ein paar Sekunden lang ausdruckslos an, als versuche sein Verstand, ein kompliziertes Problem zu enträtseln. Dann schaute er wieder auf den Fernsehapparat, der nicht einmal eingeschaltet war.

Ich erzählte ihm von der Weihnachtskarte. Davon, daß die Karte in meinen Briefkasten eingeworfen worden war und ich keine Ahnung hatte, wer Jennifer und Paul waren. Einmal drehte er sich zu mir um und öffnete seinen schlaff herabhängenden Mund, als wollte er mir einen Hinweis geben. Aber dann wandte sich sein Blick wieder dem leeren Bildschirm zu. Ich blieb noch eine Weile, und nachdem er eingeschlafen war, ging ich fort.

Am Montag fand die Weihnachtsparty des Büros statt. Die Party wurde jedes Jahr um genau dieselbe Zeit abgehalten, in demselben Hotel, mit denselben Leuten, derselben Band und demselben Partyservice. Fast hatte es den Anschein, als würden dieselben Nudelaufläufe und dieselben Meeresfrüchte mit Käse-Sahne-Sauce Jahr für Jahr eingefroren und wieder aufgewärmt.

Ich war von dem Besuch bei meinem Vater immer noch ganz mitgenommen und schwerlich in der richtigen Stimmung für eine Party, hatte aber das Gefühl, daß mir keine andere Wahl blieb. Es sähe nicht gut aus, wenn ich nicht auftauchte und jemand meine Abwesenheit bemerkte. Ich nahm mir vor, ein, zwei Stunden dazubleiben, Anwesenheit zu markieren und dann wieder zu gehen.

Als ich gegen halb neun eintraf, wurden noch die alljährlichen Würstchen im Schlafrock und Miniaturbrötchen mit Ei serviert. Ich legte Wert darauf, all die Vizepräsidenten und ihre Gattinnen zu begrüßen, dann hockte ich mich an den Tresen. Mir fiel auf, daß ich der einzige auf der Party ohne Begleitung war. Zwar hatte ich geahnt, daß es so kommen würde, aber nicht damit gerechnet, wie unbehaglich mir dabei zumute sein würde. Um mich abzulenken, trank ich zwei Bloody Mary und versuchte, an etwas anderes zu denken. Als ich mein drittes Glas leerte, begann ich mich plötzlich unsicher, ja paranoid zu fühlen – mein Rücken fühlte sich schweißnaß an. Ich bildete mir ein, daß alle über mich redeten und sich fragten, weshalb ich keine Partnerin hatte. Ein paar Leute kamen vorbei und lächelten in meine Richtung, und ich war überzeugt, daß sie sich über mich lustig machten – vielleicht war mein Smoking zu eng oder mein Haar ungekämmt. Ich wandte mich wieder dem Tresen zu und versuchte, die anderen nicht weiter zu beachten.

Dann mußte ich an das vergangene Weihnachtsfest denken. Wie anders es damals gewesen war. Barbara und ich waren noch zusammen gewesen, und wir hatten sogar darüber gesprochen, uns zu verloben. Wir blieben die ganze Nacht hindurch auf der Party, tanzten, mischten uns unters Volk und wurden betrunken. Am folgenden Morgen fuhren wir in einem Mietwagen zum Haus ihrer Eltern in Buck's County, Pennsylvania. Meine Erinnerungen waren so verschwommen, daß es mir vorkam, als seien zehn Jahre vergangen statt nur des einen. War es ein Traum? Ich konnte mich kaum noch an Barbaras Gesicht erinnern, an ihr Haar, ihr Lächeln.

Einige Leute hatten angefangen zu tanzen. Ich versuchte mir vorzustellen, daß auch Barbara und ich miteinander tanzten, aber es war einfach nicht glaubhaft.

Nach der Trennung hatte ich sie fast jede Woche angerufen, vor allem, weil mir bei dem Gedanken, mich ganz von ihr zu trennen, nicht wohl war. Wir führten ein paar herzliche Gespräche, und ich hatte sogar die Hoffnung, wir könnten wieder zusammenkommen. Einmal ließ sie mich wissen, sie finde mich zu anhänglich, und sie sei nicht sicher, ob sie weiter mit mir befreundet sein wolle. Ich nahm sie nicht ernst. Dann rief ich sie eines Abends spät an – das letzte Mal, daß ich ihre Stimme hörte –, und sie sagte, sie könne jetzt nicht mit mir reden, sie müsse auflegen. Obwohl ich es nicht mit Bestimmtheit wissen konnte, war ich überzeugt, daß sie mit einem anderen was angefangen hatte, und dieser Typ sich in ihrem Apartment aufhielt. Damals hatte es mich nicht so mitgenommen, aber jetzt war ich mit einemmal eifersüchtig.

Ich hatte keine Lust mehr, auf der Party zu bleiben. Draußen, in der Forty-fourth Street, ging es mir etwas besser. Ich beschloß, zu Fuß nach Hause zu laufen, eine schöne warme Dusche zu nehmen und ins Bett zu gehen. Als ich jedoch bereits einige Minuten lang gelaufen war, merkte ich, daß ich gar nicht meinem Apartment auf der West Side zustrebte. Vielmehr lief ich in östlicher Richtung und überquerte an der Forty-second Street die Park Avenue.

Entschlossen schritt ich aus, ohne die Horden von Weihnachtseinkäufern wahrzunehmen, denen ich kaum auswich. Ich mochte an nichts denken, denn ich wollte mir den Gang nicht ausreden. Ich wußte, daß ich womöglich kurz davorstand, mich vollkommen zu blamieren, und wollte doch nicht kehrtmachen.

Das Gebäude war ein großes Hochhaus in der Nähe der East Sixty-fifth Street. Ich ging durch die Pendeltür und trat auf den Pförtner zu.

»Apartment 17 G«, sagte ich.

»Name?«

»Doug Holt. Aber ich will nicht hinaufgehen. Bitten Sie denjenigen, der abnimmt, herunterzukommen und mich hier zu treffen.«

Der Pförtner hatte das müde, unbeeindruckte Aussehen eines Mannes, der zu lange denselben Beruf ausgeübt hat. Er klingelte zweimal und wartete so lange, daß ich bereits überzeugt war, es sei niemand zu Hause. Einen Moment lang war ich erleichtert, als hätte ich mich gerade noch aus der Affäre gezogen. Doch als ich den Pförtner eben bitten wollte, die Sache auf sich beruhen zu lassen, fing er an zu sprechen. Ein paar Sekunden später hielt er den Hörer etwas beiseite.

»Sie sagt, sie kennt Sie nicht.«

»Sagen Sie ihr, daß sie mir eine Weihnachtskarte geschickt hat«, erwiderte ich.

Der Pförtner gab meine Äußerung weiter, aber seine gleichbleibende Miene verriet, daß mein Name immer noch nichts bei ihr auslöste.

»Sagen Sie ihr, daß ich sie nur kurz sprechen möchte«, sagte ich. »Sagen Sie ihr, daß auch ich nicht weiß, wer sie ist, aber daß sie mir eine Weihnachtskarte geschickt hat.«

Der Pförtner hatte den Hörer aufgelegt.

»Sie sagt, sie kommt gleich runter.«

Ich stand an der Theke und wartete. Jedesmal, wenn die Fahrstuhltür aufging, erwartete ich, ein vertrautes Gesicht zu sehen, des Rätsels Lösung. Als sie nach fünf Minuten immer noch nicht heruntergekommen war, beschloß ich, mich auf eins der Sofas zu setzen. Noch war es nicht zu spät, noch konnte ich mich aus dem Staub machen. Es brauchte nie jemand zu erfahren, daß ich hiergewesen war. Aber ich beschloß zu bleiben.

Schließlich trat eine Frau aus dem Fahrstuhl, in der ich sofort Jennifer erkannte. Nicht, daß sie mir bekannt vorkam, denn ich glaubte nicht, sie je im Leben gesehen zu haben. Ihr langes braunes Haar war naß, und sie trug Jeans und ein weites Sweatshirt. Sie sah um die Dreißig aus. Zuerst ging sie auf die Pförtnertheke zu, aber als sie mich erblickte, blieb sie stehen. Auch sie schien mich nicht zu erkennen. Ich merkte, daß sie sich mir wahrscheinlich noch argwöhnischer genähert hätte als einem Fremden auf der Straße, hätte ich keinen Smoking angehabt.

Ich wußte nicht, was ich sonst tun sollte, und so erhob ich mich lächelnd und stellte mich vor. Sie zuckte leicht zurück, und ich begriff, daß mein Atem wohl nach Alkohol roch.

»Hallo«, sagte sie vorsichtig. »Kennen wir uns?«

»Ich kenne Sie nicht«, sagte ich, »aber ich glaube, Sie kennen mich.«

Ich erklärte ihr, daß ich von ihr und Paul eine

Weihnachtskarte erhalten hatte. Wie sie sagte, war Paul ihr Mann. Während ich sprach, schien sie teils aufrichtig daran interessiert zu sein, mir bei der Lösung des Rätsels zu helfen, teils hatte ich das Gefühl, als taxiere sie mich und frage sich, ob sie es mit einem Verrückten zu tun hatte oder mit einem Betrunkenen, der eine ihrer Karten im Müll gefunden hatte. Wieder ging mir auf, was für ein Glück ich hatte, daß ich den Smoking trug.

»Dafür muß es doch eine Erklärung geben«, sagte sie. »Sie müssen Paul von irgendwoher kennen.«

»Wie ist sein Nachname?«

»Unser Nachname – Ellis.«

Ich schüttelte den Kopf.

»Kommt mir nicht bekannt vor.«

Sie erzählte mir alles über ihn – daß er in einer Werbeagentur arbeite, auf die State University of New York in Albany gegangen und in Huntington, Long Island, aufgewachsen sei. Nichts in seinem Leben ergab Berührungspunkte. Selbst seine äußerliche Beschreibung – eins achtundachtzig, dunkles Haar, blaue Augen – kam mir nicht bekannt vor. Allmählich wurde sie genauso neugierig wie ich. »Das ist wirklich eigenartig«, sagte sie. »Lassen Sie mich nachdenken. Irgendwo muß es doch eine Verbindung geben.«

»Vielleicht kennen ja wir beide einander«, erwiderte ich.

Sie dachte darüber nach.

»Aber woher?« fragte sie. »Ich meine, ich habe wirklich nicht die leiseste Idee, wer Sie sind, und Sie kennen mich auch nicht, stimmt's?«

»Wie viele Karten haben Sie denn verschickt?«

»Gott«, antwortete sie, »an die hundert oder mehr. Paul ist ganz versessen darauf, er verschickt sie an alle seine Freunde und Verwandten, und gewöhnlich halte ich es genauso.«

»Da haben wir's«, sagte ich. »Vielleicht sind Sie meine lange vermißte Cousine.«

Sie schien nicht überzeugt, erzählte mir aber doch alles von sich. Sie hatte ihren Abschluß am Vassar College gemacht, war in Westchester aufgewachsen, arbeitete als Finanzanalystin. Dann fragte sie mich nach mir aus, und ich gab ihr einen kurzen Lebensabriß. Es stellte sich heraus, daß ihre beste Freundin auf der Highschool zur Rutgers State University of New Jersey gegangen und mit einem Typen befreundet gewesen war, der im ersten Semester in meinem Wohnheim gewohnt hatte. Mehrere Minuten lang tauschten wir »Lisa-McGuinness-Geschichten« aus, und einmal vergaß ich ganz, daß ich mich mit jemandem unterhielt, der auch eine völlig fremde Person hätte sein können. Es kam mir vor, als hätte ich sie schon mein ganzes Leben lang gekannt, und ich malte mir aus, wie es wäre, wenn sie und Paul sich als lange verlorengegangene Freunde entpuppten. Sie war sehr attraktiv, und seit der Sache mit Barbara war es mir lange nicht so leichtgefallen, mich mit einer Frau zu unterhalten. Natürlich dachte ich nicht im Traum daran, mit ihr anzubändeln, aber vielleicht hatte sie alleinstehende Freundinnen, kannte eine Frau, mit der sie mich verkuppeln konnte. Sie hatte erwähnt, daß sie und Paul im Sommer gewöhnlich ein Haus in Westhampton mieteten, und ich malte mir aus, wie es wäre, wenn ich dort im nächsten Sommer auf ein Wochenende eingeladen würde. Aber vielleicht ging ich bis dahin ja mit einer von Jennifers Freundinnen, und wir könnten uns das Haus zu viert teilen. Es war schon lange her, daß ich mal am Strand gewesen war.

Ich träumte noch immer vom kommenden Sommer, als Paul in die Eingangshalle trat. Verlegen begrüßte er Jennifer, er gab ihr einen flüchtigen Kuß und tauschte ein Hallo, aber offensichtlich wunderte er sich über den Kerl im Smoking. Paul hatte einen Straßenanzug an und trug eine Aktentasche, und obwohl er mir irgendwie bekannt vorkam, glaubte ich doch nicht, daß ich ihm je begegnet war.

Jennifer erklärte, wer ich sei und weshalb ich gekommen sei.

»Komisch, nicht?« sagte er. »Doug Holt. Ihr Name kommt mir bekannt vor, also muß ich Ihnen die Karte bewußt geschickt haben.«

Wir zogen dieselbe Masche durch und verglichen jede Phase unseres Lebens. Je länger ich ihn betrachtete, desto sicherer war ich, ihm schon einmal begegnet zu sein. Ich stellte mir vor, wie er wohl mit einem Schnurr- oder Vollbart aussähe, doch das machte die Sache auch nicht klarer.

Aber als ich erwähnte, daß ich auf die Rutgers State University of New Jersey gegangen war, hellte seine Miene sich mit einemmal auf.

»Barbara Purcell!«

Als ich diesen Namen hörte, diese Lautkombination, erschrak ich, mir wurde fast übel. Jetzt kam er mir noch bekannter vor, aber ich war immer noch nicht sicher, woher ich ihn kannte.

»Du bist Barbaras Freund, stimmt's?«

»Der war ich mal«, antwortete ich.

»Oh, ich wußte nicht, daß ihr beiden ... Jedenfalls ist die Sache ganz einfach. Erinnerst du dich nicht mehr an mich? Vor zwei Jahren, auf der Party in Hackensack? Ich bin Carol Ellis' Bruder. Du weißt doch, Carol Ellis, Barbaras beste Freundin. Wir sind uns auf der Party begegnet und haben davon gesprochen, uns mal zu sechst zu treffen – du und Barbara, ich und Jen, Carol und ihr Mann. Du hast mir deine Heimatadresse und deine Telefonnummer gegeben, und als ich nach Hause kam, habe ich sie in das Adressenverzeichnis in meinem Computer übertragen. Jeden, der in dem Verzeichnis steht, setze ich automatisch auf meine Weihnachtsliste. Also das ist die Erklärung, weshalb du die Karte bekommen hast. Da hab ich halt Mist gebaut.«

Während seiner Erklärung lächelte ich, als sei ich erleichtert darüber, daß das Rätsel endlich gelöst sei. Obwohl es mir schwerfiel, lächelte ich auch dann noch höflich, als ich seine obligatorischen Fragen beantwortete – »Na, wie geht's denn so? Wohnst du noch in New Jersey?« Als ihm die Fragen ausgingen, trat eine lange, peinliche Stille ein. Ich gehörte da nicht mehr hin, wie ich mich so mit diesen beiden Fremden unterhielt. Es war das Rätsel, das mich zu ihrem Apartmenthaus geführt hatte, und jetzt, wo das Rätsel gelöst war, war ich ein Eindringling, ein Störenfried.

Als ich durch den Central Park nach Hause lief, kam ich zu dem Schluß, daß dies vermutlich der kläglichste Tag meines Lebens gewesen war. Ich stellte mir vor, wie Paul Barbara anrief und ihr erzählte, was sich zugetragen hatte. Vermutlich würde er ihr sagen, ich hätte einen betrunkenen und deprimierten Eindruck gemacht, und wie gut sie daran getan habe, mich loszuwerden. Innerlich konnte ich Barbara lachen hören.

Als ich nach Hause kam, wollte ich die Karte in kleine Fetzen zerreißen und in den Abfalleimer werfen. Statt dessen schlief ich ein, und am nächsten Tag vergaß ich sie wieder. Weihnachten, Neujahr und fast den ganzen Januar über blieb sie auf meinem Küchentisch stehen. Schließlich wurde sie ein fester Bestandteil meines Apartments, so vertraut wie mein Bett und mein Fernseher. Ich legte sie in die Kommodenschublade, zwischen meine Socken und meine Unterwäsche, wo sie seither liegt.

Kurt Tucholsky

Groß-Stadt – Weihnachten

Nun senkt sich wieder auf die heim'schen Fluren
die Weihenacht! die Weihenacht!
Was die Mamas bepackt nach Hause fuhren,
wir kriegens jetzo freundlich dargebracht.

Der Asphalt glitscht. Kann Emil das gebrauchen?
Die Braut kramt schämig in dem Portemonnaie.
Sie schenkt ihm, teils zum Schmuck und teils zum
  Rauchen,
den Aschenbecher aus Emalch glasé.

Das Christkind kommt! Wir jungen Leute
  lauschen
auf einen stillen heiligen Grammophon.
Das Christkind kommt und ist bereit zu
  tauschen
den Schlips, die Puppe und das Lexikohn.

Und sitzt der wackre Bürger bei den Seinen,
voll Karpfen, still im Stuhl, um halber zehn,

dann ist er mit sich selbst zufrieden und im reinen:
»Ach ja, son Christfest is doch ooch janz scheen!«

Und frohgelaunt spricht er vom ›Weihnachtswetter‹,
mag es nun regnen oder mag es schnein.
Jovial und schmauchend liest er seine Morgenblätter,
die trächtig sind von süßen Plauderein.

So trifft denn nur auf eitel Glück hienieden
In dieser Residenz Christkindleins Flug?
Mein Gott, sie mimen eben Weihnachtsfrieden ...
»Wir spielen alle. Wer es weiß, ist klug.«

Patricia Highsmith

Zu Weihnachten tickt eine Uhr

»Haben Sie 'nen Franc für mich, Madame?«

So fing es an.

Michèle sah über den Arm voller Schachteln und Plastiktüten hinab auf einen kleinen Jungen in einem viel zu großen Wollmantel und mit einer Tweedmütze, die ihm über die Ohren gerutscht war. Er hatte große dunkle Augen und ein gewinnendes Lächeln. »Ja!« Sie warf ihm zwei Münzen zu, die sie nach dem Bezahlen des Taxis in der Hand behalten hatte.

»Merci, Madame!«

»Und das noch«, sagte Michèle, der auf einmal eingefallen war, daß sie kurz zuvor einen Zehnfrancschein in die Manteltasche gesteckt hatte.

Der Junge bekam den Mund nicht zu: »Ah, Madame – merci beaucoup!«

Eine Plastiktüte war ihr entglitten. Der Kleine hob sie auf.

Michèle lächelte, nahm die Tüte mit einem Finger und drückte mit dem Ellbogen auf den Türöffner. Die schwere Tür schwang klackend auf, und sie trat über die hohe Schwelle. Ein Stoß mit der Schulter ließ die Tür wieder zufallen. Sie ging über den Hof des Mietshauses; links und rechts säumten Bambusstengel den Weg wie schlanke Wächter, und neben den Pflastersteinen vor Hof E wuchsen Lorbeer und Farne. Charles würde schon zu Hause sein, es war kurz vor sechs. Was würde er zu all den Päckchen sagen und zu den mehr als dreitausend Franc, die sie heute ausgegeben hatte? Na gut, die meisten Weihnachtseinkäufe hatte sie damit erledigt, und eins war als Geschenk für Charles' Familie bestimmt – darüber konnte er sich kaum beschweren. Der Rest war für Charles und für ihre Eltern. Für sie selber war nur eins, ein Gürtel von Hermès, dem sie nicht hatte widerstehen können.

»Ah, der Weihnachtsmann!« rief Charles, als Michèle hereinkam. »Oder seine Frau?«

Sie ließ die Päckchen im Flur auf den Boden fallen. »Pu-uh! Ja, ein guter Tag. Hab viel geschafft, mein ich. Wirklich!«

»Sieht ganz so aus.« Charles half ihr, Päckchen und Tüten wieder einzusammeln.

Michèle hatte den Mantel abgelegt und war aus den Schuhen geschlüpft. Sie warfen die Päckchen auf das große Doppelbett im Schlafzimmer. Michèle redete ununterbrochen, erzählte ihm von der schönen weißen Tischdecke für seine Eltern und von dem kleinen Jungen unten vor der Tür, der sie um einen Franc angebettelt hatte. »Ein einziger Franc – nach alldem, was ich heute gekauft habe! So ein süßer Bengel, etwa zehn Jahre alt. Und sah so arm aus – seine Kleider! Genau wie in den Weihnachtsgeschichten von früher, dachte ich. Tu sais? Wenn jemand, der weniger hat, um eine Kleinigkeit bittet.« Michèle lächelte strahlend, glücklich.

Charles nickte. Michèles Familie war reich. Charles Clément hatte sich hochgearbeitet, vom Maurerlehrling mit sechzehn zum Chef seiner eigenen Firma, Athénas Constructions, mit achtundzwanzig. Mit dreißig hatte er Michèle kennengelernt, die Tochter eines Kunden, und sie geheiratet. Manchmal wurde ihm schwindelig, wenn er an seinen Erfolg dachte, im Beruf wie privat. Er vergötterte Michèle, sie war wunderbar. Aber ihm wurde klar, daß er sich leichter als den kleinen Jungen sehen konnte, der um einen Franc bettelte (was er selber nie getan hätte), als etwa Michèles Bruder, der seine Wohltaten wie seine Schwester mit einer ganz eigenen Haltung verteilte – gütig und herablassend zugleich. Diese Haltung war ihm auch bei seiner Frau bereits aufgefallen.

»Nur ein Franc?« fragte er schließlich. Und lächelte.

Michèle lachte. »Nein, ich hab ihm einen Zehnfrancschein gegeben, den hatte ich lose in der Tasche. Schließlich ist Weihnachten.«

Charles lachte leise. »Der Kleine wird wiederkommen.«

Michèle stand mit dem Gesicht zum Wandschrank vor der offenen Schiebetür. »Was soll ich heute abend anziehen? Das hellrote Kleid, das du so magst – oder das gelbe? Das Gelbe ist neuer.«

Charles legte den Arm um ihre Taille. Die lange Reihe Kleider, Blusen und Röcke sah aus wie ein Regenbogen zum Anfassen: schimmerndes Gold, samtiges Blau, Beige und Grün, Satin und Seide. Das hellrote Kleid konnte er unter all den anderen gar nicht entdecken, sagte dann aber:

»Ja, das Rote. In Ordnung?«

»Natürlich, chéri.«

Sie waren bei Freunden zum Abendessen eingeladen. Charles ging zurück ins Wohnzimmer und vertiefte sich wieder in seine Zeitung, während Michèle duschte und sich umzog. Er trug seine Hausschuhe – wie ein alter Mann, dachte er, dabei war er erst zweiunddreißig. Allerdings hatte er diese Angewohnheit schon seit seiner Jugend, als er mit seinen Eltern in Clichy gewohnt hatte. Jeden zweiten Tag war er mit nassen Schuhen und Strümpfen nach Hause gekommen, nachdem er auf einer Baustelle in Schlamm oder Wasser gestanden hatte, und Filzpantoffeln hatten sich danach gut angefühlt. Sonst aber war Charles schon ausgehfertig angezogen: dunkelblauer Anzug, ein Hemd mit Manschettenknöpfen und Seidenschlips, den er noch nicht festgeknotet hatte. Er steckte sich seine Pfeife an – Michèle würde noch eine ganze Weile brauchen – und ließ den Blick durch sein schönes Wohnzimmer schweifen, in Gedanken schon bei Weihnachten. Das erste Anzeichen für das Fest war der dunkelgrüne, rund dreißig Zentimeter große Adventskranz, den Michèle am Vormittag gekauft haben mußte. Er lehnte auf dem Eßtisch an der Obstschale. Michèle würde ihn bestimmt an den Klopfer der Wohnungstür hängen. Das Messing am Kamin, Schürhaken und Feuerzangen, glänzte wie immer, poliert von Geneviève, ihrer *femme de ménage.* Vier der guten Handvoll Ölbilder an den Wänden zeigten Michèles Vorfahren, zwei davon in weißen Rüschenkragen. Charles goß sich einen kleinen Glenfiddich ein und trank ihn unverdünnt. Der beste Whiskey der Welt, fand er. Ja, das Schicksal hatte es gut mit ihm gemeint: Komfort und Luxus, wohin er auch schaute. Er streifte seine klobigen Hausschuhe ab und trug sie ins Schlafzimmer, wo er mithilfe eines silbernen Schuhlöffels in seine Ausgehschuhe schlüpfte. Michèle im Bad war noch mit Schminken beschäftigt und summte vor sich hin.

Zwei Tage später traf sie den kleinen Jungen wieder, dem sie den Zehnfrancschein gegeben hatte. Sie hatte die Haustür schon fast erreicht, da erst sah sie ihn, denn sie war mit ihrer Aufmerksamkeit ganz bei dem weißen Pudel gewesen, den sie gerade gekauft hatte. An der Straßenecke hatte sie ihr Taxi bezahlt und führte nun den Welpen vorsichtig an seiner neuen schwarzgoldenen Hundeleine den Bordstein entlang. Der Welpe wußte nicht, wohin; Michèle mußte ihn hinter sich herziehen. Er drehte sich im Kreis, wuselte in die falsche Richtung, bis sein Halsband ihn würgte, sah dann gutmütig zu Michèle auf und trottete hinter ihr her. Ein Mann blieb stehen und betrachtete ihn bewundernd.

»Keine drei Monate«, antwortete Michèle auf seine Frage. In diesem Moment bemerkte sie den kleinen Jungen. Er trug denselben Wollmantel, den Kragen gegen die Kälte hochgeschlagen, und jetzt fiel ihr auf, daß es das Tweedjackett eines Mannes war, viel zu groß für ihn, die Ärmel aufgekrempelt, die Knöpfe versetzt, damit das Jackett enger an dem Kinderkörper anlag.

»B'jour, Madame!« sagte der Junge. »Ist das Ihr Hund?«

»Ja, hab ihn gerade gekauft.«

»Wieviel hat er gekostet?«

Sie lachte.

Der Junge zog etwas aus seiner Tasche. »Das hier hab ich Ihnen mitgebracht.«

Ein winziger Stechpalmenstrauß mit roten Beeren. Als Michèle ihn mit der freien Hand entgegennahm, bemerkte sie, daß er aus Plastik war. Die Beeren hingen an künstlichen Zweiglein, der kleine Blechtopf war zerdrückt. »Danke schön«, sagte sie amüsiert. »Und was bin ich dir dafür schuldig?«

»Gar nichts, Madame!« Stolz sah er ihr in die Augen, lächelte. Ihm lief die Nase.

Sie drückte den Türknopf ihres Hauses. »Willst du kurz mit hochkommen und mit dem Hündchen spielen?«

»Oui, merci!« Er wirkte angenehm überrascht.

Michèle ging voraus, über den Hof und in den Fahrstuhl. Sie schloß die Wohnungstür auf und ließ den Hund von der Leine. Dann gab sie dem Jungen ein Tempotaschentuch aus ihrer Handtasche, und er putzte sich die Nase. Der Junge und der Welpe verhielten sich gleich, dachte sie: sahen sich um, drehten sich im Kreis, schnieften und schnüffelten.

»Wie soll ich den Welpen nennen?« fragte Michèle. »Hast du eine Idee? Und wie heißt du?«

»Paul, Madame«, erwiderte der Junge und betrachtete wieder die Wände, das große Sofa.

»Gehen wir in die Küche. Du bekommst – eine Cola.«

Der Junge und der kleine Hund folgten ihr. Michèle stellte dem Welpen Wasser hin und holte eine Flasche Coca-Cola aus dem Kühlschrank.

Der Junge trank in kleinen Schlucken aus dem Glas, während sein Blick durch die große weiße Küche schweifte. Seine Augen erinnerten Michèle an offene Fenster. Oder an die Linse einer Kamera. »Geben Sie dem Hündchen biftek haché, Madame?« fragte der Kleine.

Michèle tat gerade mit einem Löffel rotes Fleisch aus dem Einwickelpapier auf eine Untertasse. »O ja, heute schon. Vielleicht auch jeden Tag, ein bißchen wenigstens. Später bekommt er Dosenfutter.« Als sie das Fleisch wieder verpackte, aß es der Junge mit seinem Blick förmlich auf, und spontan fragte sie: »Möchtest du was davon? Einen Hamburger?«

»Ja, auch ungebraten – ein bißchen.« Er streckte die Hand aus (schmutzige Fingernägel) und nahm, was sie ihm auf einem Teelöffel hinhielt. Paul steckte das Fleisch in den Mund.

Michèle legte das eingewickelte Fleisch zurück in den Kühlschrank und drückte die Tür zu. Irgendwie machte der Hunger des Jungen sie nervös. Natürlich bekam er nicht oft Fleisch zu essen, wenn seine Familie arm war. Sie wollte ihn nicht danach fragen. Leichter fiel es ihr, Paul kurz danach ein paar Kekse aus einer fast vollen Dose anzubieten. »Greif zu!« Sie gab ihm die ganze Dose.

Langsam, stetig aß der Junge alle Kekse auf, während er mit Michèle zusah, wie der Welpe die letzten Bröckchen von der Untertasse leckte. Dann nahm er die Untertasse und trug sie zur Spüle.

»Richtig so, Madame?«

Sie nickte. Charles und sie besaßen eine Spülmaschine und nutzten die Spüle selten für dreckiges Geschirr. Der Junge warf die leere Keksschachtel in den gelben Abfalleimer. Der Eimer war fast voll, und der Kleine fragte, ob er ihn für sie leeren solle. Michèle war verwundert, sie schüttelte kaum merklich den Kopf; ihr war, als habe sich ein Weihnachtsengel in ihr Haus verirrt. Der Junge und der weiße Welpe – der Junge so hungrig und der Welpe so jung! »Hier entlang – aber das brauchst du nicht zu tun.«

Doch der Junge wollte helfen, also zeigte sie ihm den grauen Plastiksack vor dem Dienstboteneingang, dort konnte er den Abfalleimer entleeren. Dann gingen sie zurück ins Wohnzimmer und spielten auf dem Teppich mit dem Welpen. Michèle hatte einen blauen Gummiball mit Glöckchen gekauft. Paul rollte den Ball behutsam auf das Hündchen zu. Höflich hatte er abgelehnt, den Mantel abzulegen oder sich zu setzen. Michèle bemerkte Löcher an den Fersen beider Strümpfe. Seine Schuhe waren noch schlechter dran: Risse zwischen Sohle und Oberleder. Sogar die Säume seiner Jeans waren zerschlissen. Wie sollte ein Kind bei diesem Wetter in Jeans nicht frieren?

»Merci, Madame«, sagte Paul. »Ich gehe jetzt.«

»Wuff, wuff!« kam es von dem Welpen, der wollte, daß der Junge ihm den Ball noch einmal zurollte.

Auf einmal war Michèle so verlegen, als sei sie mit einem erwachsenen Mann aus einem anderen Land, einer anderen Kultur zusammen. »Danke für deinen Besuch, Paul. Und falls wir uns nicht mehr sehen: Fröhliche Weihnachten.«

Auch Paul schien sich nicht wohl zu fühlen in seiner Haut; er wand sich und sagte: »Ihnen ebenfalls, Madame: Fröhliche Weihnachten.« Und zum weißen Welpen: »Dir auch!« Unvermittelt wandte er sich zur Tür.

»Ich würde dir gern etwas schenken, Paul«, sagte Michèle, die ihm folgte. »Wie wär's mit einem Paar Schuhe? Welche Größe hast du?«

»Ha!« Wurde der Junge etwa rot? »Zweiunddreißig. Vielleicht auch vierunddreißig, denn ich wachse ja noch, sagt mein Vater.« Er hob einen Fuß; es sah komisch aus.

»Was macht dein Vater beruflich?« Michèle war froh, daß ihr eine unverfängliche Frage eingefallen war.

»Liefert Getränke aus. Er holt Kisten von einem Laster herunter.«

Michèle stellte sich einen kräftigen Kerl vor, der von einem riesigen LKW Kisten mit Mineralwasser, Wein und Bier herabhievte und leere Kisten hinaufwarf. Solche Arbeiter sah sie täglich überall in Paris, vielleicht hatte sie ja sogar Pauls Vater schon gesehen. »Hast du Geschwister?«

»Einen Bruder, zwei Schwestern.«

»Und wo wohnst du?«

»Ach... In einem Keller.«

Michèle wollte nicht nachfragen, ob sie wirklich im Keller oder im Souterrain wohnten oder ob seine Mutter auch arbeite. Ihr Einfall, ihm Schuhe zu schenken, stimmte sie heiter. »Komm morgen gegen elf Uhr wieder, dann hab ich ein Paar Schuhe für dich.«

Paul schien ihr nicht zu glauben. Nervös wühlte er mit den Händen in den Manteltaschen herum. »Na gut. Um elf.«

Der Junge wollte alleine den Fahrstuhl nach unten nehmen, und Michèle ließ ihn gehen.

Am nächsten Morgen um kurz nach elf schlenderte Michèle über den Bürgersteig unweit ihrer Wohnung, den kleinen Hund an der Leine. Charles und sie hatten am Abend zuvor beschlossen, ihn Hesekiel zu nennen, was bereits zu Zeke verkürzt worden war. Auf einmal erblickte sie Paul, daneben ein noch kleineres Mädchen.

»Meine Schwester Marie-Jeanne.« Paul sah aus seinen großen, dunklen Augen zu ihr auf, dann hinab zu seiner Schwester, der er stumm bedeutete, Michèle die Hand zu geben.

Michèle ergriff die kleine Hand, sie begrüßten einander.

Die Schwester war eine kleinere Ausgabe ihres Bruders mit längerem schwarzem Haar. Die Schuhe – Michèle hatte Paul zwei Paar gekauft. Sie bat beide herauf. Wieder der Lift, das Öffnen der Wohnungstür, wieder dieses Staunen, diesmal in den Augen der Schwester.

»Probier sie an, Paul. Beide Paar«, sagte Michèle.

Paul saß auf dem Boden, aufgeregt und glücklich, und zog die Schuhe an. »Sie passen! Alle beide!« Zum Spaß schlüpfte er in den linken Schuh des einen und den rechten des anderen Paars.

Marie-Jeanne interessierte sich mehr für das Apartment als für die Schuhe. Michèle holte Coca-Cola. Eine Flasche für jeden dürfte reichen, dachte sie. Sie hatte die Kinder ins Herz geschlossen, fürchtete aber, es zu übertreiben, sich irgendwie nicht mehr im Griff zu haben. Als sie mit den kalten Softdrinks hereinkam, fing Zeke gerade an, auf einem der neuen Schuhe herumzukauen, und Paul mußte lachen. Rasch brachte seine Schwester den Schuh in Sicherheit, verschüttete dabei aber ein bißchen Cola auf dem Teppich. Michèle holte einen Schwamm aus der Küche, und Paul schrubbte am Fleck herum, dann spülte er den Schwamm aus.

Und auf einmal waren beide verschwunden, mit je einem Schuhkarton unter dem Arm.

Am Abend konnte Charles seinen Brieföffner nicht finden. Er lag immer auf seinem Schreibtisch, in einem Raum neben dem Wohnzimmer, der ihnen als Bibliothek und Charles als Arbeitszimmer diente. Er fragte seine Frau, ob sie ihn vielleicht genommen habe.

»Nein. Ist er runtergefallen?«

»Habe schon nachgesehen«, erwiderte Charles.

Dennoch vergewisserten sie sich noch einmal. Der Brieföffner war aus Silber; er sah aus wie ein flacher Dolch mit einem Knauf in Form einer zusammengerollten Schlange.

»Geneviève wird ihn irgendwo finden«, bemerkte Michèle, aber kaum hatte sie das gesagt, als sie schon Paul verdächtigte – vielleicht sogar seine Schwester. Sie erschauerte, wie peinlich berührt, als sei sie persönlich verantwortlich für den Diebstahl, der doch vorerst nur eine Vermutung war, keine Tatsache. Aber Michèle fühlte sich wirklich schuldig, als sie einen Blick auf das besorgte Gesicht ihres Mannes warf. Er öffnete den Brief mit dem Daumennagel.

»Was hast du heute gemacht, Liebling?« Charles lächelte schon wieder und legte den Brief in einem Geschäftsordner ab.

Michèle erzählte ihm, sie habe sich mit der Telefongesellschaft über ihre letzte Rechnung gestritten, mit Erfolg – dies hatte sie für Charles getan, der Zweifel an dem Betrag für ein Ferngespräch angemeldet hatte. Anschließend sei sie beim Friseur gewesen, doch nur für eine Stunde, dann mit Zeke dreimal Gassi gegangen und finde, der Welpe lerne schnell. Sie erwähnte weder die zwei Paar Schuhe, die sie für den Jungen namens Paul gekauft hatte, noch den Besuch des Jungen samt seiner Schwester in ihrer Wohnung.

»Außerdem hab ich den Kranz an der Tür aufgehängt«, sagte Michèle. »Nicht viel Arbeit, ich weiß, aber ist er dir denn nicht aufgefallen?«

»Doch, natürlich. Wie auch nicht?« Er nahm sie in den Arm und küßte sie auf die Wange. »Sehr hübsch, mein Schatz – der Kranz.«

Das war am Samstag. Am Sonntag arbeitete Charles wie so oft ein paar Stunden alleine in seinem Zimmer. Michèle kaufte einen kleinen Weihnachtsbaum mit Kreuzständer und verbrachte am Nachmittag Stunden damit, den Baum zu schmükken. Schließlich stellte sie ihn nicht auf den Boden, sondern auf den Eßtisch, weil der Welpe nicht aufhören wollte, mit dem Christbaumschmuck zu spielen. Michèle freute sich nicht gerade auf den obligatorischen Weihnachtsbesuch bei ihren Schwiegereltern am kommenden Montag, Heiligabend, punkt fünf Uhr: Die beiden hatten noch nie einen Baum gehabt, und selbst Charles hielt Weihnachtsbäume für eine alberne, aus England importierte Unsitte. Seine Eltern lebten in einer großen, alten Wohnung im ersten Stock eines Hauses im achtzehnten Arrondissement. Dort würden sie Geschenke austauschen und heißen Rotweinpunsch trinken, von dem Michèle stets übel wurde. Der Rest des Abends, in der Wohnung ihrer eigenen Eltern in Neuilly, versprach fröhlicher zu werden: Gegen Mitternacht würden sie kalt soupieren, Champagner trinken und im Fernsehen den Beginn des Weihnachtsfests auf der ganzen Welt verfolgen.

Das sagte sie Zeke: »Dein erstes Weihnachten! Und du bekommst – eine Truthahnkeule!«

Das Hündchen schien sie zu verstehen und tobte mit heraushängender Zunge durchs Wohnzimmer, den Schelm in seinen schwarzen Augen. Und Paul, Marie-Jeanne? Ob sie jetzt gerade guter Laune waren? Paul vielleicht, mit seinen beiden Paar Schuhen. Und womöglich fand sie noch Zeit vor Weihnachten, Marie-Jeanne eine Bluse oder ein Hemd zu kaufen, auch einen Kuchen für den anderen Bruder, die andere Schwester. Sie könnte das morgen, am Montag, erledigen, und vielleicht würde sie Paul noch treffen und ihm die Geschenke mitgeben können. Weihnachten, das hieß Geben, Teilen, mit Freunden und Nachbarn verbunden sein, sogar mit Fremden. Bei Paul hatte sie damit angefangen.

»Wau-Wau-Wauu!« jaulte der Welpe, am Boden kauernd.

»Einen Moment, Zeke, mein Schatz!« Michèle lief seine Leine holen.

Sie warf sich eine Pelzjacke über und ging mit dem Hündchen nach draußen.

Sofort zog Zeke hin zum Rinnstein; Michèle lobte ihn dafür. Der edle Feinkostladen gegenüber hatte geöffnet; dort kaufte Michèle Pralinen in einer wunderschönen Blechdose, die über hundert Franc kosteten – nur weil ihr die rote Schleife auf der Dose ins Auge gesprungen war.

»Madame – bonjour!«

Wieder sah Michèle hinab auf Paul, in das Gesicht des Jungen, der zu ihr aufblickte.

»Noch einmal joyeux Noël, Madame!« Paul strahlte und stampfte mit den Füßen auf. Er trug die neuen braunen Schuhe, seine Hände hatte er tief in den Taschen vergraben.

»Hättest du gern eine heiße Schokolade?« fragte Michèle. Gleich ein paar Meter weiter war ein bar-tabac.

»Non, merci.« Schüchtern drehte der Junge den Kopf weg.

»Oder eine Suppe!« sagte Michèle bestimmt, von ihrer Idee begeistert. »Komm mit rauf!«

»Ich habe meine Schwester dabei.« Paul fuhr herum, steif vor Kälte, und im selben Augenblick kam Marie-Jeanne aus der Bar geschossen.

»Ach, Madame, bonjour!« Marie-Jeanne grinste. Sie hielt eine blaue, handgeflochtene Einkaufstasche in der Hand, die leer zu sein schien, doch dann öffnete sie die Tasche und zeigte sie ihrem Bruder: »Zwei Schachteln, stimmt doch, oder? – Zigaretten für meinen Vater«, fügte sie für Michèle hinzu.

»Wollt ihr zwei nicht kurz mit raufkommen und

euch meinen Weihnachtsbaum anschauen?« Immer noch glühte Michèle vor Gastfreundschaft. Was war schon falsch daran, den beiden eine heiße Suppe und etwas Süßes anzubieten?

Sie kamen mit. In der Wohnung schaltete Michèle das Radio an; die Londoner BBC brachte Weihnachtslieder. Genau das richtige! Marie-Jeanne setzte sich vor dem Baum auf den Boden und plapperte mit ihrem Bruder über die schönen Präsentpakete, die sich vor dem Ständer auftürmten, über den Christbaumschmuck und die kleinen Geschenke in den Zweigen. Michèle wärmte eine Dose Erbsensuppe auf, zu der sie die gleiche Menge Milch hinzufügte. Wohltuend und nahrhaft! Der englische Knabenchor sang ein französisches Weihnachtslied, in das sie zu dritt einstimmten:

»*Il est né le divin Enfant…*
Chantez hautbois, résonnez musettes…«

Dann, wie schon beim ersten Mal, waren beide viel zu schnell wieder verschwunden, mit ihrem Gelächter und Geplapper. Zeke bellte, als wolle er sie zurückrufen, und Michèle blieb mit den leeren Suppenschüsseln und dem zerknüllten Pralinenpapier zurück. Spontan hatte sie den beiden die schöne Dose mitgegeben. Und in ein paar Minuten

TSCHU
TSCHU

mußte Charles nach Hause kommen. Michèle hatte gerade die Küche aufgeräumt und war ins Wohnzimmer zurückgekehrt, als sie das Klicken der Fahrstuhltür hörte, dann Charles' Schritte im Flur. Und gleichzeitig fiel ihr die Lücke auf dem Kaminsims auf: die Uhr – Charles' goldene Bronzeuhr! Sie konnte doch nicht verschwunden sein! Aber so war es.

Der Schlüssel drehte sich im Schloß, die Tür ging auf.

Michèle schnappte sich einen gelb eingeschlagenen Karton – Hausschuhe für Charles – und stellte ihn statt der Uhr auf den Sims.

»Hallo, Liebling!« Er küßte sie.

Charles wollte eine Tasse Tee: Draußen wurde es kälter, er hätte sich beinah erkältet, als er auf ein Taxi wartete. Michèle machte Tee für zwei und setzte sich so, daß Charles einen Sessel wählen würde, in dem er mit dem Rücken zum Kamin saß. Doch das klappte nicht; Charles nahm sich einen anderen Sessel.

»Was soll denn das Geschenk da oben?« Er meinte das gelbe Päckchen.

Charles hatte ein Auge für Ordnung. Lächelnd und immer noch gutgelaunt ließ er die erste Tasse Tee stehen und trat an den Kamin, nahm das Päckchen, drehte sich zum Weihnachtsbaum um und sah dann zurück zum Kamin: »Und wo ist die Uhr? Hast du sie weggenommen?«

Michèle biß sich auf die Zunge. So gern hätte sie gelogen und gesagt, ja, sie habe sie in einen Schrank gestellt, um auch den Kaminsims für Weihnachten dekorieren zu können, doch wäre das sinnvoll? »Nein, ich –«

»Stimmt etwas nicht mit der Uhr?« Charles wirkte jetzt ernst, so als frage er nach dem Befinden eines lieben Verwandten.

»Ich weiß nicht, wo sie ist«, sagte Michèle.

Charles runzelte die Stirn, schien auf einmal verspannt. Er warf das leichte Päckchen auf den Tisch, wo der Weihnachtsbaum stand. »Hast du diesen Jungen wieder getroffen? Hast du ihn etwa heraufgebeten?«

»Ja, Charles. Ja, ich – ich weiß, ich –«

»Und er war wohl heute nicht zum erstenmal hier?«

Michèle schüttelte den Kopf. »Nein.«

»Um Himmels willen, Michèle! Du weißt auch, wohin mein Brieföffner verschwunden ist, nicht? Aber die Uhr! Mein Gott, die ist wichtiger! Verdammt viel wichtiger. Wo wohnt dieser Bengel?«

»Keine Ahnung.«

Charles ging zum Telefon, blieb dann aber stehen. »Wann war er hier? Heute nachmittag?«

»Ja, vor knapp einer Stunde. Charles, tut mir furchtbar leid.«

»Weit weg kann er nicht wohnen. Wie mag er das angestellt haben, mit dir hier im Zimmer?«

»Seine Schwester war auch hier.« Michèle hatte ihr gezeigt, wo die Toilette war. Natürlich, Paul mußte in diesen Minuten die Uhr an sich genommen und in die blaue Einkaufstasche gesteckt haben.

Charles verstand, er nickte grimmig. »Na ja, wenn sie die versetzen, werden sie fröhliche Weihnachten haben. Und ich wette, wir sehen für lange Zeit keinen von beiden wieder – wenn überhaupt. Wie konntest du diese kleinen Gauner nur in die Wohnung lassen?«

Michèle zögerte; sein Zorn schockierte sie. Der Zorn galt ihr. »Sie froren und hatten Hunger – und waren arm.« Sie sah ihrem Mann in die Augen.

»Das war mein Vater auch«, erwiderte Charles langsam, »als er diese Uhr kaufte.«

Michèle wußte das: Die Bronzeuhr war Stolz und Freude der Familie Clément gewesen, seit Charles etwa zwölf Jahre alt war. In ihrem Arbeiterhaushalt war sie das einzige schöne Stück gewesen. Gleich bei Michèles erstem Besuch bei den Cléments war ihr die Uhr aufgefallen, denn die übrige Einrichtung war scheußlich: Möbel im style rustique, überall billiges Furnier und Resopal. Außerdem hatte Charles' Vater ihnen die Uhr zur Hochzeit geschenkt.

»Das Dreckschwein«, murmelte Charles und zog an seiner Zigarette. Er starrte auf die leere Stelle über dem Kamin. »Du kennst solche Typen vielleicht nicht, meine liebe Michèle. Aber ich. Mit denen bin ich aufgewachsen.«

»Dann solltest du mehr Mitgefühl haben! Wenn wir die Uhr nicht wiederbekommen, Charles, dann kauf ich uns eine andere, die ihr so ähnlich ist wie möglich. Ich weiß noch ganz genau, wie sie aussieht.«

Charles schüttelte den Kopf, kniff die Augen zusammen und wandte sich ab.

Michèle räumte das Teegeschirr ab und verließ das Zimmer. Zum ersten Mal überhaupt hatte sie ihren Mann den Tränen nahe gesehen.

Charles wollte nicht zu dem Diner gehen, zu dem sie abends eingeladen waren. Er fand, sie solle allein hingehen und sich irgendeine Entschuldigung für ihn ausdenken. Michèle sagte zuerst, sie werde ebenfalls zu Hause bleiben, überlegte es sich dann aber anders und zog sich um.

»Ich sehe nicht, was falsch daran sein soll, eine neue Uhr zu kaufen«, sagte sie. »Ich verstehe nicht –«

»Wirst du wohl auch nie«, unterbrach sie ihr Mann.

Michèle kannte Bernard und Yvonne Petit seit Jahren und Jahren. Beide waren schon vor der Heirat mit Charles ihre Freunde gewesen. Michèle drängte es, Yvonne die Sache mit der Uhr zu erzählen, aber das war keine Geschichte, die man bei einem Abendessen für acht von sich geben konnte, und als es Zeit für den Kaffee war, hatte sie beschlossen, sie lieber gar nicht zu erzählen: Charles war ernsthaft verärgert, und das war ihre Schuld. Als Michèle jedoch gehen wollte, fragte Yvonne sie, ob sie etwas bedrücke, was Michèle erleichtert zugab. Yvonne führte sie in eine Bibliothek, die der ihrigen ähnelte, und dort platzte Michèle mit der ganzen Geschichte heraus.

»Wir haben hier genau die Uhr, die du brauchst!« sagte Yvonne. »Bernard gefällt sie nicht einmal besonders. Ha! Schrecklich, so was zu sagen, nicht? Aber die Uhr steht gleich dort drüben, meine liebe Michèle. Sieh mal!« Yvonne rückte ein paar Weihnachtskarten beiseite, so daß auf dem Wandsims die Uhr auf ihrem konvexen Sockel deutlich zu sehen war: schwarze Zeiger und ein rundes Zifferblatt mit einer krönenden Tiara aus vergoldeten Knäufen und Schnörkeln.

Tatsächlich glich die Uhr der gestohlenen fast

wie ein Ei dem andern. Während Michèle noch überlegte, holte Yvonne aus der Küche Zeitungspapier und eine Plastiktüte und wickelte die Uhr sorgfältig ein. Sie drückte sie Michèle in die Hand. »Ein Weihnachtsgeschenk!«

»Aber bei der Sache geht's Charles ums Prinzip. Ich kenne ihn. Und du auch, Yvonne. Wäre die gestohlene Uhr ein Erbstück meiner Familie, dann würde es mir nicht so viel ausmachen, das weiß ich, selbst wenn sie mich mein Leben lang begleitet hätte.«

»Ich weiß, ich weiß.«

»Und es geht darum, daß diese Kinder arm sind – und daß Weihnachten ist. Ich habe sie heraufgebeten, Paul zuerst, da war er ohne seine Schwester unterwegs. Allein ihre strahlenden Gesichter zu sehen, war so wundervoll für mich. Sie waren so dankbar – schon für einen Teller Suppe. Paul hat mir gesagt, sie lebten irgendwo im Keller.«

Yvonne hörte zu, auch wenn ihr Michèle das nun schon zum zweitenmal erzählte. »Stell die Uhr einfach auf den Sims, dort wo die andere stand. Und dann hoffe das Beste.« Dabei lächelte sie zuversichtlich.

Als Michèle mit dem Taxi nach Hause kam, lag Charles im Bett und las. In der Küche packte sie die Uhr aus und stellte sie auf den Sims. Erstaunlich, wie sehr sie der anderen glich! Charles hinter seiner Zeitung sagte, er sei vor einer halben Stunde mit Zeke draußen gewesen. Dann verstummte er, und Michèle versuchte nicht, mit ihm zu reden.

Am nächsten Tag, Heiligabend, entdeckte Charles morgens die neue Uhr auf dem Kaminsims, als er von der Küche ins Wohnzimmer kam. Dort hatten Michèle und er gerade gefrühstückt. Empört wandte Charles sich ihr zu: »*Bon,* Michèle, das reicht jetzt.«

»Yvonne hat sie mir gegeben. Uns, meine ich. Ich dachte – nur für Weihnachten...« Was genau hatte sie sich gedacht? Wie hatte sie diesen Satz beenden wollen?

»Du verstehst eben nicht«, sagte er bestimmt. »Ich habe der Polizei gestern abend jene Uhr beschrieben. Ich bin aufs Revier gegangen, und ich habe fest vor, das Ding zurückzubekommen! Ich habe ihnen auch einen etwa ›zehnjährigen‹ Jungen und seine Schwester gemeldet, die irgendwo hier im Viertel im Keller wohnen.«

Charles klang, als habe er einem furchteinflößenden Feind den Krieg erklärt. Michèle fand das grotesk. Dann redete Charles, immer noch im Brustton kaum unterdrückten gerechten Zorns, über Unehrlichkeit, Sozialhilfe für verantwortungslose Almosenempfänger, die sie nicht verdienten, ja sich nicht einmal entsprechend Mühe gaben, über den mangelnden Respekt der Asozialen vor Privateigentum, und allmählich verstand Michèle ihn: Für Charles war es, als sei jemand in seine Burg eingedrungen, als habe seine eigene Frau dem Feind das Tor geöffnet – und als stehe sie auf dessen Seite. Bist du Kommunistin, hätte er sie ebensogut fragen können. Michèle hielt sich nicht für eine Kommunistin, nie und nimmer.

»Ich glaube lediglich, daß die Reichen teilen sollten«, unterbrach sie ihn.

»Seit wann sind wir denn reich? Richtig reich, meine ich?« versetzte Charles. »Ja, ja, ich weiß schon: Deine Familie, die ist wirklich reich, und du bist daran gewöhnt. Das hast du so mitbekommen. Ist nicht dein Fehler.«

Warum um alles in der Welt sollte es ihr Fehler sein, fragte sich Michèle. Dieses Terrain war ihr schon vertrauter: Oft genug hatte sie in Büchern und Zeitungen gelesen, daß in diesem Jahrhundert Reichtum geteilt werden müsse, sonst würde alles noch schlimm enden. »Tja, was diese Kinder betrifft – ich würd's wieder tun«, sagte sie.

Charles' Wangen zitterten vor Empörung: »Die haben uns beleidigt! Das war Diebstahl!«

Das Blut stieg ihr zu Kopfe. Sie verließ das Zimmer, genauso wütend wie ihr Mann. Aber sie meinte, nicht ganz falsch zu liegen – mehr als das, sie hatte recht. Sie sollte ihre Gedanken in Worte fassen, sich Argumente zurechtlegen. Ihr Herz raste. Sie sah kurz zur offenen Schlafzimmertür hinüber, wartete darauf, Charles zu sehen, seine Stimme zu hören, seine Bitte, zurückzukommen. Nichts, Stille.

Charles ging eine halbe Stunde später ins Büro und sagte, er werde wahrscheinlich nicht vor halb vier zurück sein. Zwischen vier und fünf wurden sie im Haus seiner Eltern erwartet. Michèle rief Yvonne an, und während sie redeten, ordneten sich ihre Gedanken, und die wenigen Tränen versiegten.

»Ich finde seine Haltung falsch«, sagte sie.

»Aber das darfst du einem Mann nicht sagen, meine liebe Michèle. Sei vorsichtig.«

Nachmittags gegen vier begann sie ganz taktvoll: Sie fragte Charles, ob ihm das Geschenkpapier des Präsents für seine Mutter gefalle. Das Päckchen enthielt die weiße Tischdecke, die sie Charles gezeigt hatte.

»Ich gehe nicht hin. Ich kann nicht.« Und trotz Michèles Protesten fuhr er fort: »Glaubst du denn, ich könnte meinen Eltern ins Gesicht sagen, daß die Uhr gestohlen ist?«

Warum die Uhr überhaupt erwähnen, dachte Michèle? Es sei denn, er wollte ihnen Weihnachten verderben. Sie wußte, daß es aussichtslos war, ihn zum Mitkommen überreden zu wollen, also gab sie gleich auf. »Ich werde gehen. Und die Geschenke nehme ich mit.« Und sie ließ Charles verärgert brütend zu Hause zurück, wo er, wie er gesagt hatte, auf einen Anruf der Polizei wartete.

Michèle war beladen mit Geschenken aufgebrochen, Geschenke für Charles wie auch für ihre Eltern. Charles hatte gesagt, er werde gegen acht in der Wohnung ihrer Eltern in Neuilly aufkreuzen. Doch er kam nicht. Michèles Eltern schlugen vor, sie solle ihn anrufen: Vielleicht war er eingeschlafen oder arbeitete und hatte darüber die Zeit vergessen. Aber Michèle rief nicht an. Bei ihren Eltern war alles so heiter und schön – der Weihnachtsbaum, Champagner in Eiskübeln, ihre eigenen schönen Geschenke, darunter ein Reiseregenschirm im Lederfutteral. Charles und die Uhr warfen einen häßlichen, schwarzen, bedrohlichen Schatten auf den goldenen Schimmer des elterlichen Wohnzimmers, und Michèle platzte wiederum mit der ganzen Geschichte heraus.

Ihr Vater lachte leise: »Ich erinnere mich an die Uhr, glaub ich jedenfalls. Nichts Großartiges. Schließlich war sie nicht von Cellini.«

»Aber es geht doch um die Gefühle, Edouard«, sagte Michèles Mutter. »Jammerschade, daß es ausgerechnet zu Weihnachten passieren mußte. Und du warst unvorsichtig, Michèle. Andererseits muß ich dir zustimmen – ja, sie sind bloß kleine Rotzbengel von der Straße. Und die Uhr war eine Versuchung für sie.«

Michèle fühlte sich weiter bestärkt.

»Ist nicht das Ende der Welt«, brummelte Edouard und schenkte Champagner nach.

Am nächsten Tag, dem ersten Weihnachtstag, dachte Michèle an die Worte ihres Vaters. Auch am Tag danach. Das Ende der Welt war es nicht, aber irgend etwas ging zuende. Die Polizei hatte die Uhr noch nicht gefunden, doch Charles gab die Hoffnung nicht auf. Er hatte mit den Beamten gesprochen – nicht ohne Nachdruck, versicherte er seiner Frau – und ihnen eine farbige Zeichnung der Uhr übergeben, die er mit vierzehn angefertigt hatte.

»Natürlich werden die Diebe sie nicht so schnell versetzen«, sagte er zu Michèle, »aber sie werden sie auch nicht in die Seine werfen. Früher oder später wollen sie Geld dafür haben, und dann kriegen wir sie.«

»Ehrlich gesagt, finde ich deine Einstellung unchristlich, ja sogar grausam«, sagte sie.

»Und deine find ich – dämlich.«

Das Ende der Welt war es nicht, aber das ihrer Ehe. Danach konnten keine Worte, keine Küsse und Umarmungen, so es sie denn gab, Michèle für die Worte ihres Mannes entschädigen. Und was genauso wichtig war: Sie spürte im Fühlen und Denken ihres Mannes eine tiefe Abneigung, einen wirklichen Widerwillen gegen sie. Und sie selbst? Empfand sie nicht ähnlich für ihn? Charles hatte das verloren, was Michèle für Menschlichkeit hielt – wenn er es je besessen hatte. Als Kind armer, unterprivilegierter Eltern hätte er mehr Mitleid haben sollen als sie, fand Michèle. Was war richtig? Was falsch? Sie war verwirrt, so wie manchmal, wenn sie über die Verse eines Weihnachtsliedes oder Gedichtes nachdachte, Verse, die ganz unterschiedlich interpretiert werden konnten – und doch suchte und fand das Herz, oder das Gefühl, anscheinend immer seinen eigenen Weg, so wie ihr eigenes Herz. Und war das nicht auch richtig? War es nicht richtig zu vergeben, zumal in dieser Jahreszeit?

Ihrer beider Freunde und Eltern rieten zur Geduld. Sie sollten sich für ein, zwei Wochen trennen; Weihnachten mache die Menschen immer nervös; Michèle könne solange zu Yvonne und Bernard ziehen – was sie auch tat. Danach könnten Charles und sie noch einmal reden. Was sie auch taten. Doch eigentlich hatte sich nichts geändert, gar nichts.

Vier Monate später waren Charles und Michèle geschieden. Und die Uhr wurde nie gefunden.

Christian Morgenstern

Das Weihnachtsbäumlein

Es war einmal ein Tännelein
mit braunen Kuchenherzelein
und Glitzergold und Äpfeln fein
und vielen bunten Kerzelein;
das war am Weihnachtsfest so grün,
als fing es eben an zu blühn.

Doch nach nicht gar zu langer Zeit,
da stands im Garten unten,
und seine ganze Herrlichkeit
war, ach, dahingeschwunden.
Die grünen Nadeln war'n verdorrt,
die Herzlein und die Kerzlein fort.

Bis eines Tags der Gärtner kam,
den fror zu Haus im Dunkeln,
und es in seinen Ofen nahm –
Hei! Tats da sprühn und funkeln!
Und flammte jubelnd himmelwärts
in hundert Flämmlein an Gottes Herz.

Muriel Spark

Der Laubkehrer

Hinter dem Rathaus befindet sich ein bewaldeter Park, der gegen Ende November anfängt, sich in eine dünne blaue Wolke zu hüllen, und normalerweise schwebt er in diesem Dunst bis Mitte Februar. Ich gehe jeden Tag vorbei und sehe in diesem Nebelschleier Johnnie Geddes das Laub zusammenkehren. Hin und wieder hält er inne, wirft seinen langen Kopf hoch und sieht ungehalten zu dem Blätterhaufen hin, als dürfte es ihn nicht geben. Dann fegt er weiter. Diese Tätigkeit hatte er während der Jahre gelernt, die er in der Anstalt verbrachte; man hatte ihm stets diese Arbeit gegeben, und als er entlassen wurde, ließ der Stadtrat ihn das Laub zusammenkehren. Die unwillige Kopfbewegung wirkt an ihm aber ganz natürlich, denn sie gehört, seit der Zeit, da er der vielversprechendste und lebhafteste und lautstärkste Hochschulabsolvent seines Semesters war, zu seinen Gewohnheiten. Er sieht viel älter aus, als er tatsächlich ist, denn vor nicht ganz zwanzig Jahren gründete Johnnie die Gesellschaft zur Abschaffung des Weihnachtsfestes.

Johnnie wohnte damals bei seiner Tante. Ich ging zur Schule, und in den Weihnachtsferien gab Miss Geddes mir das neueste Pamphlet ihres Neffen zu lesen, das den Titel *Wie man zu Weihnachten reich wird* trug. Das klang zwar sehr einleuchtend, doch es stellte sich heraus, daß man zu Weihnachten dadurch reich wird, daß man Weihnachten abschafft, und so dachte ich über Johnnies Schrift nicht weiter nach.

Das war aber bloß sein erster Versuch. Drei Jahre später hatte er bereits seine Gesellschaft der Abolitionisten gegründet. Sein neues Buch, *Weihnachten – unser Untergang,* war in der Stadtbibliothek außerordentlich begehrt, und schließlich kam auch ich an die Reihe. Diesmal überzeugte Johnnie mich wirklich, und die meisten Leute gaben sich nach der Lektüre des Buches völlig geschlagen. Kürzlich erstand ich für Sixpence ein antiquarisches Exemplar, und obgleich so viel Zeit seither vergangen ist, liefert es noch immer den schlüssigen Beweis dafür, daß Weihnachten ein nationales Verbrechen ist. Johnnie legt dar, daß jede Bevölkerungseinheit des Landes zwangsläufig verhungern wird innerhalb jener Zeit, die umgekehrt proportional ist zu derjenigen, in der eine von sechs Produktionseinheiten kein Spielzeug mehr herstellt, mit dem die Strümpfe der Bildungsempfängereinheiten gefüllt werden können, wenn Sie verstehen, was er meint. Er zitiert erschreckende Statistiken, um zu zeigen, daß 1,024 Prozent der Zeit, die alljährlich zu Weihnachten mit unbekümmerten Einkäufen und gedankenlosem Kirchgang vergeudet wird, die Nation ihrem Untergang um fünf Jahre näher bringt. Einige Leser protestierten, doch Johnnie vermochte ihre verworrenen Argumente abzuschmettern. Währenddessen wurde die Gesellschaft zur Abschaffung des Weihnachtsfestes immer größer. Indes, Johnnie war besorgt. Nicht nur wütete in jenem Jahr das Weihnachtsfest wie gewohnt im ganzen Land, er verfügte auch über geheime Hinweise, daß zahlreiche Mitglieder den Eid, sich des Festes zu enthalten, gebrochen hatten.

Da beschloß er, einen Schlag gegen die eigentlichen Wurzeln des Weihnachtsfestes zu führen. Er quittierte seinen Job bei den Wasserwerken. Er gab seine Karriere auf und zog sich, von ein paar Freunden finanziell unterstützt, für zwei Jahre zurück, um die Ursprünge des Weihnachtsfestes zu studieren. Dann schrieb er, überglücklich, sein nächstes und letztes Buch, in dem er darlegte, daß Weihnachten entweder eine Erfindung der frühen Christen war, um die Heiden versöhnlich zu stimmen, oder eine Erfindung der Heiden, um die frühen Christen versöhnlich zu stimmen – ich weiß nicht mehr, welche Version es war. Entgegen dem Rat seiner Freunde gab Johnnie seinem Buch den Titel *Weihnachten und Christentum.* Verkauft wurden achtzehn Exemplare. Johnnie hat sich davon nie recht erholt, und in dieser Zeit geschah es, daß seine Verlobte, eine glühende Abolitionistin, ihm zu Weihnachten einen selbstgestrickten Pullover schickte. Er schickte ihn nebst einem Exemplar der Statuten der Gesellschaft zurück, woraufhin sie den Ring zurückschickte. In jedem Fall aber war die Gesellschaft während Johnnies Abwesenheit von einer gemäßigten Fraktion unterwandert worden. Diese Gemäßigten wurden schließlich immer gemäßigter, und der ganze Verein löste sich auf.

Bald danach verließ ich die Gegend, und es vergingen einige Jahre, ehe ich Johnnie wiedersah. An einem Sonntagnachmittag im Sommer schlenderte ich in der Menge umher, die gekommen war, die Redner von Hyde Park zu hören. Eine kleinere Gruppe umringte einen Mann, der ein Transparent mit der Aufschrift ›Kreuzzug gegen Weihnachten‹ trug. Seine Stimme war schreckenerregend; sie trug außergewöhnlich weit. Das war Johnnie. Jemand aus der Menge sagte mir, Johnnie sei jeden Sonntag da, äußere sich sehr heftig über Weihnachten und werde wohl bald wegen Verwendung anstößiger Ausdrücke festgenommen werden. Wie ich aus der Presse erfuhr, wurde er bald wegen Verwendung anstößiger Ausdrücke festgenommen. Ein paar Monate später hörte ich, daß der arme Johnnie in einer Nervenheilanstalt sei, weil er nur noch Weihnachten im Kopf habe und nicht aufhören könne, seine Meinung darüber lautstark kundzutun.

Danach verlor ich ihn aus dem Sinn, bis ich vor etwa drei Jahren, im Dezember, in die Nähe des Ortes zog, in dem Johnnie seine Jugend verbracht hatte. Am Tag vor Weihnachten machte ich mit einem Bekannten einen Nachmittagsspaziergang, wobei ich darauf achtete, was sich während meiner Abwesenheit verändert hatte und was nicht. Wir kamen an einem langgestreckten, großen Haus vorbei, das früher für seine Waffenkammer bekannt war, und ich sah, daß die eisernen Tore weit offen standen.

»Früher waren sie immer geschlossen«, sagte ich.

»Jetzt ist eine Anstalt darin untergebracht«, sagte mein Bekannter. »Die leichten Fälle dürfen draußen arbeiten, und die Tore bleiben offen, um ihnen ein Gefühl von Freiheit zu vermitteln.«

»Aber innendrin wird alles abgeschlossen«, sagte

mein Bekannter. »Tür für Tür. Auch der Aufzug. Alles bleibt zugeschlossen.«

Während mein Bekannter noch redete, betrat ich die Toreinfahrt und warf einen Blick hinein. Unmittelbar hinter dem Tor stand eine große, kahle Ulme. Dort sah ich einen Mann in brauner Cordhose das Laub fegen. Der arme Kerl, er sprach laut vor sich hin, irgend etwas über Weihnachten.

»Das ist doch Johnnie Geddes«, rief ich. »Ist er all die Jahre hier gewesen?«

»Ja«, sagte mein Bekannter, und im Weitergehen: »Ich glaube, um diese Jahreszeit geht es ihm immer etwas schlechter.«

»Kommt seine Tante ihn besuchen?«

»Ja. Und sie besucht niemand sonst.«

Wir näherten uns jetzt dem Haus, in dem Miss Geddes wohnte. Ich schlug vor, sie zu besuchen. Ich hatte sie gut gekannt.

»Auf gar keinen Fall!« sagte mein Bekannter.

Ich beschloß trotzdem, hineinzugehen, und mein Bekannter ging weiter, zurück in die Stadt.

Miss Geddes hatte sich verändert, mehr als die Umgebung. Sie war eine ernste, ruhige Frau gewesen, und nun bewegte sie sich schnell und lächelte kurz und nervös. Sie führte mich zu ihrem Wohnzimmer, und als sie die Tür öffnete, rief sie jemand, der schon im Zimmer war, zu: »Johnnie, schau mal, wer uns besucht!«

Ein Mann in dunklem Anzug stand auf einem Stuhl und brachte Stechpalmenzweige hinter einem Bild an. Er sprang herunter.

»Gesegnete Weihnachten!« rief er. »Gesegnete und fröhliche Weihnachten! Hoffentlich bleiben Sie zum Tee«, sagte er, »wir haben nämlich einen wunderbaren Weihnachtskuchen, und weil es das Fest der Liebe ist, würde ich mich freuen, wenn Sie sehen könnten, wie schön er dekoriert ist. Es steht ›Frohe Weihnachten!‹ in rotem Zuckerguß darauf, und ein Rotkehlchen gibt es auch...«

»Johnnie«, sagte Miss Geddes, »du vergißt die Weihnachtslieder!«

»Die Weihnachtslieder«, sagte er. Er nahm eine Schallplatte von einem Stapel und legte sie auf. Es war *The Holly and the Ivy*.

»Das ist ja *The Holly and the Ivy*«, rief Miss Geddes. »Kannst du nicht was anderes auflegen? Das haben wir schon den ganzen Vormittag gehört.«

»Es ist großartig«, sagte er strahlend und hob, Ruhe gebietend, die Hand.

Während Miss Geddes den Tee holte und er in das Weihnachtslied versunken dasaß, beobachtete ich ihn. Er ähnelte Johnnie dermaßen, daß ich ihn, wenn ich den armen Johnnie nicht kurz zuvor im Anstaltspark das Laub hätte aufkehren sehen, tatsächlich für Johnnie gehalten hätte. Miss Geddes kam mit dem Tablett zurück, und als er aufstand, um eine andere Platte aufzulegen, sagte er etwas, was mich verblüffte.

»Ich habe dich an dem Sonntag, als ich im Hyde Park sprach, in der Menge gesehen.«

»Was für ein Gedächtnis du hast!« sagte Miss Geddes.

»Es muß zehn Jahre her sein«, sagte er.

»Mein Neffe hat seine Ansichten über Weihnachten geändert«, erklärte sie. »Inzwischen kommt er Weihnachten immer nach Hause, dann haben wir immer ein paar schöne Tage, stimmt's, Johnnie?«

»Freilich«, sagte er. »Ach, laß mich mal den Kuchen anschneiden.«

Der Kuchen faszinierte ihn. Schwungvoll stach er das große Messer hinein. Es rutschte ab und stach tief in seinen Finger. Miss Geddes rührte sich nicht. Er drehte den verletzten Finger weg und fuhr fort, den Kuchen in Scheiben zu schneiden.

»Blutet es nicht?« fragte ich.

Er hielt die Hand hoch. Ich konnte den tiefen Schnitt erkennen, aber Blut war nicht zu sehen.

Absichtlich, und vielleicht auch aus Hilflosigkeit, wandte ich mich Miss Geddes zu.

»Dieses Haus da oben«, sagte ich, »ich habe gesehen, daß es inzwischen eine Irrenanstalt ist. Heute nachmittag bin ich daran vorbeigekommen.«

»Johnnie«, sagte Miss Geddes wie jemand, der weiß, daß das Spiel aus ist, »geh und hol die Pastetchen!«

Er ging, ein Weihnachtslied pfeifend.

»Sie sind also an der Anstalt vorbeigekommen«, sagte Miss Geddes müde.

»Ja«, sagte ich.

»Und Sie haben Johnnie das Laub kehren sehen.«

»Ja.«

Wir hörten noch immer, wie das Weihnachtslied gepfiffen wurde.

»Wer ist denn *er*?« fragte ich.

»Das ist Johnnies Geist«, sagte sie. »Er kommt jede Weihnachten nach Hause.

Aber ich kann ihn nicht leiden«, sagte sie. »Ich halte es nicht mehr aus. Morgen reise ich ab. Ich will nicht Johnnies Geist. Ich will Johnnie, wie er leibt und lebt.«

Mich schauderte bei dem Gedanken an den verletzten Finger, der nicht bluten konnte. Und ich ging, ehe Johnnies Geist mit den Pastetchen zurückkehrte.

Tags darauf – ich sollte mich bei einer Familie melden, die in der Stadt wohnte – machte ich mich um die Mittagszeit auf den Weg dorthin. Wegen des leichten Nebels erkannte ich zuerst nicht, wer sich mir näherte. Es war ein Mann, der mir zuwinkte. Es stellte sich heraus, daß es Johnnies Geist war.

»Fröhliche Weihnachten! Was sagst du dazu«, rief Johnnies Geist, »meine Tante ist nach London gefahren. Stell dir vor, an Weihnachten, und ich dachte, sie ist in der Kirche, und ich stehe hier und habe niemand, mit dem ich Weihnachten feiern kann, aber ich verzeihe ihr natürlich, es ist ja das Fest der Liebe, und ich freue mich, dich zu sehen, weil ich jetzt mitkomme, wohin du auch gehst, und wir können ein fröhliches…«

»Laß mich in Ruhe!« sagte ich und ging weiter.

Es klingt roh. Aber vielleicht wissen Sie nicht, wie abstoßend und widerlich der Geist eines lebenden Menschen ist. Die Geister der Toten, meinetwegen, aber bei dem Geist des verrückten Johnnie bekam ich eine Gänsehaut.

»Verschwinde!« sagte ich.

Er ging neben mir her. »Da es das Fest der Liebe ist, werde ich deinen Ton mit Nachsicht behandeln«, sagte er, »aber ich werde mitkommen!«

Wir hatten die Tore der Anstalt erreicht, und dort, auf dem Grundstück, sah ich Johnnie das

Laub kehren. An Weihnachten zu arbeiten war wohl seine Art zu streiken. Er machte lautstarke Bemerkungen über Weihnachten.

Einer plötzlichen Eingebung folgend, sagte ich zu Johnnies Geist: »Du willst Gesellschaft?«

»Gewiß«, erwiderte er. »Es ist das Fest der…«

»Du sollst sie haben«, sagte ich.

Ich stand in der Toreinfahrt. »He, Johnnie!« rief ich.

Er sah auf.

»Ich habe deinen Geist mitgebracht, Johnnie. Er will dich besuchen.«

»So, so«, sagte Johnnie und näherte sich seinem Geist. »Sieh mal an!«

»Fröhliche Weihnachten!« sagte Johnnies Geist.

»Ach ja?« sagte Johnnie.

Ich überließ sie sich selbst. Und als ich mich umblickte, neugierig, ob sie wohl übereinander herfallen würden, sah ich, daß Johnnies Geist ebenfalls Laub kehrte. Gleichzeitig schienen sie sich zu streiten. Aber es war noch immer neblig, und ich kann wirklich nicht sagen, ob es, als ich mich ein zweites Mal umblickte, zwei Männer waren, die das Laub kehrten, oder nur einer.

Johnnie machte im neuen Jahr langsam Fortschritte. Schließlich hörte er auf, über Weihnachten herumzuschreien, und dann verlor er kein Wort mehr zu diesem Thema. Nach ein paar Monaten, als er fast überhaupt nichts mehr sagte, wurde er entlassen.

Der Stadtrat ließ ihn das Laub im Park kehren. Er spricht selten und erkennt niemanden. Gegen Jahresende sehe ich ihn jeden Tag im Nebel arbeiten. Manchmal, wenn plötzlich ein Windstoß geht, wirft er den Kopf hoch, um zu beobachten, wie hinter ihm ein paar Blätter zu Boden fallen, als wäre er erstaunt, daß es sie tatsächlich gibt, obwohl, von Rechts wegen, das Fallen der Blätter eigentlich abgeschafft gehörte.

Urs Widmer

Weihnachten

Es sprach der Ochs zum Es:
wie lieb er trinkt, der Jes.
Auch wir woll bißchen prostern
So bis so gegen Ostern.

Die Tier im heilig Stall
griff froh zur Flaschen all.
Wed Es noch Ochs warn schüchtern.
Mar, Jos und Jes blieb nüchtern.

Jes schlief, Mar träumt, doch Jos
schaut auf sein Frau ziem bos.
Der Es sagt: Jos, übs Jahr
hast du vergess wies war.
Dann weihnacht es schon wieder
und du sing Weihnachtslieder.

Philippe Djian

Aspirin

Am Tag vor Weihnachten brach sich Marlène den Arm, und ich mußte sie wieder ins Krankenhaus bringen. Ich hatte eigentlich vorgehabt, die Feiertage zu nutzen, um uns das Leben etwas zu versüßen, aber alles schien danebenzugehen, selbst das Wetter hatte es auf uns abgesehen, draußen tobte ein Schneesturm, den der Wetterdienst nicht angekündigt hatte, so eine richtige Sauerei mit heftigen Böen, die ich durchs Fenster beobachtete, während Marlène auf einen Hocker geklettert war, um den Weihnachtsbaum zu schmücken. Ich sagte mir gerade, daß uns nichts zwang, innerhalb der nächsten vierundzwanzig Stunden den Fuß vor die Tür zu setzen, als sie mit dem Baum nach hinten stürzte und mitten im Kamin landete. Auf dem ganzen Weg machte ich mir Vorwürfe, daß ich ihr erlaubt hatte aufzustehen, denn sie war noch ziemlich schwach. Mein Leben lang werde ich nicht den Gestank nach versengtem Schwein vergessen, der das Auto durchzog – sie trug einen Angorapullover, den die Flammen vorn abrasiert hatten, und ich nehme an, daß auch ihr Haar dabei nicht verschont geblieben ist –, während ich bei einer Sichtweite, die kaum besser war als die im Arschloch eines Affen, auf die Stadt zuraste und Marlène neben mir stöhnend in Ohnmacht fiel, ein Knochen ihres Unterarms ragte wie der Vordersteven eines kleinen U-Boots aus ihrem Ärmel hervor.

Als sie uns im Krankenhaus ankommen sahen, glaubten sie erst an einen Scherz.

Keine achtundvierzig Stunden zuvor hatten sie Marlène infolge einer Fehlgeburt in der Unfallstation aufgenommen, und schon dabei hatte ich das Gefühl gehabt, wir würden den Schock nicht überstehen. Vor allem Marlène, um ehrlich zu sein.

Diesen verdammten Weihnachtsbaum zu schmücken, war das erste und einzige gewesen, was sie tun wollte, als sie endlich doch noch den Mund aufmachte, und das schien mir eine ausgezeichnete Idee zu sein, eine angenehme, ganz ungefährliche Beschäftigung für eine Genesende, die völlig mit den Nerven fertig war. Hinzu kam, daß ich auf die Siebzig zuging und jede Form von Kletterei vermied, wenn ich nicht dazu gezwungen war – außer wenn mir Marlène dabei zusah. Wie dem auch sei, eine Krankenschwester warf mir einen verächtlichen Blick zu, während ich im Flur wartete, und überhaupt spürte ich, daß man mir diesen dummen Unfall zum Vorwurf machte, als sei ich ein Vater, der nicht genug auf seine kleine Tochter achtgab. Bei der Fehlgeburt vor zwei Tagen war es mir genauso ergangen, als sei der Samen eines Mannes in meinem Alter zwangsläufig an so einem Mißgeschick schuld, als sei mein Saft nichts mehr wert und im Körper dieses armen Mädchens vergammelt. Na ja, ich konnte ihren Standpunkt verstehen.

Sie kamen, um mir zu sagen, daß sie Marlène bis zum nächsten Tag zur Beobachtung dabehalten wollten, und erlaubten mir nicht, die Nacht bei ihr zu verbringen, ohne mir übrigens eine stichhaltige Erklärung dafür zu liefen. Ich fuhr also nach Hause zurück und hatte dabei solche Mühe, mich auf das Fahren zu konzentrieren, daß ich nur wie durch ein Wunder nicht im Graben landete, außerdem war das Schneegestöber so dicht, daß ich so gut wie nichts sah. Noch bevor ich meinen triefenden Anorak auszog, rief ich an, um mich nach ihrem Befinden zu erkundigen, ich gab mich dabei als ihr Hausarzt aus und bekam zur Antwort, es gehe ihr den Umständen entsprechend gut und man habe ihr ein Schlafmittel gegeben.

Erschöpft setzte ich mich einen Augenblick hin. Anschließend richtete ich die Tanne auf und überlegte mir, wie ich sie so aufstellen konnte, daß sie nicht mehr umfiel, während ich ringsumher den Boden gründlich fegte, um auch nicht den kleinsten Glassplitter zurückzulassen, denn Marlène hatte die Angewohnheit, im Haus barfuß zu laufen.

Ich beschloß, die Tanne auf dem Fußboden festzunageln. Ich ging in den Schuppen, um Werkzeug und Holzbretter zu holen, dann machte ich mich an die Arbeit. Aus Draht stellte ich Spannseile her, die wie Klaviersaiten klangen. Draußen pfiff der Wind, und ich hörte, wie die Bäume knarrten, aber meiner bewegte sich keinen Millimeter mehr. Wo ich schon dabei war und zugleich, um mich zu beschäftigen, verstärkte ich den Hocker.

Für Marlène hatte ich zuvor schon den Eßzimmertisch abgesägt, da sie ihn zu lang fand. Eine Tür, an der sie sich gestoßen hatte, und eine Küchenschublade, in der sie sich einen Finger gequetscht hatte, zugenagelt. Unser Bett erhöht, das stille Örtchen mit ungebeiztem Kiefernholz getäfelt, zwei Pfähle für ihre Hängematte auf halbem Weg zwischen Kamin und Fenster errichtet, alle möglichen Dinge irgendwo angenagelt, um ihr einen Gefallen zu tun, eine kleine Treppe, die nirgendwohin führte, an einer Wand im Wohnzimmer angebracht, weil sie sich so gern auf Stufen setzte. Ich war nicht sehr geschickt und gab mich nicht weiter mit Feinheiten ab. Holz, eine Säge, ein Hammer und Nägel waren alles, was ich brauchte, die Qualität meiner Bastelarbeit interessierte weder Marlène noch mich, Hauptsache, es hielt und ging schnell. Wir hatten nicht *Heim & Garten* abonniert, keine Zeit zu verlieren und empfingen keine Gäste. Ich hätte Ihnen in knapp drei Minuten einen Wandschrank bauen können. Doch ich arbeitete eben ausschließlich für Marlène.

Gegen zehn rief ich noch einmal an, doch sie erkannten mich und schickten mich zum Teufel. Ich hatte den Eindruck, daß es die Stimme dieser Krankenschwester war. Wie dem auch sei, ich war es gewohnt, daß man mich für einen alten Lüstling hielt, wenn man mich mit Marlène zusammen sah, und das war ich vermutlich auch, wenn man bedenkt, was sie mir in sexueller Hinsicht gab, die Leute hatten also gar nicht so unrecht, und ich legte auf, ohne zu motzen. Dennoch schnürte es mir die Brust zu, und ich mußte mich eine Weile mit zitternden Knien hinsetzen.

Was für ein hundsmiserables Jahresende für sie und mich! ... Wie lange war es her, daß wir beide das letzte Mal so richtig gelacht hatten, ohne uns über die gräßlichen Dinge Sorgen zu machen, die uns erwarteten?! Selbst bei ihrer Schwangerschaft hatten wir nur eine winzige Chance gehabt, aber das hatte uns vollauf genügt. Ich hatte Räder, hätte einen Kinderwagen bauen können und dann hätten wir ja gesehen, wie es weitergehen würde. Statt dessen sollten wir gar nichts sehen. Sie lag mit leerem Bauch und gebrochenem Arm im Krankenhaus. Soweit ich zurückdenken konnte, hatte ich mich in meinem ganzen Leben noch nie so hilflos gefühlt. Und die Tanne, die ich auf dem Parkett festgenagelt hatte, wirkte ziemlich idiotisch.

Marlènes Esel begann in der Garage zu schreien. Es war ein ruhiges, braves Tier, aber es war gewohnt, zu festen Zeiten zu fressen. Und inzwischen war es schon nach elf, daher blieb mir nichts anderes übrig, als aufzustehen, um ihm sein Futter zu bringen, obwohl ich derart deprimiert war, daß ich vermutlich selbst dann keinen Finger gerührt hätte, wenn ein Blitz eingeschlagen hätte. »So, Bobby, gleich ist es soweit...«, beruhigte ich ihn, während sich unsere Blicke begegneten. Ich schleppte einen Heuballen herbei und blieb eine Weile neben Bobby stehen, damit er sich nicht gekränkt fühlte. Ich nutzte die Gelegenheit, um seinen Rücken an der Stelle zu streicheln, auf die Marlène gewöhnlich ihren Hintern setzte. Ich legte meine Wange an seine Flanke, an die Stelle, auf die sie ihren Schenkel legte. Dann ging ich in den ersten Stock, um in ihren Höschen zu wühlen, denn ich war von einer tiefen Schwermut erfüllt, die völlig übertrieben wirken mag, aber das ändert auch nichts an der Sache.

Uns blieb nicht mehr viel Zeit, weder ihr noch mir. Die Resultate ihrer letzten Untersuchung waren nicht gut, und was mich betraf, so mußte ich jetzt für das ausschweifende Leben büßen, das ich früher geführt hatte, und war nicht mehr imstande, in Shorts durch die Gegend zu rennen wie so mancher Rentner in meinem Alter. Mein neu erwachtes total verrücktes Sexualleben mit einer Fünfundzwanzigjährigen, die schon so einiges hinter sich hatte, verlangte mir meine letzte Energie ab. Ich schäme mich nicht, es einzugestehen: Wenn sie mit mir fertig war, besaß ich nicht einmal mehr die Kraft, mir ein Glas Wasser zu holen, meine Beine knickten ein wie Streichhölzer, ich konnte nur noch stottern, und nachdem ich ejakuliert hatte, zitterten meine Muskeln noch eine ganze Weile. Hinzu kam, daß ich ernsthaft in sie verliebt war. Ich brachte ihr eine Leidenschaft entgegen, zu der kein jüngerer Kerl je fähig gewesen wäre und die ich selbst immer als etwas Wahnwitziges betrachtet hatte, das einem geradezu Schiß machen konnte. Doch solche Ängste kümmern einen nicht mehr, wenn man älter ist, dann kann man machen, was man will und sich endlich so richtig gehenlassen. Die Frage ist nur: wie lange noch?

Ich richtete mich mit einem Ruck im Bett auf und zog den Kopf aus dem Berg Unterwäsche, in deren Wärme ich mich schon eine ganze Weile meinen Träumen überlassen hatte. Mein Gott, das Essen für Heiligabend!!! Das hatte ich darüber total vergessen! Nichts war fertig. Und ich hatte nicht mal eine Idee. Wir sprachen gerade darüber, als die Tanne mit ihr umkippte. Ich war also noch keinen Schritt weitergekommen, und jetzt war ich allein, mußte ganz allein ein Problem angehen, das mich nur mäßig interessierte, denn ich hatte nicht mehr den gleichen Appetit wie früher und mußte mich die meiste Zeit zum Essen zwingen. Na ja, wie dem auch sei, ich ging in die Küche, um weiter darüber nachzudenken, und begann aus den Zutaten, die wir im Haus hatten, einen Kuchen zu backen, genauer gesagt eine Art Weihnachtsstollen, wobei ich die ganze Zeit an sie dachte. Während draußen der Schneesturm tobte und der Wind mit dem Klang einer Hirtenflöte unter der Tür hereinpfiff, wirbelte Mehl um mich herum.

Am Sonntagmorgen machte ich mich schick. Ich glättete mir das Haar, zog einen Anzug an usw. Ich erwartete mir davon kein Wunder – ich gebe zu, daß ich trotz allem noch älter aussah, als ich wirklich war –, aber ich wollte Marlène einen festlichen Empfang bereiten. Ich hatte auch Bobby gestriegelt, seine Streu erneuert, und dann war ich so lange an der Strippe geblieben, bis man mich mit ihr verband, und vor Freude darüber, ihre Stimme zu hören, stiegen mir Tränen in die Augen. Aber die Straße war noch immer nicht geräumt, und Marlène überredete mich, sie nicht abzuholen, weil sie wußte, was für ein schlechter Fahrer ich sogar bei normalem Wetter war.

Dabei war es inzwischen wieder schön geworden. Der Himmel war klar, eine glitzernde Schneedecke lag wie ein weiches Daunenbett auf den Feldern und erstreckte sich bis zur gut sechs Kilometer entfernten Stadt, die im schräg einfallenden Licht der ersten Sonnenstrahlen aus einem leicht dunstigen Kessel auftauchte. Mit letzter Verzweiflung krempelte ich mir die Hosenbeine hoch und schippte mir einen Weg bis zur Straße. Davon war ich völlig ausgelaugt.

Später hörte ich, wie ein Schneepflug brummend am Haus vorbeifuhr. Ich zersägte gerade beim Klang von Weihnachtsliedern aus meinem Transistorradio ein paar Bretter und dachte an das Kind, das wir nicht bekommen hatten. Marlène war überzeugt, daß das alles geändert und wir unsere Ketten wie durch einen Zauber gesprengt hätten. Das

war natürlich unmöglich, es sei denn, man schaffte es, die Gesetze der Natur auf den Kopf zu stellen, aber sie hatte es mir so oft gesagt, daß ich schließlich Zweifel bekam und manchmal die Zukunft nicht mehr ganz so düster vor mir sah. Ich stellte mir schon vor, wie es mit mir wieder aufwärts ging, ich hier und dort ein bißchen bastelte, für rechtschaffene Leute ein paar Sachen zimmerte und ein ruhiges Leben führte, während Marlène wieder auf die Beine kam, richtig gesund wurde und mit unserem Kind im Arm auf Bobbys Rücken durch die Gegend ritt. Ich hätte es sogar hingenommen, wenn der kleine Wurm von jemand anderem gewesen wäre, vorausgesetzt, man verspräche mir auch nur halb soviel Erleichterung, wie ich mir davon erhoffte. Doch das einzige, was ein vernünftiger Mensch in seinem Leben herzustellen versuchen sollte, ist sein Sarg. Ich schlug aufs Geratewohl ein paar Nägel in meine Hobelbank, um meine Wut und meinen Frust an irgend etwas auszulassen, während Bobby mir mißtrauisch zusah.

Es klopfte an die Tür. Durch das Fenster im Schuppen konnte ich nur das Dach eines blauen Kombis erkennen, der auf der Straße parkte. Das Fahrzeug sagte mir nichts. Ich hatte keine Lust, die Tür zu öffnen. Ich wollte mich noch mit ein paar weiteren Hammerschlägen abreagieren und ernsthaft über das Weihnachtsessen nachdenken, für das bisher nur der Nachtisch geregelt war, und selbst damit war ich nicht sehr zufrieden.

»Jo!« hörte ich durch die Tür. »Seien Sie nicht kindisch, machen Sie auf!«

Es war die Stimme einer Frau, die ich nicht kannte. Eine seltsam sanfte und zugleich befehlende Stimme. Doch ich beschloß mich totzustellen.

»Ich heiße nicht Jo«, hörte ich mich dennoch antworten.

»Jo oder nicht, machen Sie die Tür auf.«

Widerwillig gab ich nach, um der Sache möglichst schnell ein Ende zu machen, und stand plötzlich einer großen Blonden gegenüber, die ganz mein Typ war, wenn ich mal von einer anderen Frau als Marlène träumte und mich noch in der Haut eines rüstigen, gutaussehenden Mannes wähnte. Es schnürte mir leicht das Herz zusammen, und ich schämte mich ein wenig für meinen Zustand.

»O là là ...«, rief sie, als sie hereinkam. »Hier sieht's ja aus wie in einer Höhle!«

Tatsächlich war das Holz, das ich verwandte, unbehandelt und stark nachgedunkelt. Es stammte von Kisten, die ich auf dem Parkplatz eines Umzugsunternehmens abstaubte, und die Beschriftung OBEN, UNTEN, ZERBRECHLICH, die in großen schwarzen Lettern meine selbstgezimmerte Inneneinrichtung an verschiedenen Stellen zierte, verschluckte noch mehr Licht. Aber wie gesagt, Marlène und ich hatten andere Sorgen. Wer weiß, vielleicht wären wir unter günstigeren Umständen auf die Idee gekommen, das eine oder andere Teil hell zu streichen?

Ich blickte meine seltsame Besucherin fragend an – sie hatte nicht abgewartet, daß ich ihr einen Platz anbot, sondern sich auf eine Kiste gesetzt, die sie wohl mit einem Möbelstück verwechselte.

»Ich habe lange mit der Kleinen gesprochen«, verkündete sie mir ohne Umschweife.

Ich begriff sehr schnell, daß es zwecklos war, ihr gegenüber den Schlaumeier zu spielen. Sie kannte mein Leben in allen Einzelheiten, wußte alles über meinen Gesundheitszustand, zählte für den Fall, daß ich noch Zweifel hatte, die Liste meiner kleinen Wehwehchen auf, also all die Dinge, die man nur selbst weiß und sich hütet auszuposaunen. Es war ein äußerst unangenehmer Moment für mich, all das aus dem Mund einer verdammt hübschen Frau zu vernehmen. Unter diesen Umständen konnte ich es mir nicht leisten, Stielaugen zu kriegen, wenn sie die Beine übereinanderschlug! Also kurz gesagt, ich konnte ihr nichts vormachen, weder was mich, noch meine Beziehung mit Marlène anging. Sie können es glauben oder nicht: Sie wußte sogar, wovon wir träumten, an was für verrückte Hoffnungen wir uns klammerten und wie gering unsere moralische Standhaftigkeit angesichts eines etwas fragwürdigen Angebots sein würde.

»Was soll das heißen, wo er herkommt?! Aber Jo, Sie wissen doch genau, daß Ihnen das völlig egal ist…«

Es war nicht leicht, das zuzugeben, aber sie hatte recht.

»Hören Sie, wenn wir schon mal bei diesem Thema sind…«, erklärte ich, »können Sie mir vielleicht sagen, ob ich ein Scheusal bin?«

»Nicht im geringsten! …«, beruhigte sie mich. »Die meisten Leute sind genau wie Sie, was glauben Sie eigentlich?! …«

Anschließend gingen wir nach draußen zu ihrem Kombi, das Licht war geradezu göttlich, jedes Teilchen schien WEIHNACHT! WEIHNACHT! WEIHNACHT! zu singen und sich dabei in völliger Hochstimmung um die eigene Achse zu drehen. Ich freute mich, daß ich mir für diese Gelegenheit einen Anzug angezogen, mich rasiert und gekämmt hatte, was mir ein sehr vorteilhaftes Äußeres verlieh.

In dem Augenblick, da sie ihren Kofferraum öffnete, kamen zwei Typen in einem nagelneuen

Lieferwagen an, ein Weißer und ein Schwarzer, die sehr sympathisch wirkten. Sie schüttelten mir die Hand, während die Blonde ihnen verschiedene Anweisungen gab, die die beiden sofort bereitwillig ausführten.

»Wollen Sie ihn auf dem Arm tragen?« fragte sie mich. »Sonst lasse ich Ihnen gern die Wiege da.«

Als ich ihn in die Arme nahm, verschlug es mir fast den Atem. Ich war kurz davor, in Ohnmacht zu fallen, und peilte schon vorsorglich einen Schneehaufen an, der meinen Sturz dämpfen würde, doch da öffnete der Kleine die Augen und blickte mich an, so daß ich durchhielt und mich auf den Weg ins Haus machte, nachdem ich schnell einen Blick nach links und rechts geworfen hatte.

Die Blonde und ich setzten uns an den Tisch, während die beiden Typen zwischen dem Lieferwagen und dem Haus hin- und herliefen und mein Wohnzimmer in ein Schmuckkästchen verwandelten, Tischtücher ausbreiteten, Gardinen vor die Fenster hängten, Leuchter aufstellten, Räucherkerzen ansteckten, Lichterketten anschlossen und was weiß ich alles. Ich war wie betäubt, unfähig, ein Wort hervorzubringen, und sei es nur eine Banalität.

»Versuchen Sie, der Sache das Beste abzugewinnen«, flüsterte sie mir zu und streifte dabei leicht meine Hand. »Stellen Sie sich keine Fragen, die Sie nicht beantworten können. Wissen Sie, selbst mir bleibt da einiges unbegreiflich...«

»Ja, aber warum ausgerechnet *wir*?!« brachte ich mit Mühe hervor.

Sie zuckte die Achseln. Dann blickte sie sich mit zerstreuter Miene um, während die beiden Typen Speisen in die Küche trugen.

»Wenn Sie ›wir‹ sagen, ist wohl eher Marlène gemeint...«, klärte sie mich schließlich halbherzig auf.

Anschließend stand sie auf und behauptete, sie hätten noch einen langen Weg vor sich. Sie ließen mir Geld da, was mir endgültig die Sprache verschlug. Da ich noch immer den Kleinen im Arm hielt, stopften sie mir ganze Bündel in die Taschen meiner Jacke und meiner Hose.

Ich muß zugeben, daß ich völlig aufgeregt war, während ich darauf wartete, daß Marlène zurückkam. Ich ging in der Wohnung auf und ab, drückte den Kleinen an mich und legte ihn dann wieder schnell in die Wiege und wußte nicht, ob ich überglücklich oder zutiefst verängstigt sein sollte. Ich lief in die Küche, probierte das eine oder andere Gericht, war begeistert davon, wie gut alles schmeckte, und gleich darauf krümmte ich mich vor Magenschmerzen. Ich zählte die Geldscheine und lachte mir dabei ins Fäustchen, doch dann wurde mir plötzlich klar, daß sie der Preis für mein Schweigen waren, die Flasche Schnaps, die man dem Säufer gibt, damit er sich nicht zu viele Fragen stellt. Ich jubilierte eine Minute und jammerte in der nächsten. Mal hatte ich das Gefühl, daß Marlène und ich aus dem Schlimmsten heraus waren, mal ließ ich mich mit zugeschnürtem Herzen auf einen Stuhl sinken.

Als sie ankam, bemerkte ich trotz ihres Gipsverbands, daß sie nicht so blaß war wie sonst.

Es dauerte eine Weile, ehe sie wieder auf den Boden zurückkam. Gut zehn Minuten, wie ich schätzte, ehe sie sich um mich kümmerte und sich dazu bereit fand, mich in die Arme zu nehmen, und zwar viel flüchtiger, als ich es mir erhofft hatte. Sie konnte es gar nicht erwarten, den Säugling wieder an ihre Brust zu drücken, den Zimmerschmuck zu untersuchen und eine Bestandsaufnahme des Festessens zu machen, das uns in der Küche in großen Schüsseln erwartete, deren Deckel sie genüßlich hob – ich fragte mich übrigens, ob ein Pfandbetrag dafür berechnet war und wo man ihn sich auszahlen lassen konnte.

»Marlène…«, sagte ich.

Aber vorher sollten wir noch Bobby besuchen, ich sollte einen Schrank im Schlafzimmer leer räumen, um die Sachen für den Kleinen unterzubringen, ich sollte ihr ein Bad einlassen und mit dem Ellbogen prüfen, ob das Wasser nicht zu heiß war.

»Marlène...«, sagte ich noch einmal, als sie mich endlich zu Wort kommen ließ. »Wir müssen uns mal ernsthaft unterhalten.«

»Einverstanden. Aber mach erst eine Flasche Champagner auf.«

Als die Abenddämmerung anbrach, hatte ich die Situation nicht mehr im Griff. Der Champagner, der mir zu Kopf stieg, und Marlènes geringe Bereitschaft, mir gewisse Erklärungen zu geben, sorgten dafür, daß sich das Problem in meinem Hirn allmählich verflüchtigte. Der außerordentliche Ausdruck des Friedens, der auf ihrem Gesicht lag, störte mich immer weniger, je weiter der Uhrzeiger vorrückte und ich wieder ein Glas leerte. Meine einzige Sorge bestand darin, daß ich völlig unbeteiligt an alldem war, aber von diesem wunden Punkt mal abgesehen – hatte ich ihr das nicht immer und besonders in der letzten Zeit gewünscht? Was wollte ich denn eigentlich wissen? Auf was für einen Handel sie sich eingelassen hatte und welche Klauseln dieser Vertrag enthielt? Wer diese Leute waren, was sie von uns wollten und was auf uns zukam? Ja, ja, das war mal wieder so eine typische Reaktion von mir! Immer gleich schwarzsehen und allem mißtrauen, wie ein alter Giftzwerg! Nicht fähig, mich in aller Ruhe hinzusetzen, ohne zu überprüfen, ob sich nicht der Teufel unter dem Sitz versteckt hat!

Als sich der Kleine mit der Hand an meinen Finger klammerte, beschloß ich, die zweite Flasche zu öffnen. Marlène lächelte mich an. Ich beobachtete die beiden aus der Küche und sah, was für eine gute Mutter sie abgeben würde. Wenn man darüber hinaus bedenkt, was für eine gute Liebhaberin sie war, dann werden Sie verstehen, daß dieser Heiligabend in meinen Augen, während der Korken knallte, zu einem richtigen Wunder wurde.

»Was hältst du davon, wenn wir den Kleinen jetzt zu Bett bringen?« schlug ich mit breitem Lächeln vor.

»Du kannst ihn Emmanuel nennen«, entgegnete sie mit so sanfter Stimme, daß ich fast glaubte, eine Quelle wäre vor meinen Füßen entsprungen.

Wir legten uns aufs Bett, das Kinn in die Hände gestützt, um zuzusehen, wie der kleine Schatz einschlief. Dann küßte ich Marlènes Hände und überreichte ihr mein Geschenk. Genauer gesagt, ein hübsches, ziemlich aufreizendes Nachthemd, das wir gemeinsam gesehen hatten und von dem sie, wie ich deshalb wußte, begeistert sein würde.

Wir verschoben die Anprobe auf später, denn

das Geräusch des zerknitterten Seidenpapiers, das des Deckels der Schachtel, mit dem ich mir auf die Brust schlug, und das der Sprungfedern der Matratze, auf der ich auf und ab hüpfte, störten Emmanuel im Schlaf, so daß er leise stöhnte und die Stirn runzelte. Wir verließen sofort auf Zehenspitzen das Zimmer, horchten auf der Treppe und gingen Hand in Hand nach unten, um etwas zu essen.

Alles war möglich, sagte ich mir eine Weile später, sogar das Allerbeste! Ich wusch mich flüchtig, während Marlène ins Bett ging, und betrachtete mein Ebenbild im Badezimmerspiegel: Alles in allem wirkte ich noch topfit. Ohne zu übertreiben, das war ich, um gut zehn Jahre verjüngt. Der Alkohol hatte mir vorteilhaft die Wangen gerötet, das Glück verlieh mir entspannte Züge, und in meinem Blick lag ein strahlender Glanz bei dem Gedanken an das, was mich erwartete. In diesem Augenblick, glauben Sie mir das, fühlte ich mich unzerstörbar. Was für Mächte hätten schon einen Mann in meiner Situation umhauen können? Ich hatte die letzten Vorbehalte aus meinem Hirn weggefegt. Die Frau, die ich liebte, erwartete mich in meinem Bett, ich hatte die Taschen voller Geld, war noch imstande, mich auf den Beinen zu halten, und hatte schon eine halbe Erektion an diesem schönen Weihnachtsabend mit einem Himmel voller Sterne, die hinter meinem Fenster glitzerten. Was sollte mir schon Böses passieren? Selbst wenn ich es wollte, hätte ich unmöglich etwas finden können, was den Zauber gebannt hätte.

Ich schloß leise die Tür hinter mir und ging im Halbdunkel auf das Bett zu. Wissen Sie, was es für mich bedeutete, mit einer Fünfundzwanzigjährigen zu schlafen? Nein, natürlich nicht. In meinem Alter war es mir völlig egal, was für eine Krankheit sie hatte, das können Sie sich ja vorstellen. Aber ich sage Ihnen: Ihr verdankte ich es, daß ich mich noch lebendig fühlte. Wenn ich ihr das Höschen auszog, wurde mein Herz wieder um Jahre jünger. Sie kam wie in einem Traum auf mich zu, war immer bereit, mir soviel zu geben, wie ich nur wollte. Immer unverändert. Immer. Immer bereit. Egal wann, wo und wie. Sie können sich gar nicht vorstellen, wie das ist! Mein Gott, betete ich, vergüte ihr das irgendwie. Zerbrich nicht die Hoffnung, die du in ihrem Herzen hast keimen lassen. Laß uns auf dem Weg weitergehen, der sich jetzt vor uns auftut. Sieh nur, wie sich unser Leben verändert hat! Wie sehr Marlène in ihrer neuen Rolle aufgeht! Wie sich auf meinem Gesicht Freude abzeichnet!

Ich wandte mich dem Fenster zu, um die Sterne

zu betrachten, dann legte ich mich ganz glücklich über das neue Leben, das jetzt begann, neben sie.

»Fröhliche Weihnachten! ...« flüsterte ich und schob ihr die Hand zwischen die Schenkel. »Laß uns versuchen, die Sache gut anzugehen.«

»Nein, Jo, hör zu, nicht heute Abend ...«, sagte sie nörgelnd. »Ich habe Kopfschmerzen.«

Wilhelm Busch

Der Stern

Hätt einer auch fast mehr Verstand
Als wie die drei Weisen aus Morgenland
Und ließe sich dünken, er wär wohl nie
Dem Sternlein nachgereist wie sie;
Dennoch, wenn nun das Weihnachtsfest
Seine Lichtlein wonniglich scheinen läßt,
Fällt auch auf sein verständig Gesicht,
Er mag es merken oder nicht,
Ein freundlicher Strahl
Des Wundersternes von dazumal.

David Sedaris

Weihnachten heißt Schenken

In den ersten zwölf Jahren unserer Ehe haben Beth und ich mit Vergnügen in der gesamten Nachbarschaft Maßstäbe gesetzt, was Komfort und Luxus betraf. Es wurde akzeptiert, daß wir intelligenter und erfolgreicher waren, aber die Gemeinschaft schien unsere Überlegenheit ohne Murren hinzunehmen. Ich hatte eine vollautomatische Feinschnitt-Heckenschere, eine elektrische Schaufel und drei Rolex-Gasgrills, die nebeneinander im Hintergarten standen. Einer war für Hühnchen, einer für Rindfleisch, und den dritten hatte ich speziell zum Dämpfen der asiatischen Pfannekuchen ausstatten lassen, die uns immer so besonders mundeten. Wenn die Vorweihnachtszeit tobte, pflegte ich einen Umzugswagen zu mieten und in die Stadt zu fahren, wo ich mir jede grelle neue Extravaganz schnappte, die mir ins Auge stach. Unsere Zwillinge, Taylor und Weston, konnten immer mit dem neuesten elektronischen Spielzeug oder Sportartikel rechnen. Beth bekam vielleicht einen Staubsauger mit Rennsattel oder ein paar pelzgefütterte Jeans, und das war nur das, was der Nikolaus einem in den Stiefel stopfte! Es gab Boote zum Wegschmeißen, extrarauhe Wildleder-Basketbälle, zinngetriebene Wandertornister und Solarzellen-Spielkartenmischer. Ich kaufte ihnen Schuhe und Kleidung und eimerweise Geschmeide in den feinsten Juweliergeschäften und Warenhäusern. Fern lag mir jede Schnäppchenjagd, jedes Feilschen um Skonto und Prozente. Ich habe immer Spitzenbeträge gezahlt, weil ich fand, daß diese einen Drittelmeter langen Preisschilder tatsächlich etwas über Weihnachten *aussagten.* Nach dem Auspacken der Geschenke nahmen wir zu einem aufwendigen Diner Platz und labten uns an jeder nur denkbaren Spielart von Fleisch und Pudding. Wenn wir gesättigt waren und uns ein leichtes Unwohlsein beschlich, steckten wir uns einen Silberstab in den Hals, übergaben uns und fingen noch mal von vorne an. Letztlich unterschieden wir uns nicht sehr von allen anderen Menschen. Weihnachten war die Zeit des Schwelgens, und nach außen waren wir wohl so ziemlich die schwelgerischsten Menschen, die man sich nur vorstellen konnte. Wir dachten, wir wären glücklich, aber all das änderte sich an einem frischen Thanksgiving-Morgen, kurz nachdem die Cottinghams erschienen waren.

Wenn ich mich recht entsinne, haben die Cottinghams vom ersten Augenblick an, als sie nebenan eingezogen waren, Ärger gemacht. Doug, Nancy und ihre unattraktive acht Jahre alte Tochter Eileen waren ausnehmend neidische und gierige Menschen. Ihr Haus war ein bißchen kleiner als unseres, aber das hatte durchaus seinen Sinn, da wir zu viert waren und sie nur zu dritt. Trotzdem muß sie etwas an der Größe unseres Hauses so gestört haben, daß sie ihren ersten Koffer noch nicht ausgepackt hatten, als sie auch schon mit dem Bau einer überdachten Eisbahn und eines Eintausend-Quadratmeter-Pavillons begannen, in dem Doug mit seiner Sammlung präkolumbianischer Schlafcouchen protzen konnte. Weil uns danach war, begannen Beth und ich mit dem Bau einer Fußballhalle und einer 1666 Quadratmeter großen Rotunde, in der ich bequem *meine* Sammlung *prä*-präkolumbianischer Schlafcouchen ausstellen konnte. Doug erzählte allen Nachbarn, ich hätte ihm die Idee geklaut, aber ich hatte schon lange über prä-präkolumbianische Schlafcouchen nachgedacht, bevor die Cottinghams in die Stadt eingefallen waren. Sie mußten einfach Ärger machen, egal, um welchen Preis. Als Beth und ich ein Multiplex-Kino mit sieben Leinwänden bauten, mußten sie sich natürlich eins mit *zwölfen* bauen. Das ging immer so weiter, und, um die Geschichte abzukürzen, ein Jahr später blieb weder denen noch uns ein halbwegs unbebauter Quadratmeter. Die beiden Häuser grenzten nun praktisch aneinander, und wir ließen die Fenster nach Westen zumauern, um nicht in ihr knalliges Fitness-Center oder den Schießstand im dritten Stock blicken zu müssen.

Obwohl sie so vom Konkurrenzdenken geprägt waren, versuchten Beth und ich, gute Nachbarn zu sein, und luden sie gelegentlich zu Grillpartys auf dem Dach und so weiter ein. Ich bemühte mich um zivilisierte Konversation und sagte so etwas wie: »Ich habe gerade achttausend Dollar für ein Paar Sandalen gezahlt, die mir nicht mal passen.« Dann konterte Doug und sagte, er habe gerade zehntausend für eine einzelne Gummilatsche bezahlt, die er nicht mal anziehen würde, *falls* sie ihm paßte. Er war in dieser Hinsicht immer sehr aggressiv. Wenn eine Zahnfüllung siebzigtausend Dollar gekostet hatte, konnte man drauf wetten, daß sie bei ihm mindestens hundertfünfundzwanzigtausend gekostet hatte. Ich ertrug seine Gesellschaft fast ein Jahr lang, bis wir eines schönen Novemberabends einen Knatsch darüber hatten, welche Familie die aussagekräftigsten Weihnachtskarten verschickt. Beth und ich nahmen uns meist einen bekannten Fotografen, der ein Porträt von der ganzen Familie, umgeben von den Geschenken des Vorjahres, knipste. Wenn man die Karte aufklappte, war aufgelistet, wieviel die Geschenke gekostet hatten, und dazu die Botschaft »Weihnachten heißt Schenken«. Die Cottinghams fanden *ihre* Karte schöner, die aus einer Fotokopie von Dougs und Nancys Aktien-Portfolio bestand. Ich sagte, es sei zwar durchaus schön und gut, Geld zu *haben,* ihre Karte sage aber nichts darüber aus, wie sie ihr Geld *ausgäben.* Weihnachten heiße, wie es so schön auf unserer Karte stehe, Schenken, und selbst wenn er seinen Börsenbericht mit ein paar aufgebügelten Zuckerstangen aufmotzte, würde dieser immer noch nicht die angemessene Weihnachtsbotschaft vermitteln. Die Konversation wurde hitziger, und die Frauen tauschten sogar Schläge aus. Wir hatten alle ein paar Drinks intus, und als die Cottinghams das Haus verließen, wurde allgemein davon ausgegangen, daß es aus war mit unserer Freundschaft. Ich dachte noch einen, zwei Tage lang über diesen Vorfall nach und widmete meine Aufmerksamkeit dann den bevorstehenden Feiertagen.

Wir hatten gerade eins unserer üppigen, allzu üppigen Thanksgiving-Festmahle hinter uns, und Beth, die Jungens und ich sahen uns einen Stierkampf im Fernsehen an. Damals konnten wir noch alles kucken, was wir wollten, weil wir noch unsere Satellitenschüssel hatten. Juan Carlos Ponce de Velásquez hatte gerade etwas Wildes aufgespießt, und wir waren alle schön aufgeregt, als es an der Tür klingelte. Ich nahm an, einer der Jungens habe eine Pizza bestellt, öffnete die Tür, und vor mir stand zu meinem Erstaunen ein übelriechender Bettler. Er war dünn, barfuß, hatte Schorfstellen in Peperoni-Größe an den Beinen, und sein ungepflegter Bart war mit mehreren verschiedenen Sorten Marmelade vollgeschmiert. Ich spürte, daß es die Marmelade war, die wir am Vorabend in den Müll geworfen hatten, und ein Blick auf unseren umgekippten Mülleimer sagte mir, daß ich richtig lag. Das machte mich ziemlich ungehalten, aber bevor ich etwas sagen konnte, zog der alte Penner eine Blechtasse hervor und begann, um Geld zu winseln.

Als Beth fragte, wer an der Tür sei, rief ich: »Roter Bereich!« was unser geheimes Signal war, die Hunde loszulassen. Wir hatten damals zwei von den Biestern, große Dobermänner namens Butterscotch und Mr. Lewis. Beth versuchte sie aus dem Eßzimmer herauszukommandieren, aber da sie sich mit Truthahn und Füllung vollgestopft hatten, gelang es ihnen knapp, den Kopf zu heben und sich zu übergeben. Ich sah, daß sie verhindert waren, ließ mich selbst auf Hände und Knie nieder und biß den Typ persönlich. Vielleicht lag es an dem Stier-

kampf –, ich hatte jedenfalls plötzlich Lust auf Blut. Meine Zähne ritzten kaum die Haut, aber das genügte bereits, um den alten Zausel zu den Cottinghams weiterhumpeln zu lassen. Ich sah zu, wie er gegen ihre Tür hämmerte, und wußte genau, was geschehen würde, wenn er Doug, dem alten Nachmacher, bei dessen Konkurrenzwahn berichtete, daß ich ihm popligerweise kurz in die Wade gebissen hatte. Beth rief mich aus irgendeinem Grunde ins Haus, und als ich ein paar Minuten später an die Tür zurückkehrte, sah ich, wie Helvetica, das Dienstmädchen der Cottinghams, ein Foto davon machte, wie Doug, Nancy und Eileen dem Landstreicher einen Ein-Dollar-Schein aushändigten.

Ich wußte, daß etwas im Busch war, und, richtig, zwei Wochen später fand ich genau den Schnappschuß auf der Weihnachtskarte der Cottinghams, und dazu die Worte »Weihnachten heißt Schenken«. Das war immer *unser* Wahlspruch gewesen, und hier hatte er ihn gestohlen und die Botschaft verfälscht, um uns egoistisch aussehen zu lassen. Es war nie unsere Art gewesen, andere zu beschenken, aber ich begann, anders darüber zu denken, als ich die phänomenalen Reaktionen bemerkte, die die Cottinghams mit ihrer Weihnachtskarte bewirkt hatten. Plötzlich waren sie das einzige Gesprächsthema. Man konnte auf eine x-beliebige Weihnachtsparty gehen, und schon hörte man: »Haben Sie sie gesehen? Ich finde sie absolut zauberhaft. Da haben diese Leute doch tatsächlich einem wildfremden Menschen Geld gespendet! Ist das zu überbieten? Einen ganzen Dollar an einen Stadt- oder Landstreicher verteilt, der keinen roten Heller hatte. Wenn Sie mich fragen, sind diese Cottinghams sehr tapfre und großzügige Menschen.«

Doug würde wahrscheinlich sagen, daß ich ihm unfairerweise seine Idee geklaut habe, als ich ebenfalls ein großzügiger Mensch wurde, aber das ist nicht der Fall. Ich hatte bereits mit dem Gedanken gespielt, großzügig zu werden, als er noch längst nicht den Schauplatz betreten hatte, und, außerdem, wenn er mir illegal meinen Weihnachtswahlspruch stibitzt, warum soll ich dann nicht ganz unauffällig ein Konzept ausborgen, das es seit gut zehn Jahren gibt? Als ich zum erstenmal laut sagte, ich hätte der Innenstädtischen Kopfschmerzstiftung zwei Dollar gespendet, wandten sich die Menschen von mir ab, als glaubten sie mir nicht. Dann spendete ich der Kopfschmerzstiftung *tatsächlich* zwei Dollar, und da hätten Sie sie sehen sollen, als ich anfing, mit meinem gesperrten Scheck zu wedeln! Großzügigkeit kann den Menschen tatsächlich ganz schön zu schaffen machen, wenn man nur genug darüber redet. Mit »zu schaffen machen«

meine ich nicht, daß man sie langweilt, sondern etwas noch viel Lohnenderes. Wenn sie korrekt angewandt wird, kann Großzügigkeit Scham, Unzulänglichkeitsgefühle und sogar Neid hervorrufen, um nur ein paar Reaktionen zu nennen. Am allerwichtigsten ist, daß man irgendeinen schriftlichen oder sichtbaren Beweis für die Schenkung in Händen hält, sonst kann man die Mildtätigkeit gleich lassen. Doug Cottingham würde jetzt bestimmt sagen, ich hätte ihm diesen Spruch geklaut, aber ich bin ziemlich sicher, daß ich ihn in einer Informationsbroschüre der Steuerbehörde gefunden habe.

Ich nahm meinen gesperrten Scheck auf alle wichtigen Weihnachtspartys mit, aber bald nach Neujahr verloren die Menschen das Interesse daran. Die Jahreszeiten kamen und gingen, und ich hatte meine Großzügigkeit schon völlig vergessen, als zu Thanksgiving der alte Tramp in unsere Gegend zurückkehrte. Er mußte sich noch an den Biß ins Bein vom letzten Jahr erinnern, denn er wollte gerade vorübergehen, als wir ihn hereinriefen, um ihm eine ordentliche Dosis Güte zu verpassen. Erst machten wir ein Video von ihm, wie er sich etwas Restfüllung von der Handfläche leckte, und dann mußte Beth ein Foto knipsen, wie ich dem alten Krauter eine Videokamera überreiche. Es war eine alte Betamax, oben zum Nachladen, aber ich habe eine neue Schnur drangemacht, und ich bin sicher, sie hätte prima funktioniert. Wir sahen dann zu, wie er sie sich auf den Rücken band und sich nach nebenan aufmachte, um weiterzubetteln. Der Anblick dieser Videokamera war alles, was dieses Stinktier Doug Cottingham brauchte, um ins Haus zu gehen, zurückzukommen und den alten Kauz mit einem achtspurigen Cassettenrecorder zu beschenken, und, ja, wieder stand das Dienstmädchen bereit, um ein Bild davon zu machen. Da riefen wir den alten Tramp zu unserem Haus und gaben ihm einen ein Jahr alten Fön. Die Cottinghams reagierten mit einem Riesentoaster. Binnen einer Stunde hatten wir uns zu Billardtischen und StairMasters hochgearbeitet. Doug schenkte ihm eine Golfkarre, und ich schenkte ihm meine Satellitenschüssel. Dies beschleunigte sich, bis jeder Narr deutlich sehen konnte, wohin es noch führen mochte. Als er die Schlüssel zu seiner eigens angefertigten motorisierten Reisesauna überreichte, bedachte Doug Cottingham mich mit einem Blick, der zu sagen schien: »Über*triff* das erst mal, Nachbar!« Beth und ich hatten diesen Blick bereits gesehen, und wir haßten ihn. Ich hätte ihn mit seiner Reisesauna leicht in den Schatten stellen können, aber uns ging allmählich der Film aus, und ich fand, es war an der

Zeit, Nägel mit Köppen zu machen. Wozu diese nutzlose Eskalation, wenn wir doch alle wußten, was am wichtigsten war? Nach einer kurzen Konferenz riefen Beth und ich den Tramp wieder zu uns und fragten ihn, was er lieber möge, kleine Jungs oder kleine Mädchen. Zu unserem großen Entzücken sagte er, Mädchen bereiteten ihm zuviel Kopfschmerzen, er habe aber vor seinem letzten Besuch in der Staatsvollzugsanstalt durchaus Spaß mit Jungs gehabt. Nach diesen Worten schenkten wir ihm unsere zehnjährigen Söhne, Taylor und Weston. Übertriff's doch, Nachbar! Sie hätten Doug Cottinghams Gesichtsausdruck sehen sollen! In jenem Jahr war die Weihnachtskarte so aussagekräftig wie nie zuvor und danach nie wieder. Auf ihr war der tränenreiche Abschied von unseren Söhnen abgebildet, versehen mit der Botschaft »Weihnachten heißt Schenken, bis es wehtut.«

Wir waren die Stars der Feiertage, wieder ganz oben, wo wir hingehörten. Beth und ich waren *das* Ehepaar, das man auf eine Cocktailparty oder zum zwanglosen Baumschmücken einladen mußte.

»Wo sind denn diese supergroßzügigen Leute mit der entzückenden Weihnachtskarte?« fragte bestimmt jemand, und der Gastgeber zeigte auf uns, während die Cottinghams bitter mit den Zähnen knirschten. Als allerletzten Versuch, wieder ein bißchen was herzumachen, spendeten sie ihre pferdegesichtige Tochter Eileen einer Bande bedürftiger Piraten, aber jeder, der Bescheid wußte, sah das als die verzweifelte Geste, die es ja auch war. Wieder waren wir diejenigen, mit denen jeder zusammensein wollte, und der warme Schein der allgemeinen Bewunderung brachte uns gut durch die Feiertage. Eine zweite Portion Ehrfurcht bekamen wir im Frühsommer ab, als die Jungens tot in Doug Cottinghams ehemaliger Reisesauna aufgefunden wurden. Alle Nachbarn wollten uns Blumen schikken, aber wir sagten, eine Spende in unserem Namen an die Nationale Sauna-Beratung oder den Verteidigungsfonds für Sexualstraftäter wäre uns lieber. Das war ein guter Schachzug, und bald galten wir als »christusgleich«. Die Cottinghams waren natürlich rasend und setzten sogleich ihre rührenden Versuche fort, uns eine Nasenlänge voraus zu sein. Das war wahrscheinlich das einzige, was sie im Kopf hatten, aber uns bereitete es keine einzige schlaflose Minute.

Für das nächste Christfest hatten wir uns auf das Thema »Weihnachten heißt Schenken, bis es blutet« geeinigt. Kurz nach Thanksgiving hatten Beth und ich unserer örtlichen Blutbank einen Besuch abgestattet, wo wir die kostbaren Konten unserer Körper beinahe aufgelöst hätten. Von unseren Anstrengungen bleich und benommen, konnten wir nur noch matt eine Hand heben und einander von unseren jeweiligen Pritschen zuwinken. Doch bald erholten wir uns und klebten gerade unsere Kuverts zu, als der Briefträger die Weihnachtskarte der Nachbarn brachte, auf welcher »Weihnachten heißt Etwas-von-sich-selbst-Schenken« stand. Zu sehen war Doug, auf einem Operationstisch ausgestreckt, während ein Team von Chirurgen mit Eifer und Bedacht einen der Cottinghamschen glitzernden Lungenflügel entnahm. Wenn man die Karte aufklappte, sah man eine Fotografie des Organempfängers, eines abgehärmten Steinkohlekumpels, der ein Schild mit der Aufschrift »Doug Cottingham hat mir das Leben gerettet« in die Höhe hielt.

Wie konnte er das wagen! Beth und ich hatten das Thema »Medizinische Großzügigkeit« praktisch erfunden, und die kalte Wut erfaßte uns angesichts dieses selbstgefälligen, überlegenen Gesichtsausdrucks, der unter der Atemmaske unseres Nachbarn hindurchsickerte. Jedes langverheiratete Ehepaar kann, in Zeiten der Krise, ohne Worte kommunizieren. Diese Tatsache wurde bildhaft, als meine Frau und ich zur Tat schritten bzw. sprangen. Indem sie ihr halb zugeklebtes Kuvert fallen ließ, rief Beth im Krankenhaus an, während ich von unserem Autotelefon aus einen Fotografen bestellte. Die entsprechenden Vereinbarungen wurden getroffen, und bevor die Nacht vorüber war, hatte ich beide Augen, eine Lunge, eine Niere und mehrere wichtige Adern nächst dem Herzen gespendet. Da sie eine unnatürliche Zuneigung zu ihren inneren Organen gefaßt hatte, brachte Beth ihre Kopfhaut, ihre Zähne, ihr rechtes Bein und beide Brüste ein. Erst nach der Operation wurde uns klar, daß die Beiträge meiner Frau nicht übertragbar waren, aber da war es bereits zu spät, sie wieder anzunähen. Die Kopfhaut schenkte sie einem verdutzten Krebspatienten, aus ihren Zähnen bastelte sie eine Souvenir-Halskette, und Bein und Brüste brachte sie ins Tierheim, wo sie von Hand an einen Wurf verhungernder Border-Collies verfüttert wurden. Das kam sogar in die Abendnachrichten, und wieder waren die Cottinghams grün vor Neid, weil wir es so günstig getroffen hatten. Organspenden an Menschen waren zwar nicht zu verachten, aber angesichts dessen, was Beth für diese armen, verlassenen Welpen getan hatte, waren natürlich alle schier aus dem Häuschen. Auf jeder, aber auch jeder Weihnachtsparty bettelten die Gastgeber meine Frau an, sich vom Hund des Hauses Pfötchen geben zu lassen oder über dem Panzer ihrer kränkelnden Schildkröte einen Segen zu sprechen. Der bergmännische Empfänger von Doug Cottinghams Lunge war gestorben, als seine Zigarette Bettdecke und Brustverband in Brand gesteckt hatte, und nun war der Name Cottingham praktisch wertlos.

Wir waren auf der Heiligabend-Party bei den Hepplewhites, als ich zufällig hörte, wie Beth flüsterte: »Dieser Doug Cottingham konnte nicht einmal eine anständige Lunge spenden!« Dann lachte sie, lange und heftig, ich legte ihr die Hand auf die Schulter und spürte den sanften Biß ihrer Souvenir-Halskette. Zweifellos erregte ich ebenfalls einiges Aufsehen, aber diese Nacht gehörte Beth, und ich überließ sie ihr gern, war ich doch so ein großzügiger Mensch. Wir waren ein Team, sie und ich, und wenn ich auch nicht sehen konnte, wie die Menschen uns anblickten, so konnte ich es doch so deutlich fühlen wie die Wärme, die das tosende Kaminfeuer der Hepplewhites abstrahlte.

Es würde andere Christfeste geben, aber ich glaube, Beth und ich wußten beide, daß dieses etwas ganz Besonderes war. Innerhalb eines Jahres sollten wir das Haus, unser Geld und was uns noch an Eigentum verblieben war, verschenken. Nachdem wir uns nach einer passenden Gegend umgesehen hatten, zogen wir in ein Dorf aus Pappkartons direkt unter dem Autobahnkreuz Ragsdale.

Die Cottinghams zogen, wie es ihre Art war, nebenan in einen kleineren Karton. In der Vorweihnachtszeit klappte es mit dem Betteln recht gut, als aber der Winter so richtig hereinbrach, wurde das Leben immer schwerer, und Woge um Woge wurden wir von Kummer und Krankheit heimgesucht. Beth starb nach langem, verzweifeltem Kampf an Tuberkulose, aber erst, nachdem Doug Cottingham und seine Frau an Lungenentzündung eingegangen waren. Ich versuchte, mich nicht davon beeindrucken zu lassen, daß sie zuerst gestorben waren, aber in Wahrheit machte es mir doch schwer zu schaffen. Immer, wenn mich mein Neid zu übermannen drohte, ließ ich jene perfekte Heiligabend-Party bei den Hepplewhites vor meinem geistigen Auge erstehen. Unter meiner Decke aus feuchten Zeitungen bibbernd, versuchte ich, mich an den tröstlichen Klang von Beths sorglosem Gelächter zu erinnern und mir ihren baren Schädel vorzustellen, wie sie ihn ausgelassen zurückwarf, dieses feucht glänzende Zahnfleisch, wie es das Licht eines Kristall-Kronleuchters reflektierte. Mit etwas Glück würde mich die Erinnerung an unsere Liebe und Großzügigkeit in einen tiefen und schweren Schlaf wiegen, der bis zum Morgen andauerte.

Nachweis

Hans Christian Andersen (2. April 1805, Odense – 4. August 1875, Kopenhagen)
Der Tannenbaum. Aus: Die schönsten Märchen von Hans Christian Andersen. Copyright © 2005 by Diogenes Verlag, Zürich (detebe 23484)

Heinrich Böll (21. Dezember 1917, Köln – 16. Juli 1985, Hürtgenwald bei Köln)
Nicht nur zur Weihnachtszeit. Aus: Heinrich Böll, Werke, Band 6, Kölner Ausgabe, herausgegeben von Árpád Bernáth in Zusammenarbeit mit Annamária Gyurácz. Copyright © 2007 by Verlag Kiepenheuer & Witsch GmbH & Co. KG, Köln

Wilhelm Busch (15. April 1832, Wiedensahl / Hannover – 9. Januar 1908, Mechtshausen bei Seesen)
Der Stern. Aus: Wilhelm Busch, Gedichte. Copyright © 1974 by Diogenes Verlag, Zürich (detebe 20107)

Anton Čechov (17. Januar 1860, Taganrog – 15. Juli 1904 Badenweiler)
Eine schreckliche Nacht. Aus dem Russischen von Gerhard Dick und Ada Knipper. Aus: Anton Čechov, Ein unbedeutender Mensch, Erzählungen 1883–1885, Diogenes Verlag, Zürich (detebe 20261). Copyright © Aufbau Verlag GmbH & Co. KG, Berlin 1964 (die hier verwendete Übersetzung erschien erstmals in A.C.: *Vom Regen in die Traufe. Kurzgeschichten*; Rütten & Loening, Berlin 1964)

Philippe Djian (* 3. Juni 1949, Paris)
Aspirin. Aus dem Französischen von Uli Wittmann. Aus: Philippe Djian et al., Contes de Noël, Editions Méréal, Paris 1996. Copyright © 2005 by Diogenes Verlag, Zürich

Doris Dörrie (* 26. Mai 1955, Hannover)
Spekulatius. Zuerst erschienen in *Stern*, Hamburg. Abdruck mit freundlicher Genehmigung der Autorin

Elke Heidenreich (* 15. Mai 1943, Korbach / Waldeck)
Erika. Aus: Elke Heidenreich, Kolonien der Liebe, Erzählungen. Copyright © 1992 by Rowohlt Verlag GmbH, Reinbek bei Hamburg

Patricia Highsmith (19. Januar 1921, Fort Worth / Texas – 4. Februar 1995, Locarno / Tessin)
Zu Weihnachten tickt eine Uhr. Aus dem Amerikanischen von Mattias Jendis. Aus: Patricia Highsmith, Nixen auf dem Golfplatz. Copyright © 2005 by Diogenes Verlag, Zürich

John Irving (* 2. März 1942, Exeter / New Hampshire)
Das Krippenspiel (Titel von den Herausgebern). Aus dem Amerikanischen von Edith Nerke und Jürgen Bauer. Aus: John Irving, Owen Meany. Copyright © 1990 by Diogenes Verlag, Zürich (detebe 22491)

Otto Jägersberg (* 19. Mai 1942, Hiltrup / Westfalen)
Herr Jesu. Aus: Otto Jägersberg, Wein, Liebe, Vaterland. Copyright © 1985, 1993 by Diogenes Verlag, Zürich (detebe 22621)

Erich Kästner (23. Februar 1899, Dresden – 29. Juli 1974, München)
Weihnachtslied, chemisch gereinigt. Aus: Erich Kästner, Herz auf Taille. Copyright © Atrium Verlag Zürich, 1928, und Thomas Kästner

Andrej Kurkow (* 23. April 1961, St. Petersburg)
Weihnachtsüberraschung. Aus dem Russischen von Ange-

lika Schneider. Zuerst erschienen in *Die Zeit,* Hamburg. Copyright © 2005 by Diogenes Verlag, Zürich

Loriot, eigentlich Bernhard-Viktor Christoph-Karl von Bülow (12. November 1923, Brandenburg an der Havel – 22. August 2011, Ammerland am Starnberger See)
Advent. Aus: Loriots heile Welt. Copyright © 1973 by Diogenes Verlag, Zürich

Guy de Maupassant (5. August 1850, Miromesnil/Seine-Inférieure – 7. Juli 1893, Paris)
Christnacht. Aus dem Französischen von Paul Amann. Aus: Guy de Maupassant, Romane und Novellen, Kurt Wolff Verlag, München 1924

Christian Morgenstern (6. Mai 1871, München – 31. März 1914, Meran)
Das Weihnachtsbäumlein. Aus: Christian Morgenstern, Sämtliche Dichtungen, Bd. 16, Zbinden, Basel 1978

Ingrid Noll (* 29. September 1935, Schanghai)
Ein milder Stern herniederlacht. Aus: Ingrid Noll, Falsche Zungen. Copyright © 2004 by Diogenes Verlag, Zürich

Joachim Ringelnatz, eigentlich Hans Bötticher (7. August 1883, Wurzen bei Leipzig – 16. November 1934, Berlin)
Einsiedlers Heiliger Abend. Aus: Joachim Ringelnatz, Sämtliche Gedichte. Copyright © 1994, 1997 by Diogenes Verlag, Zürich

Saki, eigentlich Hector Hugh Munro (18. Dezember 1870, Akyab / Burma – 13. November 1916, Beaumont-Hamel / Frankreich)
Berties Weihnachtsabend. Aus dem Englischen von Günter Eichel. In: Saki, Meistererzählungen. Copyright © 1993 by Diogenes Verlag, Zürich (detebe 22594)

David Sedaris (* 26. Dezember 1956, Johnson City / New York)
Weihnachten heißt Schenken. Aus dem Amerikanischen

von Harry Rowohlt. Aus: David Sedaris, Holiday on Ice, Diana Verlag, München, Zürich 2001. Copyright © 1999 by Haffmans Verlag, Zürich

Muriel Spark (1. Februar 1918, Edinburgh – 13. April 2006, Florenz)

Der Laubkehrer. Aus dem Englischen von Matthias Fienbork. Aus: Muriel Spark, Päng päng, du bist tot. Copyright © 1987 by Diogenes Verlag, Zürich (detebe 21533)

Jason Starr (* 22. November 1968, Brooklyn)

Die Weihnachtskarte. Aus dem Amerikanischen von Hans-Christian Oeser. Zuerst erschienen in *The Richmond Review.* Abdruck mit freundlicher Genehmigung des Autors

Martin Suter (* 29. Februar 1948, Zürich)

Die Weihnachtsfrage. Aus: Martin Suter, Richtig leben mit Geri Weibel. Copyright © 2001 by Diogenes Verlag, Zürich (detebe 23273)

Kurt Tucholsky (9. Januar 1890, Berlin – 21. Dezember 1935, Hindas / Schweden)

Groß-Stadt – Weihnachten. Aus: Kurt Tucholsky, Gesammelte Werke in zehn Bänden, Bd. 1, Rowohlt Verlag, Reinbek bei Hamburg, 1960

Tomi Ungerer (* 28. November 1931, Straßburg)

Eine genaue Untersuchung. Abdruck mit freundlicher Genehmigung des Autors

Urs Widmer (* 21. Mai 1938, Basel)

Weihnachten. Abdruck mit freundlicher Genehmigung des Autors

Das Diogenes Hörbuch zum Buch

Früher war mehr Lametta
Hinterhältige Weihnachtsgeschichten

Enthält:
Doris Dörrie, *Spekulatius*
Gelesen von Anna König

Martin Suter, *Die Weihnachtsfrage*
Autorenlesung

Ingrid Noll, *Ein milder Stern herniederlacht*
Gelesen von Uta Hallant

1 CD, Spieldauer 52 Min.

Bitte beachten Sie
auch die folgenden Seiten

Bücher zur Weihnacht im Diogenes Verlag

»Dann und wann empfand er das Bedürfnis, tief aufzuatmen, denn jetzt, da der Gesang, dieser glockenreine A-cappella-Gesang die Luft erfüllte, zog sein Herz sich in einem fast schmerzhaften Glück zusammen. Weihnachten ...«
Thomas Mann, Weihnacht bei den Buddenbrooks

Alle Jahre wieder
Romantische Weihnachtsgeschichten. Herausgegeben von Daniel Keel und Daniel Kampa

Früher war mehr Lametta
Hinterhältige Weihnachtsgeschichten sowie acht Gedichte. Herausgegeben von Daniel Keel und Daniel Kampa
Auch als Diogenes Hörbuch erschienen, gelesen von Ingrid Noll, Martin Suter und Anna König

Früher war noch mehr Lametta
Hinterhältige Weihnachtsgeschichten sowie drei Gedichte. Herausgegeben von Daniel Kampa
Auch als Diogenes Hörbuch erschienen, gelesen von Anna König, Hans Korte, Martin Suter und Cordula Trantow

Früher war noch viel mehr Lametta
Hinterhältige Weihnachtsgeschichten. Ausgewählt von Daniel Kampa
Ausgewählte Geschichten auch als Diogenes Hörbuch erschienen, gelesen von Anna König und Jochen Striebeck

Früher war mehr Bescherung
Hinterhältige Weihnachtsgeschichten. Ausgewählt von Daniel Kampa

Früher war Weihnachten später
Hinterhältige Weihnachtsgeschichten. Ausgewählt von Daniel Kampa

Früher war Weihnachten viel später
Hinterhältige Weihnachtsgeschichten. Ausgewählt von Daniel Kampa

Lamettaleichen
Kriminelle Weihnachtsgeschichten. Ausgewählt von Daniel Kampa

Nicht schon wieder Weihnachten!
Hinterhältige Weihnachtsgeschichten sowie zwei Gedichte. Ausgewählt von Daniel Kampa

O du schreckliche ...
Kriminelle Weihnachtsgeschichten. Ausgewählt von Daniel Kampa

Weißer Weihnachtszauber
Nostalgische Weihnachtsgeschichten. Ausgewählt von Daniel Kampa

Weihnachtsschmaus
Kulinarische Geschichten zum Fest. Ausgewählt von Daniel Kampa

Weihnachts-Detektive
Weihnachten mit Sherlock Holmes, Pater Brown, Kommissar Maigret, Albert Campion, Miss Marple, Hercule Poirot und Nero Wolfe

. . .

Kinder-Adventsbuch
Weihnachtsgeschichten für jeden Adventstag. Ausgewählt von Daniel Kampa

Weihnachten mit Loriot

Weihnachten mit Ringelnatz
Zusammengestellt von Daniel Kampa

Jean de Brunhoff
Babar und der Weihnachtsmann
Aus dem Französischen von Françoise Sérusciat-Brütt

Charles Dickens
Weihnachtslied
Eine Gespenstergeschichte. Aus dem Englischen von Melanie Walz. Mit Zeichnungen von Tatjana Haupmann und einem Essay von John Irving

Georges Simenon
Weihnachten mit Maigret
Roman. Aus dem Französischen von Hans-Joachim Hartstein
Auch als Diogenes Hörbuch erschienen, gelesen von Hans Korte

Tomi Ungerer
Achtung Weihnachten
Hinterhältige Weihnachtsgeschichten und -gedichte. Ausgewählt von Jan Sidney. Mit vielen Bildern von Tomi Ungerer

Außerdem erschienen:

René Goscinny & Jean-Jacques Sempé
Der kleine Nick freut sich auf Weihnachten
Fünf Geschichten aus den Bänden *Neues vom kleinen Nick* und *Der kleine Nick ist wieder da!*
Diogenes Hörbuch, 1 CD, gelesen von Rufus Beck

Die Bibel
Neues Testament
Weihnachten. Geburt und Kindheit Jesu
Diogenes Hörbuch, 1 CD, gelesen von Sven Görtz

Weihnachten mit Ingrid Noll
Diogenes Hörbuch, 1 CD, gelesen von Uta Hallant

Sempé im Diogenes Verlag

»Viel bewundert wird seine Fähigkeit, aus gewaltigen Nasen, winzigen Mundaugenstrichen und fehlenden Kinnpartien eine vollständige Mimikpalette zu zaubern, gerühmt die Kunst, den hundert Klein- und Nebendarstellern, den zahllosen Einzelheiten ein eigenes Leben zu schenken. Mit kleinen Aquarelltupfern lenkt er die Aufmerksamkeit, fesselt er den Blick, ohne ihn zu binden. Abgeklärt sein trockener, liebevoller Witz, immer zart vom Leben gezeichnet.«
Konrad Heidkamp / Die Zeit, Hamburg

Benjamin Kiesel
Aus dem Französischen von Anna Cramer-Klett (vorm.: *Carlino Caramel*)
Auch als Diogenes Hörbuch erschienen, gelesen von Nikolaus Heidelbach

Das Geheimnis des Fahrradhändlers
Deutsch von Patrick Süskind

Monsieur Lambert
Deutsch von Anna Cramer-Klett

Schöne Aussichten
Deutsch von Anna Cramer-Klett

Sempé's Paris

Sempé's Musiker
Veränderte und stark erweiterte Neuausgabe

Heiter bis wolkig
Deutsch von Anna Cramer-Klett

Für Gartenfreunde

Sempé's Frankreich

Für Bücherfreunde

Kinder, Kinder!

Mit vorzüglicher Hochachtung
Deutsch von Patrick Süskind

Tag für Tag
Sempé in deutschen Sammlungen. Mit einem Essay von Patrick Süskind und einem Nachwort von Brita Sachs

Für Katzenfreunde

Sempé in New York
Herausgegeben von Martine Gossieaux

Kindheiten
Ein Gespräch mit Marc Lecarpentier. Deutsch von Patrick Süskind

Außerdem erschienen:

Patrick Süskind
Die Geschichte von Herrn Sommer
Mit Bildern von Sempé
Auch als Diogenes Hörbuch erschienen, gelesen von Rufus Beck

Gartenglück
Ein Lesebuch. Ausgewählt von Daniel Kampa. Mit Zeichnungen von Jean-Jacques Sempé

Tomi Ungerer im Diogenes Verlag

»Ungerer ist ein vor Einfällen explodierender brillanter Cartoonist, der gern Juxpulver ausstreut: seine Zeichnungen haben keinen doppelten, sie haben vierfachen Boden, zeigen mit jedem Strich, daß er nicht nur ein ›teuflisch gutes Auge‹ hat (Sendak über Ungerer), sondern auch eine teuflisch gute Hand.«
Die Zeit, Hamburg

Bilderbücher für Erwachsene:

The Party

Kompromisse

Babylon
The Book To End All Books

Das Kamasutra der Frösche

Slow Agony

Heute hier, morgen fort
Here today, gone tomorrow. Deutsch von Hans-Joachim Hartstein und Christa Hotz

Tomi Ungerer
Eine Retrospektive, veranstaltet von Daniel Keel. Mit Texten von Friedrich Dürrenmatt, Manuel Gasser, Walther Killy und Tomi Ungerer

Die Gedanken sind frei
Meine Kindheit im Elsaß

Es war einmal mein Vater
Deutsch von Ulrich Hartmann. Mit einem Nachwort von Thérèse Willer

Expect the Unexpected
Die besten Cartoons. Ausgewählt von Daniel Keel und Daniel Kampa

Die Hölle ist das Paradies des Teufels
Gedanken und Notizen. Mit einem Vorwort von Elke Heidenreich

Achtung Weihnachten
Hinterhältige Geschichten und Gedichte von gestern und heute

Museum Tomi Ungerer
Werkkatalog zur ständigen Ausstellung. Mit 210 Illustrationen von Tomi Ungerer, drei Essays von Thérèse Willer und zahlreichen einleitenden Texten von Thérèse Willer und Claire Hirner. Aus dem Französischen von Ina Kronenberger

Zvi Kolitz/Tomi Ungerer
Jossel Rakovers Wendung zu Gott
Mit Zeichnungen von Tomi Ungerer Jiddisch–Deutsch. Aus dem Jiddischen übertragen, herausgegeben und kommentiert von Paul Badde

Bilderbücher für alle:

Das große Liederbuch
204 deutsche Volks- und Kinderlieder, gesammelt von Anne Diekmann, unter Mitwirkung von Willi Gohl, mit 156 bunten Bildern von Tomi Ungerer

Das große Katzenbuch
Die schönsten Geschichten, Gedichte und Aphorismen aus der Weltliteratur. Ausgewählt von Anne Schmucke, mit vielen Bildern von Tomi Ungerer

Katzen

Vögel